最后的贵族

THE
LAST
ARISTOCRAT

许之行 著

上海社会科学院出版社
SHANGHAI ACADEMY OF SOCIAL SCIENCES PRESS

目 录

引子（一）　　　　　　　　　　　　　　　　001
引子（二）　　　　　　　　　　　　　　　　009
第 一 章　梦中伊人终不归，一处相思　　　010
第 二 章　遇良人欲言又止，久别重逢　　　019
第 三 章　三心二意终错付，衷肠尽诉　　　028
第 四 章　谁人还在谁人旁，良缘用尽　　　035
第 五 章　终了续情如续蜡，十分烫手　　　042
第 六 章　海棠经雨醉醺醺，留君不住　　　050
第 七 章　午醉白露收残月，笙歌散尽　　　067
第 八 章　却是池荷惊跳雨，散了还聚　　　076
第 九 章　酒思往事易成伤，最断人肠　　　084
第 十 章　天涯深处东风软，一声归雁　　　096
第十一章　描花笑问怎生书，知与谁同　　　104
第十二章　长歌相顾不相识，落尽秋风　　　114
第十三章　忽一任流年似水，白白空负　　　121
第十四章　从此山水不相逢，相忘江湖　　　130
第十五章　零乱多少君试觑，吹尽繁红　　　140

第十六章	肃肃凉风生卷雾，彩几度秋	149
第十七章	月沉雁尽梦落花，此会何年	159
第十八章	君定不负相思意，绝无别离	168
第十九章	明年花开复谁在，可怜黄昏	175
第二十章	月照花林藏海雾，思君氤氲	183
第二十一章	衔花经冬犹绿林，纷开且落	191
第二十二章	夜寂白露凉风发，月下沉吟	198
第二十三章	武陵桃花笑杀人，与君相定	205
第二十四章	南风一扫迷花醉，意乱情迷	211
第二十五章	竹外疏花吹尽也，幽诗吊月	218
第二十六章	三分春色二分愁，一分风雨	225
第二十七章	何时缱绻何时仇，一场大梦	235
第二十八章	又黄昏把酒交心，一场大醉	246
第二十九章	自古斩情如斩风，如戏一场	249
第三十章	一生所爱隐约在，白云之外	257

引子（一）

"小姐，小王爷他……又出去了。"秋月无奈地看着我，一脸的失落。

我早已猜到，并已习惯，淡淡对她道："把桌子收了吧，我困了。"

"那这柠香参汤……又倒了吗？"

我点了点头。

秋月突然厉声对我说道："小姐，你这一个月来，每天三更就起来做这道菜，可小王爷他根本就不领你的情，而你却日日坚持，你又何必呢？"

窗外的一捧雪开得正好，草色烟光衬托在残阳里，一大团一大团的白，风过，便是一地的旧时光。前几年和三思一起种下的牡丹"一捧雪"眼下已开满枝头，可这几年我和他却已沧海桑田，落红满径又如何，却无心再嗅。

秋月说近日来我变了很多，像是另外一个人，再也没有以前的活泼性子。她怎么又会懂，当最重要的人突然从生活中消失那种怅然若失的感觉。

我沉默了一会儿，对她道："你说得对，秋月，你说，我是不是该离开了？"这些日子我突然发现，也许一个人从你的生活中消失并不算什么可怕的事。可怕的是，你没法再走进他的生活，而他在你的生活中却还是无处不在。

秋月眼睛泛红，握住我的手，声音颤抖："不是的，小王爷他……最近肯定是公事太繁忙了，才没有时间陪你，你不要乱想，好好把病养好。"

我的确是病了，但不至于病得神志不清。我知道，三思大概永远也不会来陪我了。

一个月前，我和秋月在大剧院里看戏，听闻这近日红遍了整个上海滩的花旦周荷雨，不但是个绝色的美人，戏唱得也十分好。这已经排到第四场了，眼下这几百个位置的剧院，却依然座无虚席，后排还站满了买不起坐票的人。

灯光熄灭，绣线帷幕拉起，二胡和板子一起响了起来。观众一边鼓掌一边叫好，台下沸反盈天。俄顷，依然不见名角儿周荷雨的曼妙身影，观众们开始不耐烦。有人去问了一旁倒茶的小弟才知，是有个人物要来，那上流贵族圈子拔尖的人，不好惹。

我想，那人应该就是捧红她的公子哥吧。

只略等了一会儿，忽听一阵杂沓的脚步声，一群穿黑衣服的侍卫，围着个人径直上了楼，来到正中央的雅座，戏才正式开场。

唱的是《怕黄昏》。

周荷雨歪着头，眼睛闭着，细细的眉毛横飞入鬓，一捻细腰左右摇摆，用细颤颤的声音唱：

怕黄昏忽地又黄昏，不销魂怎得不销魂……

果然是千呼万唤的名角，幽怨的声音如泣如诉韵味始休。

一曲终，台下的好评声不绝于耳。我起身正要离开，眼睛不经意最后一次往台上一瞥，瞧见那女子正对着楼上雅座里的人笑，那笑容明显是对心尖尖上独一无二的人才有的。我便是好奇，往上一看，却是一声惊雷从天而降。

三思也在这里？原来那个人物竟是他？这么说她却是他一手捧起来的？他和她在一起有多久了，一年半载？

我的脑袋突然嗡嗡作响，思绪犹如被炸开了似的，乱成一团，手心里不停地冒着冷汗。这炎炎夏日，我却从头到脚的冷，整个人仿佛被扔在冰冷刺骨的冰湖里似的，瞬时像被冻住了一样，不断地打着冷战。

秋月发现我的异常，连忙问我怎么了，我努力地从齿缝里挤出一个字：走。

引子(一)

那日或许我应怒气冲冲地跑上去，问他这一切究竟是怎么回事？可是懦弱突然跑出来，攻破了我久违的城池。当伤痛难以直视，便以为端起一副冷静就可以藐视它们。我没有勇气，我害怕那种嫌弃的眼神，太害怕了，害怕被抛弃。

那日起没过多久，三思便不经常回这小白宫来了，偶尔一两次不过是来拿东西，也未来看过我。一开始，我难过得茶饭不思，夜不能寐，后来大病了一场，三思也没有回来过，我便想通了。

等闲变却故人心，却道故人心易变。

我本想一走了之，但我想要他给我一个说法，好让我知道，到底是为什么？

时光如白驹过隙，三个月之后，我未等来段三思，却等来了他的新欢，那个在台上欲说还休，有着尖脸长眉杏目的绝色女子，周荷雨。

都说有着这样长相的人大都刻薄，她也不例外，直接把秋月端给她的一盏茶摔在地上，指着我怒骂道："段三思不爱你了，你可知道？"未等我搭话，便又说："这次便是他让我来的，让我带句话给你，叫你别缠着他了，让你走。"

秋月见我脸色苍白，不忍，对她道："我才不信，这话恐怕是你编的吧？小王爷不会这么对小姐的。"

周荷雨大笑，站起来，走到我身旁，一双眼睛很是不屑地看着我："你怎么那么傻呢，别等了，他不会回来了，我看你还是死心吧。"

我抬起头，与她对视："他在哪儿，这些话我要他亲自来对我说。"

"三思根本就不想再看见你，你还不懂吗？"

我笑了笑，笃定道："好，只要他亲自告诉我，不爱我了，我便马上离开这里，永远不会再出现在你们面前。"

"爱？"她翘起嘴角，一只手摸着肚子，"我有了他的孩子，他说下个月便与我结婚。那你以为，他对你可还有爱？"

轰的一声，我如被雷劈，整个人一动不动……

知道这一切早晚会来，但没想到来得会这么快。原本以为这千篇一律只会在话本上才会出现的故事，如今却戏剧性地在我身上再现。以前古代志异小说里，常有女鬼留恋人间，徘徊不肯离去，以为自己仍是生人，一样嫁人生子，直到捉鬼的术士拿出灵位，才知道自己早已非人，于是凄然倒地，灰飞烟灭。我一直以为只要时间，只要我等，那么终究有一天，段三思会回到我身旁。直到刚才，我才发现，原来自己已经死去很久，还在期待永远不会再发生的事情。呵呵，谢谢你们，现在才拿出灵位给我看。

我心如一潭死水，冷冷道："你走吧，我不会再与他纠缠。"

至此，我已没有之前那么不知所措了，如果对一件事不再抱任何希望时，心会异常平静。当一切不可再挽回，我唯一可以做的，就是让自己放弃。

但我没想到，周荷雨会死。

那天，她在回去的路上，车子行进到一半时轮胎突然爆炸，司机下车去修。没多久，紧闭门窗的车里不知为何会出现一群蜜蜂，而车门已被牢牢反锁，当司机换好轮胎，上车发现周荷雨时已经晚了。

她对蜂毒过敏，死相惨不忍睹，脸上身上全是红肿的包。

我听闻她意外死去的消息，震惊得好半天说不上话来，她还怀有身孕。

段三思，该有多难过。

秋月伸手在我眼前晃了晃，问："小姐，你又出神了。"

我从往事中缓过神来，周荷雨才故短短七日，我沉思前事，却觉大梦一场。一时惆怅，对她道："扶我进去吧，我好困。"

真的很困，好想睡一场永远也不会再醒过来的觉，该有多好。

这几日，我的病好了许多，已经不再咳嗽，我想，或许我真的该离开了。

刚吃过早饭，我拿着水壶正在给一捧雪浇水，秋月焦急地跑进来，满头大汗拿着一张报纸对我道："小姐……不好了……你看这上面竟写了……你是害死周荷雨的凶手！"

我连忙接过报纸，见上面果真如此写我，不免疑惑，是谁如此加害于我？

"我一路上都听见那些人在说你的闲话……说你……"秋月突地停下来。

我看向她："说我什么？"

"说……说你蛇蝎心肠，不满周荷雨抢了你的心上人，因此杀了她。"顿了顿，又说，"还说，你不过是段三思金屋藏娇的……一个没名没分的情人而已……"

秋月看我白纸似的脸，紧紧握住我的手，用希冀的眼神询问我："这可怎么办，这地方不能再待了，小姐，我们走好吗？"

我沉默半晌，良久，看着她，说："好。"

秋月很是高兴，一路跑着去收拾行李。

当我们才走出院子，段三思便带着一群警察从拐角突然走过来。

秋月吓得浑身颤抖，急忙问我怎么办。

我笑着对她说："该面对的终究要面对。"

段三思一身军装，罩着一件黑色的大氅披风，一张脸依旧那么好看。这是三个月来，我第一次见到他，我想，也是最后一次了。

他和我僵持许久，谁都没有开口说话，我看着他就站在我对面，却感觉相隔了一整个银河。

良久，他大步走过来，一把拉住我的手腕就往里走。后面的士兵正要跟来，被他一个眼神制止住。

我的手被他捏得生疼，他走得飞快，耳边除了风声还有后面秋月焦急的呼喊声。

刚进客厅，他便猛地把门关上，上了锁，把我一把扔到沙发上，单手解开脖子上的系带，把黑色的披风往地上一扔，两步走到我跟前，把我压在沙发上，一手捏住我的下巴，倾身狠狠地吻我的唇。

他的面容阴气沉沉却一如往常的英俊，我在他身下一动不敢动，睁大着双眼仔细看他的脸，他闭上的眼，他紧蹙的眉毛，我想伸手摸摸他的脸，可是我不敢，我怕一抬手，却发现这不过是个梦境。

我想要此时他就在我身边。

他看我没有反应，便更加狠狠地吻我，直到我喘不过气来，他才稍稍离开，伸手解开我的衣服，抽掉法式系带胸衣，手扣在浑圆而柔软的乳房上，掠夺、狂吮、深吸。这具身体对他而言无比熟悉，他用手抚摸我的肌肤，熟练地刺激我的敏感点，左腿顶在我双腿之间，手从裙头里面探了下去，手下毫不留情，才一下子的时间，我就觉得虚弱无比、浑身瘫软地被他赤裸地压在下面，能感到小腹间他灼热的欲望。两颗心的距离，我们离得这样近。

醒来时，已是傍晚，我浑身酸痛地起身，就看见段三思早已穿好衣服，坐在沙发上面无表情地打量我。见我醒来，他沉默着把衣服递给我，我接过，起身在他面前自然地穿好衣服。

他坐了一会儿，走到我面前，居高临下地看着我，一双眼睛极是冷淡，终于开口："你为什么要这么做？"

我明白他今天来的意图，不过就是为了这件事罢了，也知道他也相信了报纸上我害死周荷雨的消息，不禁冷笑，涩然道："信不信由你，不是我做的。"

"既然不是你做的，那你为什么要逃？"他斜斜瞟我一眼，"你要我拿什么来信你？"

我怒极反笑："我们从小就相识，难道你还不了解我，杀死周荷雨，对我又有什么好处。"

他漫不经心地说："我当然了解你，你以为把她杀了，我就会回到你身边，不是吗？"

我心头巨震，如今说这些又有什么用，他不再是当年的段三思，无论我做什么都会宠着我；他现在变成了一个我完完全全不认识的陌生人，我说什么他也不会再相信我。但我不会无故承受被诬陷一罪，哑着嗓子看着他，问："那你如何才能信我？"

他脸色铁青，转过身对着门外的人道："进来。"

引子(一)

一个士兵端着一碗药推门而入，把药放在桌上便出去了。

段三思端起那碗药，面无表情地递给我，嘴唇紧抿着，前所未有地冷漠道："这是马钱子，只要喝一口，肌肉便会极度收缩，头部上扬，脊背上拱，犹如躬身一般身亡。只要你敢喝下去，我就相信荷雨不是你杀的。"

荷雨，荷雨，他从未这般亲昵地叫过我，总是直呼我的全名。

在这世间，有些人喜欢一个人，力度很轻，充其量就是蜻蜓点水，譬如周荷雨。而我不管怎么用力，每次都是飞蛾扑火，再怎么伤害自己也得不到他。

如今，他要我死。我看着他，一双清冷的双目，依然是寒冬深夜般的凉。我敛容低首，没有说出口。如果你死了，我的故事也就结束了，但我死了，你的故事还很长吧。

过了些时日，我才顿悟，如果有什么人，在没认识之前，直觉告诉你有什么不对，但又说不出来，如果出现这种莫名其妙不祥的感觉，总有一天，它会应验。那么在这之前，无论如何，也要避开那个人。

第一次看见段三思的时候，我就隐隐觉得，他会是我的劫数。

记得小时候与他第一次见面，他捡起我掉落在地上的玉簪，俊俏的脸上是那种秋水桃花似的笑，一双眼睛里像晃动着一池温暖的湖水。

还记得他和我初见惊心，再次在郊外的花田里相逢，他拨开半人高的枝丫，摇着手里的一把折扇，扬了扬眉梢对我笑道："终于找到你了。"

也记得我和他吵架，他一把揽过我，皱起眉毛，在我耳畔喃喃道："我只爱你一人。"

……

往事再美好，只衬得我如今有多凄惨而已，罢了，我终究不是他爱过的人。有时候，我们必须得做自己的英雄，因为那些你离不开的人，总会先离开你。

我拧起眉头，凄凉地看着他，叹息地说："你我相识一场，便也算有缘，从今以后，你不欠我，我也不再欠你。这些天来，我一直怨上天让我认识了你，可现在我释然了，甚至感觉从未有过的轻松，因为，我终于要忘记你了。"

天间一孤雁，嗷唳叹离群。试问知君者，而今有几人。

我从他手里接过碗，感觉到他的手猛地一震，不禁冷笑一声。要说这世间最令人绝望的事，莫过于，推你进地狱的人，曾带你上过天堂。我闭上眼睛，仰起头准备一口气喝下整碗药。

回忆过去，我不后悔，不后悔曾经爱过一个人，就觉得，以后不管在哪儿漂泊，便不那么孤独了。也许在许多年以后，有人听说我的故事，即使是那么短短一瞬间想起我，曾死心塌地地爱过一个人，那么这世间，也会留下我林戏水曾存在过的一些印迹吧。

嘴里的苦味蔓延到整个胸腔，段三思一把打掉我手中的碗，近似狂暴地怒吼："林戏水，不许喝！"

已经晚了，我倒在地上，心如刀绞。

曾听过一段话，说心碎的时候，就跟木材裂开一样，顺着纹路自上而下完全开裂。心脏也是如此，只要找到了纹路，轻轻一扭，一个手势，一句话，就能将它击碎。

心脏碎了，那么痛苦也无法存在了吧。

只是我唯有遗愿，此生却再也无法实现了。

醉后不知天在水，满船清梦压星河。
似此星辰非昨夜，为谁风露立中宵。
云阶月地依然在，细逐空香百遍行。
别后相思空一水，重来回首已三生。

段三思，我终于可以忘记你了，真好。

引子（二）

人这一生，什么最重要？

月下把火，花上晒裤，游春重载，煞风景是专长。等有机会，焚琴煮鹤，妓筵说俗事，这类也一并做了。何况言谈举止，存心处事。活着不累，只吃饭睡觉累。

最重要的，不过是在三万日里，曾有良人的一日。

段三思倚在大都会舞池中央的一根柱子上，眼神像酿酒，漏过无数个淅淅清晨的秋日，已沉醉千年。

他抽了口烟，吐出的白色烟雾顺着嘴角滑到瘦削的下巴上，深潭似的眼睛望着空荡荡的大舞台出神。不过那么一会儿，过往如夜半的烛火，忽明忽暗，最后还是熄了去。

他想，真希望一觉醒来，在这儿揉着林戏水的头问她说：

"我是不是做了好长一个梦？"

第一章　梦中伊人终不归，
　　　　一处相思

两年后。

早上刚下了一场磅礴的冷雨，整个世界朦朦胧胧的，雨雾还未褪尽。天色凝敛，西边有一大抹绛色的彤云，林戏水欠着身子从出租车窗探望出去，位于淌金流银的上海南京西路1025号，是一个闻名于世的法式花园别墅群"仙浮别墅"，以东是貂家宅，以西是段家宅，以南是林家宅，以北是柳家宅，四幢别墅重重叠叠，像一大群矗立不动、穿戴深紫盔甲的巨人，张牙舞爪毫不费力地顶负着硕大的苍穹，煞是耀眼。

随着雕花大门的打开，出租车开进去，映入眼帘的是一个巨大的喷泉，喷泉旁有一前一后、一大一小两座假山。车子开了一会儿还未见着主建筑，两旁全是层峦耸翠的高大的法国梧桐，远远望去，一片苍郁，如同一堵高耸云天的墙垣，让林戏水感觉在一个青翠欲滴的森林里迷路了似的。在上海这寸金寸土的地域，这地方竟大得惊人。

林戏水不免疑惑，问起司机这仙浮到底有多大？

司机不慌不忙地说，这仙浮从远处看才能看出原貌来，其实整个形状呈山形，蜿蜒而上，分了4层，最下面的是貂宅，其上面是段宅，再上面是柳宅，最上面就是林宅了。里面种满了从世界各地运来的奇花异草、灌木大树，因为从远处看犹如空中楼阁般，便取名仙浮。

林戏水愣了愣神，这四个家族还真奇怪，凑齐了一堆住山上，这一上一下，不得累死。

司机好像看清了她的想法，笑着说，有钱人嘛，总是与普通人不同的。

车子平坦地开过貂家宅，林戏水打量着眼前的洋房，从貂家2楼的窗口望进去，见着一女子正立在窗前，但她只瞥了一眼这出租车便转过身去。

林戏水见那女子模样虽不太出众，但整个人有一种强大的气场，眼角眉梢流露的神情让人不言而惧，光是这一点，就可以让无数颇有姿色的女子黯然失色了。林戏水便问起司机这不平凡的女子是谁，司机笑了笑，说："她便是这貂家的大小姐貂新月了，你啊，先别急着知道她是谁，只要你在上海，就总会听闻她的事迹，知道她是谁，是什么样的人了。"

听见司机这么说，林戏水暗暗地想，这女子年龄和自己相差不大，如此年轻名气已那么大，不知是个怎样的人物。于是趁着车子开进拐角之前，转头再向那窗口望了一眼，却只瞧见了被风灌满的窗帘在飘飘荡荡。

与此同时，站在窗帘后的貂新月，正拿起一件又一件的华衣锦服在镜子前比试。织锦袍子、晚礼服、半正式的晚餐服……她身后站着几个十七八岁的少女，当貂新月不满地扔掉手中的裙子时，她们便争先恐后递上自己手中的裙子。到最后，貂新月索性便是打开了她那个有着上千双的名牌高跟鞋、上百条的时髦旗袍裙子等的超大型衣橱。

漆了白漆的木地板中，镶嵌着金叶图案，各种款式的衣服按颜色、质地和场合分门别类整理得无比整齐。那几个少女见到排列得整整齐齐的衣橱两眼泛光，眼睛浑圆。

是了，这里不是奢侈品专卖店，这里是貂新月的华丽大衣橱。

车子绕过几丛高大的棕榈树，段家宅那座法式洋房便赫然出现在眼前，整座大楼，外表漆了骧红色，在阳光的照耀下，火红得如同烧着了一般。段家宅里，一大群仆人正忙忙碌碌地走来走去，有忙着铺地毯的，有忙着插花的，有忙着擦嵌花柜子的，倒是那小王爷房里的丫鬟显得清闲。

段三思起了床，丫鬟忙着上前服侍着穿衣，却被段三思支了一旁，他才刚洗完澡，裸露的一大块肌肤上还一颗颗往下滴着水，一旁的丫鬟们跟了他那么多年，依旧是被那逼人的英气羞红了脸。段三思褪下身上的睡袍，拿了一旁早就熨烫好的西服套上，整个过程行云流水，便是下楼去了对面的柳府。

林戏水眼睛犹如过戏似的，一阵一阵应接不暇。车子正好开往柳家宅，司机从后视镜里打量了她，侃侃而谈道，要说这几个人中啊，最慵懒的莫过于那柳少爷了。说完便若有所思地笑了笑。

林戏水对那笑容感到莫名其妙，不知其时在柳府的柳少爷房里，柳放正躺在床上，两只手一边搂了个美人，正在温柔乡里浅眠。段三思一脚踹开门，不说话冷着脸靠着门边没打算进去。柳放便是惊醒了过来，皱着眉头看着段三思，睡眼蒙眬地问："我说小王爷，您这一大早火就这么大，怕我这宅子不够你烧啊？"

段三思依旧沉默着没有说话，眼睛里犹如深潭似的持续不断冒着冷气。柳放看着段三思的表情突然像想起了什么，揉了揉头发，嬉皮笑脸终于起了床。

车子开了那么一会儿，出租车终究是在林宅前停了下来。林戏水看了看眼前这幢气势恢宏的住宅，便是惊讶了好一会儿，才走上前去按门铃。

应声来开门的是个模样标致的穿着簇新蓝竹布罩袿的丫鬟，应该是新来的，显然不认识林戏水，还隔着栏杆十分怀疑地上下打量她："你找谁呀？"

林戏水不急不慢地答："我是林戏水。"

"小姐？你……你你？快，快进来！"那丫鬟显然吃了一惊，连忙开了门。

林戏水跟着丫鬟往前走，先是走过狭长的过道，然后是花园，最后是大厅。丫鬟倒了一杯茶给她，让她坐在沙发上等着，林戏水便是细细打量眼前这个惊人的犹如皇家宫殿一般华贵惊艳的建筑，匀称整齐的柱石，撑起了大厅的巍巍骨架，内外墙面、地坪几乎全部采用意大利大理石，入门处有爱奥尼克式的大理石柱廊；大厅顶部特意以大理石砌出穹窿，地面四周也铺设了大理石，中间则以柚木拼成花纹，连楼梯的石级、扶手与栏杆都是大理石的。

这样的房子，林戏水只在家乡的露天电影里见过，她不得不惊叹林家的财力，而她也不敢相信，从今以后，这便是她的家。

一会儿丫鬟便出来了，告诉林戏水她母亲有事不在家，想让她去洗个澡换身衣服，等她母亲回来了再说。

林戏水坐了两天的船赶到上海，洗过澡更是疲乏得不行，倒在床上便睡了。

太阳西沉，明月东升。

当她醒过来转眼便是傍晚了。

房间里只点了一盏雪景色纹小台灯，影影绰绰，她借着这雾蒙蒙的光看见一张慈祥的脸。

"戏水，你可回来了！"林太太激动地握住林戏水的手。

林太太一知道她失踪两年的女儿，竟在这天自己回来了的消息，便是狂喜得一颗心七上八下，怕又是捕风捉影，连忙赶了回来，见实实在在躺在床上的林戏水心才踏实了下来。林太太坐在床边打量着女儿的脸，纵是眼泪汪汪。

林戏水深深吸了一口气喊道："妈……"

这就是她母亲了吧？林戏水暗暗地想，看了看眼前的贵妇，已经上了年纪，脸上的皮肤白腻中略透青苍，穿着一身黑，披着一件玄狐披风，显得无比庄重贵气。

林太太嘴里呜咽着："孩子……妈妈没做梦……果真是你……你可回来了！"林太太便是再也忍不住，颤抖着抱住林戏水，呜呜哭了起来。

沪西静安寺旁有一家豪华酒店名叫大都会，是上海道署下设的洋务局迁至沪西静安寺路，并在西侧戈登路口建造的西式花园旅馆。主建筑为一座假3层的欧洲古典主义建筑，底层为大型宴会厅及舞池，周围是大片草坪，并开设了露天电影放映场。开张不久大都会就因豪华的建筑、精美的布置而受到上流社会的追捧，盈利节节高升。后来被柳放的父亲柳占熊收购，大都会更是成为上海滩最顶尖的交际场所，是不折不扣的高消费场所。

有些家底的纨绔子弟们，游手好闲地能在大都会的电影放映场里泡上一天，一边吃着茶果，一边搂着美人把古今中外的故事传奇给点评个遍。久之，这地方也成了透风的墙，凡是大事小事都从这里流传开来。

这不，那林戏水才回来那么一会儿，便传得尽人皆知了。

最新的话题是：这繁华如梦、醉生梦死的十里洋场什么都缺，英雄人物辈出就看今朝，就是不缺那般传奇的角儿。可这人世间凡事习惯品论高低，就在这非同一般的角儿里吧，那曾经把这上流圈子里，搅得翻天覆地、风声鹤唳的四个混世魔王，真的是拔尖了，谁都超越不了……

知道些底细的贵公子们绘声绘色地讲：

"这几个人可是从小一块儿长大，自从那林戏水离开后，好不容易安生了两年，这不，四个人又聚集到一块儿了，哎哟，以后的日子恐怕又不那么好过了，就连睡觉啊，也得悬颗心。"

"都说防火防盗防家贼，我们啊生不逢时，偏偏与那四个魔王投了一个时间段的胎，这不，做什么事情都还得防着他们，得瞧他们的颜色，一不留神，整个家底都能给你掀起来，以后别想再混……"

有刚发家的公子不屑地取笑：

"至于吗你们，这四个人什么来头，让你们这数一数二嚣张的人物怕成这样？"

有人把手中的一盏凉茶搁置在一旁，神采飞扬犹如讲故事般开始侃侃而谈：

"貂新月，四人帮之首，父亲是上海军阀貂焰时，此女子擅巧思，谙韬略，聪明狡黠，人缘奇广，各种类别的人物她都有结交，只要是她想要的，就没有什么不能得到，你要是敢伤她一根毫毛，她就敢废你整片天堂。段三思，传说中极为冷漠、严厉，是个几乎不近人情的冷血暴君，晚清小王爷，姓爱新觉罗的，清政府破灭，权势虽大不如前，他爹也病死了……但人家偏偏有运气也有实力,段大雨是奉关大军阀,膝下无子,便是带着他打下一块又一块地,想传他衣钵的意思再明显不过,后来这爱新觉罗·三思便隐了姓名改姓段了。林戏水,古今中外少有的大美人,怎么个美法,啧啧啧,能把站在她身旁的号称绝色的女子们瞬间变成绿叶。她母亲陈圆圆是当年的交际花,嫁了四次,真不夸张,她母亲每一次离婚拿到手的钱都够普通人吃上好几辈子了。柳放,风月花花公子,人如此名长得英俊倜傥,但好坏都在这个放字上,纨绔子弟的典型,吃喝嫖赌样样是拿手好戏,玩女人的手段那是顶尖了,惹出一堆风流债。他父亲柳占熊是上海滩的大商人,黑白两道通吃。现在,可是清楚了?"

那公子依然不屑,鄙视说:"都靠家财万贯撑腰的吧,卸了那千金便什么都不是。"

"你可别不承认,这社会啊,可不是留给有准备的人,而是留给有背景有关系的人的。我可劝你,千万别逞自个儿胆子大,惹谁都不要去招惹他们,那可是有前车之鉴活生生的下场摆在那儿的。他们是谁,哥哥不怕夸张搁狠话煞你威风,这四巨头啊,联起手来怕是整个上海滩都不是对手。"

听得这话,那公子脸顿时煞白,不免颤抖着问:

"那这上海滩最不该惹的人还有谁……"

还有谁?

不就是那貂新月、段三思、林戏水、柳放。

上海的灯红酒绿,熟悉它的人,都知道要到了晚上世界才真正开始运转,只有在黑暗中,才有刺激,也只有在黑暗中,才有骄傲、虚荣、嫉妒、真相和报复。

鼎鼎大名的大都会里面盛宴华筵。

大厅里聚集着一群贵人名媛、各行各业的老板、当地的军阀、许多银行界的经理、纱厂的老板及小开、电影明星以及一些新贵。名媛们穿着紫貂,围着火狸，翻领束腰的银狐大氅，说说笑笑，无不透着上海大千世界荣华的麝香。

一瞬间，风花雪月，歌舞升平。

"小姐……小姐……小……"

丫鬟冒失地闯进来的时候，坐在倚檐花罩雕花朱漆梳妆台前的女子正在描眉。她端端正正地坐着，只见得其纤瘦的背影，身穿一件无袖长摆黑色镶珠小礼裙，领口两三排葱白线镶滚着珍珠。从镜子中倒映过来一张精致逼人的脸，皮肤白皙，尖下巴，张扬的眉毛下一双皎洁的大眼睛，恶狠狠瞪了过去，整个人带着种肃杀之美。

嘴唇上涂抹的紫红色胭脂，是这一季巴黎最新款的"桑子红"。娇艳欲滴的红唇动了动，便是一句："慌什么，你赶着来申请殉葬的吧？"

"对不起……小姐……可是……可……"丫鬟低着头吞吞吐吐。

"干什么，跟着我待了那么多年，还是话都说不清楚了，平时教你的怕是都抛到九霄云外去了。"女子站起来，拿着桌上一顶镶嵌着白色羽毛的法式帽子，戴在头上照着镜子调整合适的角度，漫不经心地一挑眉，瞥了丫鬟一眼，"还杵着干什么，说！"

丫鬟咬了咬嘴唇，脸色铁青，依旧是吱吱呜呜："林……林小姐她，回来了！"

貂新月本拿起了眉笔，还没来得及画呢，只一愣，那笔就从手中掉下去了，在地上微微跳了一下，摔断了笔芯。

她不急不慢地推开包厢的门，朝着楼下的舞池走去，一张脸面无表情，像什么也没发生过一样，跟先前的惊慌失措判若两人。也是，她是谁，她是貂新月，天塌下来，恐怕也不能让她乱了阵脚。

只是才刚踏过拐角，就被一个突然出现的人拦住。

貂新月一抬头，只见那人有双醉豹似的眼睛，便是柳放了。

他整个人站在逆光里，浓黑的眉毛宛如峡谷般，眼睛深邃，高鼻梁与尖下巴的线条如刀削斧砍雕刻般，微黄的灯光像在他身体的轮廓上勾了个毛茸茸的金边，衬得像是在发光。此刻他一只手插在剪裁有致的西服裤子口袋里，另一只手端着一杯红酒，一边喝一边打量貂新月，浓眉下的眼睛浮着笑意，仿佛很是高兴，一脸的不怀好意。

貂新月盯着英气逼人的柳放，这混蛋英俊得像那些洋人拍的画册上的皇室贵族似的，不免怒着问："你早知道她回来了？"

"她？谁？"柳放笑着挑了挑眉，装作不知道。

"柳大少爷，我从小跟你一起长大，你心里在想什么我会不知道？怪不得看你这几天有点不对劲，平时那烟花巷子也不去了，整日在我面前晃悠，我说为什么呢？还以为你花心大少怕是着了我的道，爱上我了，寻着给我求婚呢。"貂新月靠近柳放，微微噘起小嘴，戏谑地说，"我还寻思着该如何劝你，天涯何处无芳草，你可不能在我这棵树上吊死，该多找几个，五树分尸。原来竟是我想多了，你是等着林戏水回来闹我场，看好戏是吧？"

柳放眉头一皱，轻轻笑了一声："我怎么觉得你这话中有刺儿呢，新月，其实我早就盼着在你树上吊死了，要不然，你别嫁三思那小子了，嫁给我，可好？"

柳放上前一步，紧逼貂新月，一手揽住她的细腰往怀里送，两人的身子便紧紧贴在一起。

"你这手段哄那些白纸似的小姐还成，对我可不管用，难道你不怕我答应了？"貂新月看着一脸玩世不恭的柳放，故意在他怀里盈盈一笑。

柳放看着那笑容，一愣，收起一脸坏笑，目色沉重起来。稍加停顿，他站了起来，弯下腰捧起貂新月的脸蛋，正要轻轻地吻上去，却被貂新月躲了开。

"本小姐忙着呢，没空拆你的招，柳大少爷你还是抓紧时间寻找猎物吧。"说完，貂新月便穿花拂柳地往楼下去了。

柳放不舍地看着她的背影，向前几步整个人靠在雕花栏杆上，看着楼下舞池里熙熙攘攘的人群，眼神里闪过一丝落寞，不过只那么短短一瞬，又恢复了神采,眼睛便是盯着舞池里一抹倩影不放了。身边正好经过一个穿着酒保服,端着月白釉葵口高足托盘的侍应,柳放连忙抓住他,指着舞池里一个穿着凤仙裙的漂亮女孩问:"她是谁?哪家的小姐,怎么以前没见过?"

侍应顺从地答道:"柳少爷,我也从未见过,大概是席上哪位嘉宾的亲戚吧,名字……方才我在邀请函上只见着'惊雀'两字,不知是不是真名……"

"惊雀,惊雀……"柳放嘴中念念有词,想了想有关这个名字的一切,却还是一无所获。他细细打量着那女子,只见她正独自站在一个偏僻的黑暗的角落里,对着一大簇插在花瓶里的玫瑰发神。

"这么好的名字再配上这么美的人,便是再完美不过了,是不是真名又何妨?"

侍应看着柳放急忙往那女子奔去的背影,摇了摇头道:"这刚好是第100个了吧……"

第二章　遇良人欲言又止，
　　　　久别重逢

"司令。"

貂焰时正与人周旋，平时跟着他的亲信参谋长林豹竟来到他跟前。貂焰时见他，打断了谈话，询问他什么事。

林豹意会，凑到他耳旁轻声道："刚接到密电，保安委会和乱党，还有边境的那些土匪合作，预备明日集体反抗，向官府发难。"

貂焰时闻言眼神巨变，但依旧笑着与那人找了个借口，便和林豹来到一个角落。

貂焰时连忙问道："此事当真？"

林豹道："千真万确，司令，你看此事怎么办？"

貂焰时端起一旁的酒，一饮而尽，缓缓道："那帮乱党，在社会上还是有点影响力的，但他们手上却无兵权，充其量就是几个小丑罢了，放几枪子弹就吓跑了，只是那群土匪……"

林豹想了想，笃定地说："那绿林大盗，司令大可放心，你忘了你还有你的老友段大雨不是，我听闻段大雨与那土匪头子是旧相识，要不你让他去周旋周旋？"

貂焰时眼睛一亮，随即目光落在舞池里正搂着一女子跳舞的段大雨身上，笑了笑："你说得没错，明天你亲自带领军队去解决那几个乱党，至于那土匪，我先去问问大雨再作商议。"

林豹点了点头退下。

　　一曲舞毕，见段大雨坐在沙发上喝酒，貂焰时便来到段大雨身前，对他笑道："段司令，怎么不去跳舞了？"

　　段大雨摆了摆手说："今儿三思和你闺女订婚，我高兴！想着去跳跳舞，哎，才跳那么一会儿，我就上气不接下气的，看来老咯，你和我啊，是该退休咯……"

　　貂焰时打趣道："这倒是，想当年，你和我的舞姿，不知道也迷倒多少人……"

　　段大雨哈哈大笑。

　　貂焰时突然收敛了笑容，不再说话，喝起闷酒。

　　见他如此，段大雨不禁问："兄弟，怎么了？"

　　貂焰时哑然道："边境上那群土匪，越来越不知好歹！我接到密电，听闻他们明日竟要攻来。"

　　段大雨怒喝道："竟有此事，那群土匪是吃了豹子胆不成！那头子是谁？！"

　　貂焰时说了那土匪的名字，段大雨的表情顿时凝重了起来，想了想，说："原来是他，此人结交甚广，实在不好对付。但你放心，他乃是我一个旧友，我一会儿叫人给他送信去，保管他不会再找你麻烦！"

　　貂焰时拱了拱手："那就谢司令了！"

　　段大雨摆了摆手："你我已经是一家人了，还说什么外人话。"又道："从今往后，只要你我合力，谁还敢与我们对着干？这南方势力，迟早还不得是我们的！"

　　貂焰时接过话："这话不假，但眼下还有个难对付的秦力在，想当初我打下那湖北，他竟然把军队开到城里来直接跟我要地。他凭什么？倒想一分力不出坐收渔翁之利，未免也太小看我了。但我念在以前我们朋友一场的分上，他要么，给他就是，没想到后来他狮子大开口，四处拉拢人心，组建军队，势要把我俩赶走。"

段大雨点了点头:"这口气不能忍,但秦力勾结日本人做卖国贼,背后有他们撑腰,你我羽翼未满,眼下便只能忍。"

貂焰时怒目,把手中的玻璃酒杯一把捏碎,道:"我倒要看那人能威风到何时。"

一个打扮成男子模样的女子,正坐在他们隔壁的位置上,佯装喝酒,在偷听到这一切后笑了笑,满足地提着一个装有一件凤仙裙,还有胭脂等饰物的包裹,往卫生间走去。

那人却是惊雀。

……

夜渐渐深了。

貂新月从旋转楼梯上下来,脚上的高跟鞋吸引舞池里无数女子的打量:那可是巴黎 Alexander Bcqueen 设计的黑玫瑰绑带高跟鞋,全世界只有 3 双,由黑色软纱编织成的 4 朵丝质玫瑰,缠绕在脚踝两侧开放,美得妖异。

当初貂新月为了拿到这双鞋可没少费心思,不过看众人眼中那羡慕得七魂先走了三魂牙痒痒的目光,貂新月便是一点也不谦虚,耀武扬威地踩着她那双 3 寸高的高跟鞋,摇摇摆摆地下楼去了,跟个女王似的。

一个少妇走过来,打量着貂新月身上的裙子,一把便将她的手捏住笑嘻嘻地对她说道:"姑娘,你怎么没穿我送给你那条裙子?"

貂新月认得是她母亲生意场上的朋友,前些个天说是工厂出了新款拜托貂新月穿在身上出席聚会。说来也奇怪,凡是貂新月在聚会上的穿着打扮,散了会就成了这大上海众人的模仿样板。少女们都喜欢依样画葫芦照着她穿着,貂新月也就莫名其妙成了那穿衣趋势。

貂新月笑吟吟地说:"不是我挑裙子,而是裙子挑人,衣服也要讲究缘分,就跟人一样,看一眼便知道与你有没有缘了。"

忙着在人群中找林戏水的貂新月,找了个借口便搪塞了对方。

刚一转身,貂新月就看到她母亲正拨开人群往这边来,显然也是为了那裙子兴师问罪来了。

恰巧，三个女孩缓缓走到了貂新月身边。貂新月拉着她们便往外走，避开了她母亲。

"我们找到林戏水了。"其中一个穿银色旗袍名叫王熙熙的少女异常兴奋地说。

"她在哪儿？"貂新月听见这消息并没有很是触动，仿佛早就知道了一般，一双沉静的眼睛瞥过王熙熙，往中间的王烟烟看去。

"在百老汇旁边的绸庄，"王烟烟便是顺从地答，"和林太太一起来的……"

左边的王醉醉抢过话来："只不过依旧不知道小王爷去哪儿了，我们找不到他。"

"找不到继续找啊，只要三思到了就好，其他的都不重要，快去！"貂新月冷冷地骂。

三个女孩点了点头便迅速散去。

旁边站着的一个女子见着嚣张的貂新月便是吓了一跳，不屑地朝同伴递了个眼色说："你说她也太嚣张了吧，不就是有点儿钱么得瑟成那样，我看那三个女孩衣装打扮也不算太差，怎么就任凭她貂新月差遣？"

同伴听这话连忙往她胳膊上狠狠捏了一把，那女子还没来得及低低尖叫一声，就被拉到了角落。同伴拉低了脸骂她说："我说你也跟我混了那么久了，脑子还是那么蠢。你说谁的闲话不好，偏偏说貂新月，她是谁啊，你还不知道？"

女子懊恼道："我知道！可是我就看不惯她那颐指气使的模样，整天就知道仗着权势欺负人。"

"人家哪里欺负人了，刚刚那三姐妹是开电影公司的老板的女儿，跟貂新月念同一个女中，平时听闻了一些貂新月的事迹，对貂新月崇拜得紧，自愿缠着貂新月做了她的跟班，只要是貂新月吩咐的事她们便照着做。这三姐妹打着忠诚的幌子，实际上是仗着貂新月，在学校和这圈子里猖狂了起来。但貂新月哪里有心思管，这上海滩，有哪家的女儿不想跟她攀关系称姐妹的？"

女子撇了撇嘴唇说："要不是她父亲是大军阀，她还能目中无人那么猖狂？还真把自己当神话了，个个都要虔诚地把她供起来……"

同伴笑了笑，嘲讽着说："哎，你还别说，貂新月就真跟个神话似的，只要是她想要的，便没有什么不能得到。有颗那么聪明的心，还生在那么有权势的富贵人家，最关键的是，还有一个柳放和一个段三思做后盾，你说，这不是所向披靡是什么。要想把貂新月踩在脚下，你还是等下辈子投个好胎做了那大军阀的女儿吧……"

两人正说得起劲，没想到一个人竟直冲冲从两人中间走过，两人手中的红酒没端稳被那人碰洒了一身。两个女子尖叫着跳开，见着裙子上的一大片酒渍愤怒地要开骂，没想到一抬头就傻了眼。

那人正是貂新月。

貂新月头也没回地往大门口走了过去，灯红酒绿的街道似烛火摇曳，暗黑色的夜空下树影绰绰，被晚风吹得丝丝缕缕。四处的建筑更加像披了一层月光般的雕梁画栋，美轮美奂。没见到段三思的身影，貂新月的眼神不免又暗了下去，索性抱着胳膊在街边的一棵桂花树旁蹲下，微风一吹，一缕浓烈的幽香细细传来。

为了良人，枯等寒街又何妨？

来沪的不少外侨女郎中流传着这样一种说法：到上海不去晏芝路做礼服，可以说是白来一趟。但流传甚广的未必最好，一件衣裳大热后十个女子同穿，反倒失了性格。位于百老汇旁的柳氏绸庄，靠专门为顾客设计制作衣服而扬名。但这绸庄甚是古怪，据说是祖上立下来的规矩，一件衣服只能一个人穿，因此价格昂贵得出奇。有多贵？一件衣服的钱能在同孚路买下一幢大宅子了。大概是揣摩到了有钱人的心理，不买最好的，只买最贵的，每季新品便只有那么独一无二一件衣服，放在橱窗内陈列，想要买到手更要煞费一般苦心。一来二往，能不能穿上柳氏绸庄最新季的衣服，便成了地位与权势的象征。

林太太在车子里乐此不疲地对林戏水讲解着。

已经是夜晚了，窗外的霓虹灯伴随着各种各样巨大的广告招牌，倏忽在林戏水的眼前闪过。林戏水想了想，既然在柳氏绸庄里定做衣服那么难，那她母亲又白费心思跑那一趟做什么。

林太太看清了林戏水的想法，不免有些得意地说："还不是看着你的面上……你与柳放的关系那么好，柳氏绸庄虽是他爹开的，但早晚也是他的，我早就与他说好了这季的衣服得卖给我。但我从小看那小子长大，知道他忒没谱，转手又给了别人，像上一次我去店里问就碰上了貂新月那丫头，我寻思……"

林太太像想起什么突然停下来看着林戏水，表情十分愉悦："对了，你说我这什么记性，居然忘了对你说，今晚啊，是新月和三思订婚的日子，要知道你回来了，他俩指不定变成什么样呢，今儿可真是个好日子……"

是好日子吗？林戏水不敢确信。从一开始，柳放、段三思、貂新月，这三个人的名字就一直出现在自己耳边，而且与自己关系还非同一般。林戏水揉了揉太阳穴不禁犯难，如果等会儿见着他们，自己被拆穿了怎么办？

是的，她害怕，因为，

——她不是真正的林戏水。

——她是，冒，牌，货。

车子开到了柳氏绸庄，林太太和林戏水正要下车，外面本是静谧的街道突然变得喧哗起来。林戏水把头从车窗探出去，瞧见行人们纷纷站在两旁，数十辆黑色的轿车缓缓开过，一辆挨着一辆排列有序地停下来。林太太眼睛看着前方也不解地说："这么大的排场，倒是什么人物？"

刚说完，排头的那辆车打开了门，只见一个身穿军装面容冷峻的男子，屈身从车里出来。

林太太恍然笑了笑："我说是谁，原来是三思，一阵没见，这孩子倒是越发倜傥了。你们两年没见，戏水，你不会认不出来了吧？"

他就是段三思？林戏水心里一震。

只见墨绿色为主的军服，平整笔挺地紧紧贴在他颀长的身体上，外面罩了一件黑色的银狐大氅，脚踩黑色军靴，挺拔的身材把路灯的光线掩去一半；线条干净利落的五官，格外地棱角分明，犹如曙光破云而出，英俊倜傥的气息大雾似的弥散开来。只是他的神情异常冷漠，整个人像是被罩上一层千年的薄冰，像苍郁的森林里弥漫着的终年不化的寒气。意识到她灼灼的目光，他的视线迅速地扫过来，冷冷地。

林戏水便是慌忙地把头缩了进来。

这是林戏水第一次见段三思，也是她人生中见过最好看的男子。她想过了无数个形容词，什么"眉清目秀""英俊倜傥""气宇轩昂""挺鼻薄唇"……想来想去倒觉得没一个合适，脑海里却突然冒出来一段古赞辞：身长七尺八寸，容止出众，美词气，有凤仪，而土木形骸，不自藻饰，人以为龙章凤姿，天质自然。

这段精美绝伦的赞辞放在他身上最适合不过了。

她再次把脑袋探出车窗，没想到只一会儿段三思便不见了踪影，那几辆轿车也开始缓缓开动，最终消失在视线里。

林戏水吁了一口气，和林太太一起下了车，进了绸庄。

"这件衣服早就做好了，你不在的这段时间里，我啊，只要一想你就会跑到这儿来看看这件衣服，想着穿在你身上是什么模样，今天我终于可以如愿了。"林太太欣喜地抹了一把眼泪，"你先等着，我去给你拿衣服。"不等林戏水搭话转身就往柜台走去。

林戏水打量着挂在四周的衣服，不免震惊于一件又一件的华衣锦服，怕是一件衣服的价钱，就可以抵她一年的伙食费了……

正懊恼着，旁边的试衣间居然自动打开了门，里面传来一声男子低沉的声线"过来"更是吓了她好大一跳。

林戏水站着没有动，里面的人便有点不耐烦，声线加重："没听见吗？过来，给我穿衣服。"

看了看周围，只站着自己一人，里面的人应该是把她当成了店员。她想了想，便打开了试衣间的门，见着一男子正穿着熨帖有致的衬衣背对着她。林戏水取下一旁的西服，看了看那人的背影，骇人的高度，视线平行只到肩下一点。她硬是踮起脚尖够了好几次还是够不着，皱了皱眉，只能站在原地不知所措。

那人见她半天也没动静，转过身来，两人视线相对，均是一愣。

段三思惊讶地盯着林戏水，眉目间似隔了千山万水，半晌，薄唇一动："戏水？你……回来了？"

林戏水不敢迎上他灼灼的视线，低头吞吞吐吐："是……我回来了。"

接下来是长久的沉默，林戏水只知他一直在盯着她看。

对方居高临下的冷酷气息，压得她快不能呼吸。良久，她正要推门而出，却被段三思抢了先。他一把推门上了锁，林戏水还未反应过来，段三思已双手擒住她的身体，把她按到狭窄的试衣间墙上，随即双手撑着墙，弯着身子打探着低着头的林戏水，命令道："抬起头来。"

如此近的距离，林戏水被他牢牢困住动弹不得，几乎贴在了他身上，鼻尖溢满了白檀香的味道，甚至能感觉到他的心跳。

手紧紧拽着裙角，林戏水忐忑地抬起了头，没想到太迅速，段三思没来得及站直身子，两人的脸竟是毫无距离，林戏水的嘴恰好擦过段三思的下巴，一阵短暂的呵痒的温度。

"我……我要出去……"她再次红着脸低下了头。

只一瞬，段三思的眼睛一凛，目光便寒气逼人，狐疑地看着林戏水的脸，最终放开了她，冷冷道："你不是林戏水。"

林戏水震惊地抬起头，有点难以置信，难道她那么快就被识破拆穿了？她偷偷瞄了一眼面无表情的段三思，稳了稳心神，蹙眉问："你怎么知道我不是？"

段三思双手插在西裤口袋里，斜靠着墙，神色变得极淡："我太了解她，你和她虽模样相似，但气息不同。"

林戏水看着眼前英气逼人的男子，震惊不已。他整个人散发出一种高高在上的气息，气场里更是充沛着那种与生俱来的高人一等的强迫感。她默默推断此人与林戏水的关系非同一般，想想看，要多亲密的关系，才能把对方的一言一行都牢牢铭记在心底？

　　再者，此人的城府更是高得吓人，如果没有极高的智商和洞察力，怎能一眼便将谎言戳穿？她感觉自己的声音都有点发抖，哑然道："那我可以走了吗？"

　　段三思依旧冰冷如霜，缓缓看了她一眼，点了点头。

　　打开了门，林戏水头也没回地急忙往前走着，抬起手，里面竟出了薄薄一层汗。

　　林戏水咬了咬嘴唇，看着前方拿着一件礼服左顾右盼的林太太，拍了拍脸，强迫自己笑着迎了上去。

　　段三思的目光依旧停留在林戏水的背影上，只是微微叹了一口气，神情显露出黄昏愁云般的落寞。良久，他穿上衣服，大步走出了绸庄。

第三章　三心二意终错付，衷肠尽诉

夜色如水，朦胧的月色照耀着大都会，加上房子里夺目的灯光，在深夜里，就更显得璀璨了。

柳放在舞池里寻着一袭凤仙裙的女子的身影，找了一会儿还未寻着她，只以为她是离开舞会回家了。盯着眼前这盆开得妖异的红玫瑰，他的眼神便黯然了下来，只觉得嗓子干得难受，打算去端杯酒解渴亦解愁，没想到一转身，便被惊得不轻。

惊雀正站在他面前，嘴里含了一朵玫瑰，一双丹凤眼犹如碎了的翡翠似的有千言万语，眼角点缀的一颗泪痣，更是美得让人不敢直视。柳放看着那双紧紧盯着自己的眼睛，心猛地一紧，他竟忍不住转开了视线。

"从一开始你就盯着我，你是谁？你找我做什么？"惊雀把嘴里的玫瑰拿下来，握在手中，一扬眉，不经意地问。

柳放笑了笑，说："我看姑娘面目如此熟悉，赫然想起一位朋友。"

"朋友？"惊雀面无表情。

柳放似笑非笑地看着惊雀："对，朋友。我看姑娘长得很似我——下一任女朋友。"

惊雀一愣，只那么一瞬，随即眼睛弯了起来，笑意盈盈地说："听你这么说，我也觉得你很像我男朋友——一定要打的登徒子。"

柳放盯着惊雀，脸上划过一丝奇特的表情，仿佛是惊讶，接着是恍然，然后笑了起来："你有男朋友了？"

"有或没有与你何干？"

柳放一张薄唇动了动："没有男朋友你是我的；有男朋友我会把你抢过来，你还是我的。"

惊雀嘴角微挑，笑了笑，突然靠近柳放，把手中的玫瑰插在他胸口的西服口袋中，看着他说："你喜欢我？"

柳放愣了愣，没料到对方气场十足，自己竟占了下风，但他是在风月场上混成精了的人，随即眉毛一挑，声音明显带着促狭的笑意："有的人，你第一眼看到她就知道你们之间会发生点什么，你让我，第一次有了这种感觉。"

"那是什么感觉？"

"你真的想要知道？"

惊雀点点头。

柳放握住她的手，竟是寒冬深夜似的凉。他皱了皱眉用力握住她的手放到他的心上，眉毛一挑，调笑的意味极浓："感觉到了吗？"

惊雀摇了摇头，说："你的心跳并没什么不同……"

"再来。"

柳放一把揽过惊雀，把她拖进怀里，感觉到她的身子一颤时，嘴角勾起一抹邪笑，捧起她的脸蛋，深深吻了下去。

2楼最末的一个房间一直是柳少爷包下来的，不过是寻花问柳时图个方便，但这个酒店是他父亲柳占熊的，是他父亲的也就是他的，所以跟他一起进那个房间的漂亮女子都不太明白，那么多房间随便进一个不就好了，为什么偏偏要走那么久进最末那个房间。柳放一边笑一边搂着她们说，深深的话要浅浅地说，长长的路我们慢慢走。只这么一句话便透露出柳少爷想要细水长流的意思，怀里的女孩们便笑得花枝乱颤了。

但这一次，才刚上楼柳放就忍不住了，抱着惊雀急急踏入了第一间房。

门一关，柳放便把惊雀紧紧压在了床上，寻着她的唇吻了上去，眼睛，鼻尖儿，一路下来，吻至耳垂，便轻轻咬住惊雀的耳朵，一只手轻轻挑开了她胸口上的盘扣……惊雀的身体开始发抖，表情一凛，拉住了手正要往里探的柳放，眼里有着疑惑和忐忑："你是认真的吗？"

柳放抬起头，一双意乱情迷的眼睛与她对视："我说不认真，怕你也没法逃脱了，嗯？"

惊雀怔了怔，表情依旧淡淡的，想要把柳放推开，却反被他压得更紧。柳放翘起嘴角笑了笑，没有停下手中的动作，一只手轻易便把她双手手腕牢牢困住，抵在了她头上，嘴去吻她的锁骨，声线低沉萦绕着致命的诱惑："我不知道该怎么形容我对你的感觉了。我见到你的第一眼，就觉得你本该属于我。你是我的。"

惊雀在那声音和吻中感到一阵酥麻，便是瘫软了下来，剧烈的抵抗不自知演变成她的手绕到他背后，轻轻地抱住他……良久，她的眼角一颗泪水缓缓滑过泪痣落到那只绣了精致花朵的枕头上，她便想到了这人生，似极了这刺绣。一针一线，不忍着点痛，如何锦上添花？

意乱情迷，恰逢天雷勾地火。

钿头银篦击节碎，血色罗裙翻酒污。纨绔子弟们的大好光景当然是要鲜衣怒马，夜夜笙歌的。就是那身下的女子们，图的是一响贪欢，怕的也是一响贪欢。惊雀也不例外。有谁知道，她在今晚押下了全部。

——当然，也是怕的。

晚风拂过庭院吹落一地碎花，淡云安慰流苏，这一片烟光疏疏，恰是淡云薄。

等到残月上了窗纱那小王爷才出现，貂新月在长街便是等得整个人都冻成了寒冰。夜色如水，凉风卷着淡月下的一股幽香鼓起男子的风衣。待花光月影消过，段三思看见站在阴影里面无表情的貂新月愣了愣，蹙了蹙眉，大步走过去，脱下身上的风衣，修长的手指捏住衣领轻轻一扬便裹住了貂新月单薄的身体。

依旧是淡淡的声线:"你在这里站了多久?"

貂新月双手紧紧捏住风衣的领子,轻描淡写地转开话题:"你是不是不想与我结婚?"

段三思的目光毫无波澜,只眉头一凛:"没有。"

貂新月笑着问:"真的?"

段三思转过身,背朝她说:"我们进去吧……"

貂新月似乎被他这种若无其事的态度激怒了,站到他对面,把他的肩膀转过来,盯着他的眼睛,认真地说:"段三思,你和我走到这一步,已经毫无反悔的余地了,我们必须结婚,你知道我貂新月最讨厌意料之外,你今晚要敢给我整出什么意外,我保证拿刀捅你999下。"

段三思似笑非笑地看着她,缓缓说:"我不和你结,与谁结?"

貂新月满意地笑了笑,只是这笑里藏了把锋利的尖刀,她慢条斯理地把刀子抛过去:"林戏水回来了。"

段三思如被电击,脑海里闪过空白,敛了笑意,眼神似深深的潭水透着无边凉意:"那又如何?"

貂新月暗暗一笑,拉住段三思的胳膊往大都会里走,云淡风轻地说:"算了,当初她不声不响地离开,现在不知又从哪儿冒出来,倒也符合她的风格。我也不想跟她计较了,她也没做对不起我的事,我何必跟她过不去,倒是人人都在看我和她的好戏,这一次又让他们失望了。"

段三思一怔,甚觉得此番着实太不像貂新月的作为,侧脸看着她,薄唇动了动却始终没有说出话来,表情如夜空中愁浓的墨云甚是凝重,终究还是沉默着与她一起进了大都会。

花好月圆,也不及当下风雪千帐灯明。人生自是有情痴,吞下星辰,千言万语却如鲠在喉。

人声鼎沸的大都会里,貂新月的母亲周迤逦正端着酒杯与段大雨说说笑笑,看见貂新月挽着段三思的胳膊进来,便急忙朝她走了过去,怒气冲冲地说:"新月,三思,你们两个倒是去哪儿了,害得我好找!今儿你俩可是主人，要不是我和大雨，这场子看你们俩怎么办！"

貂新月笑了笑："我和三思的戒指被下人忘别墅里了，我不放心再交给下人去拿回来，要是路上再出个什么错，耽搁了宴会就更麻烦了是不是。"

忘戒指这回事并不是她自己瞎编而来，实际上那下人已经被貂新月辞退回老家再也不许踏入上海半步了。

一句话说得滴水不漏，她母亲本来还想说她两句，便也再说不出话来。

"快去准备准备，一会儿错过良时就不好了。"段大雨看着段三思，命令道。

段三思点了点头，拉着貂新月便往礼台上走了上去。

台下的众人看着台上的两人，听着他们宣布订婚的消息，还是有人忍不住窃窃私语。

"自古以来才子佳人终会修成正果。"

"这一对，实在是太般配了些。"

"段三思那张脸，真是十分的要命，纵然是女子都把持不住，这样顶尖了的样貌太易招女人往上扑，要没有三分本事，怎能有胆量与自信去占有。貂新月可真是女中豪杰，她从此便是我的偶像了，哈哈……"

"依你这么说，我倒觉得还有一人与他最相配。"

"谁？"

"林戏水。"

"不是说有段时间段三思喜欢林戏水吗？我觉得他俩也甚是般配。话说林戏水失踪那么久，倒是生死未卜，哎，可……"

"喂那……那不是……林戏水吗？"

说罢，便朝大门口望去。

林戏水穿着一袭素白色织金花长裙，胸前用丝丝白线串金缕织成大团缠枝花簇，远看又是一片白，颜色清雅，精致素淡，整个人像是从空谷幽兰中走来，带着一种美得咄咄逼人的气质，让人不敢直视。她在众人的眼光中缓缓走来，一双眼睛对着舞台上惊讶之极的两个人，漫不经心地笑了笑。

貂新月的脸被冷色的灯光照得越发面无表情,她只一动不动地看着台下的林戏水,嘴角牵了牵,对着她说:"你倒是回来了。"

常人听着这一句话并没有什么异常,但段三思听着如被针刺,两人之间的暗潮汹涌,被一句"你倒是回来了"推到极致。

不等林戏水搭话,段三思翻身从台上跳下来,大步走到林戏水身边,拉着她的手,便向外面走去。

此情此景,众人更是惊叹不已。

而那台上的貂新月,一张脸依旧是面无表情。

倒是留下一屋子人面面相觑——那这婚到底是订了还是未订?

林太太只去了一趟洗手间,回来便没见到林戏水,在大都会的宴会上,找了许久也未找着她。等到夜深人静散了宴会,林太太哭肿了双眼,对着周迤逦喃喃着不知道该怎么办,怕她又一声不响地离开。周迤逦今晚见女儿的订婚宴泡了汤,也很是伤情,两个人依偎在一起,彼此安慰。

直到柳占熊也走过来询问他儿子柳放的身影,两个女人才略抬起眼角摇了摇头,又一声不吭了。

最后,段大雨和貂焰时也走了过来。

段大雨对着林太太道:"你刚刚不在,其实林戏水和三思一起走了。"

林太太欣喜若狂:"当真?戏水没有走?这可太好了!"

坐在一旁的周迤逦听见林太太这么说,大声咳了一咳。林太太瞧见她的脸色,明白了是自个女儿搅和了她女儿的婚事,顿时有点难堪,也收了笑容,干笑两声,故意握住周迤逦的手,看着众人打趣道:"我们这几个孩子,从小到大哪次不是做出一些惊天动地的事来,让我们做父母的操心,可他们几个倒好,没过几天就好了,这一来二往的,我也懒得管了,他们自己捅出的篓子,自个儿去解决是不是?"

看到众人依旧沉默着没说话,林太太站起来,拿起酒杯举起来,叹着说:"倒是我们几个那么多年的感情,别给那几个小破孩儿给影响了,来来来,我们好久没在一块儿喝酒了吧,今晚不醉不归啊!"

其余三个人坐在沙发的角落，都沉默着没有说话。

许久，貂焰时站起来，笑着与林太太碰了杯："还是林太太说得对。"一边说着一边拉起坐在沙发上的周迤逦，把酒杯放在她手上，递了递眼色。周迤逦吸了一口气，勉强笑了笑，看着段大雨与林太太说："也是，罢了，今晚的事，可能新月与三思又吵架了吧。"

"对，等他俩和好了，订婚的事，咱们改天再挑个良辰吉日也不耽搁……"段大雨语重心长道。

柳占熊端起酒杯与几个人碰了碰："我们几个好不容易凑齐，听林太太的，孩子们的事儿先放一边，今晚我请客……不做别的，我们喝酒，赏玩夜色，聊些闲话……"复而对着身边的随从说道，"去把最好的三星白兰地热一热，拿过来。"

硕大而安静的大都会里，顿时又充满了谈笑声。

夜上三更之时，有个侍从听段大雨之令送信给边境的土匪头子，刚从段宅出来，便开着车而去。走到一半路程时，那侍从从车里下来在路旁小解。就在这时，后车厢突然打开，一个身穿绿色衣裙的女子从里面爬出来，快速地跑到车里四处翻起来。一会儿，一封信被她找到，她咧开嘴拿着信跳下车躲在车尾，等到那侍从回来时，女子手拿木棍猛地朝他的头敲去。侍从晕倒在地，那女子踢了他一脚，开着车扬长而去。

而那女子，正是刚和柳少爷一番云雨后的惊雀。

第四章　谁人还在谁人旁，
　　　　　良缘用尽

第二日，《京报》上这样一则新闻让中国各地震惊。

"上海参谋长林豹带着少许军队与乱党斗争，最后突然蹿出一群土匪加入乱党，林豹寡不敌众，落荒而逃，徐州最后落入军阀秦力手中，成为他的势力范围之一。"

貂焰时把报纸往林豹脸上一摔，大骂道："好你个秦力，原来乱党竟然是你的计策！"

林豹把脸上的报纸拿下来，弯着身，轻声说："司令，你大可怪罪于我，是我作战不利，才让你失了徐州！请责罚！"

"此事你并没有错。"貂焰时站起来，看着窗外，"新月和三思的婚没订成，没想到段大雨便失信于我，反而与秦力联手对付我，好一个空手套白狼！"

林豹走上前："原本一个秦力便不好对付，现在再加上一个段大雨，这可如何是好？"

"想对付我？没那么容易。"貂焰时沉默不已，半晌，缓缓道，"去给我约秦力和段大雨，三天后，大都会，我请他俩吃饭。"

林豹见貂焰时自信的神情，知道他已有计策，也悄悄松了一口气。

在日光照耀下的大都会，此时却如墓穴般死沉沉的宁静。

柳放睡眼惺忪地在床上醒来，慵懒地翻了个身，伸出长长的胳膊想把一旁的美人抱在怀里，却出乎意料地扑了个空。他皱眉望着空空如也只留一丝温存与褶皱的床，硬是十分懊恼地揉了揉后脑勺张牙舞爪的头发。

顿了顿，依旧有些茫然，揉着头发自言自语道："莫不是昨晚做了个梦吗，我却是饥渴成这个模样了？"他连忙抓起盖在身上的被子，朝里瞧了瞧，如他所想下半身赤裸裸什么也没穿。"那这梦也太奇妙了点，"随即掀开被子准备翻身下床时，却被床单中央的一点血迹惊得不轻，怔了半晌，一双眼睛笑得秋水桃花，缓缓说道，"我就知道这不是梦……"

正念叨着，门突然被打开了，四五个人簇拥着一个五十岁上下威风凛凛的男人走进来。

柳放看见是他父亲柳占熊，一张脸顿时变得煞白煞白的，一边急忙穿着衣服，一边开口说："父亲，你……你怎么来了？"

柳占熊一言不发地走到柳放身边，扬起手便朝他的脸狠狠扇下一个耳光。

好像所有人都被柳占熊的举动吓到了，整个屋子里安静得出奇。

过了一会儿，柳放撇着脸用手擦了擦嘴角的血，笑了笑，转身拿起挂在床头的外套，就往外走。

柳占熊在椅子上坐下，面无表情地从烟盒里拿出一根烟，身旁的随从便连忙弯下腰掏出打火机为他点上。他在烟雾里抬头，盯着柳放的背影说："昨晚的事是不是你做的？"

听见他这么说，柳放不解地停下脚步，细细想来昨晚他又哪里有做他眼中的坏事？从小到大，父亲对他的误解便是犹如千堆雪，只能越积越深，两人的针锋相对也从停止过。他也不想再去问他到底是什么事，也懒得花工夫解释了，呵呵干笑两声，垂下眼皮，肃然道："你又何时相信过我。"

说完便是头也没回地大步跨出了屋子。

才一拐角，他便靠向一旁的墙壁，先前的犹如猎豹般的眼神温和了下来，充盈着憔悴。正要离开，身后却响起个笛声依约芦花里般的声音。

"柳放。"

依稀回忆起来，每次在难过的时候，只要一听到这声音，便是所有的烦恼都随着这声音一并淡了去，仿佛带有蛊惑，自此深渊不险，苦海生娇。柳放不用回头，便知道这声音的主人是貂新月了，这世上，怕是也只有她才会如此直呼他的全名。

貂新月一言不发地走到他身边，看到他的眼睛，突然像明白了什么，说："老地方？"

每一次貂新月心情不那么好时，就会拉着柳放去街头那家人迹罕至的酒馆喝酒。柳放问她怎么那么喜欢喝酒。貂新月醉醺醺地指着酒馆外面的牌匾说："我喝的不是酒，喝的是醉生梦死。"

对了，这酒馆有个柳放不怎么喜欢的十分文绉绉的名字——醉生梦死。

这时，貂新月喝得醉醺醺，举起酒杯，眼里乍起一层蒙蒙的雾气，高举着酒杯一把拽过柳放，颇有些豪气地道："去他们的结婚，来，咱俩一起醉生梦死……"

"不就是订婚没订成？你就涅槃了？"柳放似笑非笑地揶揄道，"每次段三思一惹你生气，你就变得不像你了。"

貂新月在胸腔里冷笑两声，拿眼斜他："我什么时候为他生气了？"

柳放说道："那你这是为何借酒浇愁？"

貂新月轻轻放下酒杯，恨恨地说："老娘在千里董居上，看中一个大清嘉庆年间，皇帝画有冬梅的坠有琥珀扇坠的一柄折扇。我出到两万一千两居然还有人跟我抢！更可气的是才过一天，就被抬到四万两卖出去了！"

柳放斟酒的手颤了一颤，没想到貂新月这爱珍藏古董的癖好是越来越严重了。她从小到现在，从四面八方聚集起来的宝贝，都放在一幢她花了200多万元修筑的公馆里，柳放曾去过那公馆一次，被满屋子排列有序的奇珍异宝们惊得不轻，那公馆被称为貂新月的小型博物馆也毫不为过。

原以为她这次找自己喝酒，应该和昨晚段三思没和她订婚有关，没想到这女富翁竟然是为了一柄折扇……柳放看着她，抚了抚额头，似笑非笑地问道："竟然有人跟你抢宝贝，而且还抢赢了？"

貂新月轻描淡写地说:"是啊,怎么了。"

柳放:"莫不是太稀奇了些,依你的性子,就这样放了抢你宝贝那人,这就跟在台风天里护一支蜡烛似的,难。"

貂新月淡淡地说:"得饶人处且饶人,我貂新月也并不是蛮不讲理的人,是吧?"

"你别这样,怪瘆人的……"柳放古怪地看她一眼。讲理?在想要得到的东西面前,她何时讲过理?都是一句招呼也不打直接从别人手中抢来的……要讲理,她就不是貂新月了。

貂新月伸出食指摇了摇,说:"那人在外面养了个小老婆,我叫人拍了照片直接寄给他,说要替他向家里的老婆认个错,那人就乖乖地把折扇交给我了。"貂新月极其自然地说:"你说他多傻,我给他四万两也不要……"

柳放嘴角抽了一抽:"出去混都被你搞到照片了,还要你的钱,这才不正常吧!"半晌,眯着眼睛笑着对她说:"这才是你……我还担心莫不是你被段三思伤得也太重了些……"

貂新月皱紧眉头,然后不屑地笑了笑:"我爱他,那是昨晚以前,从现在起,我便不爱他了。"

北边一个山顶上的寺庙最近十分红火,听说那寺庙里的菩萨是准得奇了,只要供了香火,便是许梦必灵。这话传到貂新月耳朵里只引得她一个白眼,在她的世界里,是从来不信佛也不算命的。算什么命?不用算命,命早就在算你。她谁也不信,就信自己。

但前几天,她经过一算命摊前时,莫名其妙被那留着一下巴白胡子的江湖道士抓住了衣摆。那算命的既不缠着她算命,也不使出浑身解数诓她点儿花花的票子,只留下一句"吾等吾失,只道是寻常"转身便一摇一摆走了。

貂新月想这算命的不过是以话说一半勾起人的好奇心坑钱罢了,不过依旧参不透那话中话的意思,懒得与他周旋浪费时间,于是朝他的背影嘲讽说:"给你一百个大洋,回来把话说清楚。"

当时柳放跟在她身后，听这话啧啧声不断，挑眉揶揄说："有钱了不起啊，你除了有钱还有什么……"

貂新月面不改色："你说对了，我除了钱还真没什么。"

柳放沉默半天："我比你更有钱……"

……

一旁的路人听见两个富人的对话直接朝坑里摔了进去……

半响，算命先生的背影依旧一摇一摆，声音在人潮里被渐渐湮没："该遇的人遇不到，该逢的人也不相逢，月，是你追求的目标，可是它不高挂夜空，却沉沦海底，让你无法寻觅…"

貂新月听这话笑了笑，没怎么放在心上，转身便忘了。

直到昨晚才想起来，那老先生一语成谶。她便很想再找到他问问清楚，是不是这辈子她与段三思真的有缘无分？

貂新月一直认为，无论再亲密的人之间，也不可能没有秘密，托付全部真心信任对方，远比在台风天里护一支点燃的蜡烛要难，谁能保证对方明天不往你背后捅刀子？天上不会掉馅饼，就像掏钱买东西，一个人如果对你好，肯定是要拎着东西走，在搞清状况之前，可别急着付大洋。

所以每次受伤，她都能若无其事原地复活，因为她相信，一切都在她的掌控之中。

她是谁，她可是貂新月。

因此，当昨晚她和段三思在所有人的注视中，在舞台上被炫目的灯光所萦绕，在激动不已的气氛中，准备宣布她和段三思订婚这一惊天动地的消息时，不可思议的是林戏水突然出现了。

更不可思议的是，段三思居然从台上跳下来朝林戏水走过去，拉着她不顾众人诧异的目光就往外走，整个过程行云流水，甚至没有转过身来看貂新月一眼。

这一切，仿佛就像一个耳光，狠狠地打在她脸上。

柳放看着她的眼睛，认真地问："真的不打算再挽回了？"

"挽回？你知道我永远不走回头路。"貂新月笑了笑，眼神决绝地说，"我现在知道了，和喜欢的人最好不要离得太近，不要倾囊而出。人一辈子最好正经爱一个人，再瞎爱点其他的。"

柳放握着手中的酒盏在手中转了一转，缓缓打量着貂新月。是了，她就是这样的人，宁肯她负天下人，不肯天下人负她。

柳放垂着头嘴角含笑看着她，又变成了那玩世不恭的样子，一挑眉毛说："我随时在其他这个位置上等着你。"

貂新月白了他一眼："那不巧，你怕是要等上个一辈子了。"

"一辈子又何妨？"柳放笑意吟吟地说。

貂新月挑了挑眉毛："那你愿意成为……我生命中只围绕着我转的月亮吗？"

柳放连忙点头："我愿意。"

貂新月说道："好，那就请和我保持 888 689 887.6 公里的距离。"

柳放哼哼两声，脸惨白得跟张被揉成无数条褶皱的白纸一样。

俄顷，柳放突然想起什么似的又问："那你打算拿林戏水怎么办？"

貂新月没有答话，仰面灌下一杯酒，眼睛像是半夜两点的暴风雨，嘶嘶冒着骇人的气场。

仿佛是黑暗肆掠前的警报。

这种眼神，柳放再熟悉不过了。

从未在任何事情上败下过阵来的貂新月，怎么会轻易叫别人抢了夫婿？不同以往，这次的对手却是她从小到大的好朋友，林戏水。柳放不免好奇起来，一边是良人；另一边是友人，高高在上惯了的貂新月却要如何抉择？

不过不管她选的是哪边，自己也是要帮她的。

柳放唇边携了丝笑意，在一旁凉凉地瞅着她，纤长的手指捏着小巧的酒杯不停地旋转，半晌，听见对方开口道——

"毁了她。"

柳放猛地抬眼，眼里写着疑问，顿了顿，极其自然地握了貂新月的手。还没等他问出口她要毁了谁，貂新月便一头醉倒在柳放怀里。

端着斟满的酒杯，柳放叹了两叹，茫然地望着怀里的她，十分地失望与懊恼。

细想之前的话。

"毁了她。"

柳放暗暗地想，依她的性子，怕是不会再放过林戏水了。

话说这有洁癖的柳大少爷，此生最讨厌的事情之一便是照看醉鬼……上次还是上上次来着，貂新月吐他一身的痛苦回忆可谓是刻骨铭心，可偏偏貂新月每次醉酒都让他碰着……此情此景，柳放很想拂袖而去，可一看貂新月那不省人事的样子，又实在是狠不下心来。无奈只能皱眉弯下腰，一把抱起她，缓缓往车里走去。

打开了车门，把她放在后排的座位上，柳放俯首打量怀中睡得安稳的貂新月，见她眼角似有泪光，抬起手轻轻拂过她的眼角，喃喃道："如果与一位不对的人共度此生，你又怎能找到对的那个人呢？"

第五章　终了续情如续蜡，
　　　　十分烫手

　　在颇有诗意的汾阳路的尽头，有一幢别墅，由于外墙与直上2楼阳台的大理石螺旋楼梯都呈白色，被称为"小白宫"。

　　小白宫建在一条湖中央，四面环水，进出都要靠划船。湖的四周被高大的香樟和龙柏笼罩，宽大的草坪上种满了星星点点的小雏菊。整栋别墅共计3层，1楼、2楼各有六个房间，3楼有4个房间。院子内参天古木，有桂花、水杉、蜡梅、石榴、香椿等三四十种花木植株。

　　从远处看，小白宫像极了隐秘在树木深处的世外桃源。

　　当初很多权势富豪都争着买下小白宫，抢来抢去，最后却听闻那房主对外宣称不卖了，惹得众人牙痒痒，不少富豪亲自出马送礼塞金条还是被赶了出来。后来有小道消息的人打探出，原来小白宫被那小王爷买了去了。这回再有不甘，富豪们也只能低眉顺眼地打道回府。

　　林戏水在小白宫里睡了2天，醒过来时甚觉得晕头转向。

　　她下了床四处打量了周围，转了半天，这么大的房子居然一个人也没有，竟觉得自己还在做梦，掐了胳膊两把，疼得她龇牙咧嘴的，醒悟过来原来不是在做梦。

　　肚子咕噜咕噜响了半天，她舔了舔干涩的嘴唇，大步踱到厨房，四处搜出一些吃的，却都是生食。她捣鼓了半天，厨房被搞得乌烟瘴气，终于被她煮出了一锅由白菜、猪肉、红薯、鸡蛋等东西混成的不明液体……

一张脸被油烟和黑炭熏得乌漆墨黑，她一手端着碗一手往额头上擦了擦，额头上五个手指印立即清晰可见……反正也没人，她也懒得再去装林戏水，这些天怕是没有人知道她憋得多难受，稍没人，她立马便恢复了自己的本性……踢开地上一个挡路的水桶，踱回到客厅，往沙发上一躺，便埋头狼吞虎咽大口吃起来。

打了一个饱嗝，林戏水摸了摸鼓鼓囊囊的肚子，甚是满足。

在沙发上躺了一盏茶的时间，突然想到自己吃了人家的白食，琢磨着该做点什么以抵恩情。

低头看了看自己身上的白色睡裙、白色床单、白色沙发、白色窗帘，还有这白色的房子……白花花的一片，谁爱白色莫不是也太强迫症了点，这大白天的到处都是白，看着也头晕。

简直太碍眼了些。

林戏水突然眼睛一亮，挨着一个个房间迅速翻箱倒柜了起来。良久，她抱着一堆红色的窗帘往沙发上一放，不知从哪儿搬来个梯子，竟开始换起窗帘……

半晌，大红色的窗帘随着风微微晃动，有了这抹扎眼的红色点缀，这白房子终于没那么死板，鲜活了起来。

林戏水非常满意地咧开嘴笑了笑，她眯着眼双手环胸打量自个儿的杰作。林戏水正沉浸在自个儿化腐朽为神奇的双手中沾沾自喜不可自拔时，身后突然传来个极为深沉的声音："你……在做什么？"

听得这声音，不知怎，林戏水竟有点发怵，站着一动不敢动。原本她打算换了窗帘就开溜的，毕竟吃了别人的白食终究有点愧疚，哪知道这房子的主人那么快就回来了，这光天化日的，不免有种被抓包的惆怅感。

"你是哑了还是聋了？"

林戏水依然不敢回头，只头微微转了转，低低瞥见一双黑色的军靴，立即又转回头，怯怯地说："对……对不起，我实在是饿得发昏，不得已才借用你的厨房一用，不过你不用担心，我没吃太多……我只吃了一些快要坏掉了的土豆啊白菜啊什么的……既然你回来了，那我也不打扰你了，下次再见啊……拜拜。"

说完就要开溜，岂料才迈出一小步，就被那人抓住脖颈后的衣领，拧只鸡一样把她抓了回来。

"你胡说八道些什么？"那人顿了顿，"谁让你擅自换下窗帘的？"

"我觉得这房子太白了些……"什么？对方竟然没有怪罪自己偷吃东西？鼻尖突然蔓延起一股熟悉的白檀香，林戏水心中油然升起一股不安感，猛地抬头，撞见一双正逼视她的眼睛，她赶紧后退几步，额头青筋跳得极为欢快。

"难道没有人告诉你，我最讨厌红色？"段三思皱了皱眉，一双眼睛似冬日寒冰包裹下的黑钻石，融不开的冰冷，"马上给我换掉。"

面对对方咄咄逼人的气势，林戏水顿时火冒三丈，瞪大眼睛，极力克制住："我又不认识你，怎听闻你讨厌红色之说？"

段三思丝毫没有想要理她的意思，独自走到窗前，伸手用力一扯，红色窗帘"哗啦"一声，撕成两截。

林戏水觉得太阳穴突突跳个不停，仿佛要爆了一样，一张脸面红耳赤。她紧紧握住拳头，整个人像朵爆炸后升起的蘑菇云。

终于，段三思点燃了她最后的导火线，他走到她面前，面无表情道："你，滚出去。"

林戏水忍了又忍："不要太过分。"

段三思挑眉，目光穿过桃花树的繁枝，面若寒霜地打量她，缓缓说："那晚你冒充林戏水的事，我不再追究了，以后别再出现在上海，走吧。"

林戏水一怔，才恍然自己已被他拆穿。

突想起那晚在大都会被他拉出来，街上一个人都没有，夜空中突然下起了磅礴的大雨。

段三思冷眼问她冒充林戏水的目的是什么，问她究竟是谁，怎么跟林戏水长了同一副相貌，林戏水本人在哪儿……

问了很多，她也不记得了，只记得当时自己穿着件薄薄的旗袍，被雨水淋得瑟瑟发抖。原本来上海之前便生了场大病还未痊愈，现在又淋雨，终究是支撑不住，最后晕倒在雨中。

后来大概便是段三思把她送到了这小白宫来。

虽说林戏水并不是那么脆弱的人，况且多年混混的生涯，些许冷眼何足挂齿。但她毕竟是女子，被段三思如此对待，她的内心还是微微有些悲怆。

以前父亲常说她健忘，丢三落四是家常便饭，常嘱咐她做什么事情都要细心，可她生来便是这种性情，后来便也仗着母亲的宠爱，俨然发展成了个女混混，在小镇上经常闯祸惹事。直到父亲去世，她无奈来到上海，才明白，这世间有多险恶，没有人能幸运地被一辈子放在手心呵护。

"被宠的人才有资格任性。"

想起父亲，林戏水眼眶发红，突然哽咽："我并没有什么目的，这段时间我生了场大病，许多事情也不记得了，性情也大变，不管你信也好不信也好，我就是林戏水。"

段三思看她一眼，目光冷淡深沉，依然不信对方的说辞，伸手去拉她的胳膊准备拉她出去，岂料一滴滚烫的泪水"嗒"地落在他修长的手指上。

他愣了一下，抬眼疑惑地瞧她。

黄色的翡翠灯光照着她湖水般的瞳孔，折射出的光芒顿时注入段三思的眼中。林戏水一双眼睛溢满泪水，引得人同情心似秋水泛滥，神情更是凄凄惨惨戚戚，可怜兮兮自不必说。

段三思一挑眉毛，眼神依然犹如喷着冷气，他斜了斜嘴角，似笑非笑道："这招对我没用。"

说完一把抱起林戏水，不管她惊慌失措地尖叫，扛在肩上走到大门口，扔垃圾般把她扔在地上，关了门。

林戏水坐在地上，盯着眼前这扇紧紧闭着的白色雕花大门，愤愤地咬了咬嘴唇，一把站起来，大力敲门。

良久，段三思打开了门，冷冰冰地拿眼斜她，眉毛挑了挑不耐烦道："还要干吗？"

"你打算就这样把我赶出去？"林戏水故意低头往自己身上看了一眼。

段三思抬眼，用那双狭长的眼睛向林戏水身上扫过去，见她还穿着睡裙，顿了顿。

林戏水以为他是默认了自己进去换衣服，得意扬扬地等着他放她进去，谁知段三思只是顿了顿，一句话也没说，然后没有任何表情地，关了门。

大力关门带起了一阵风，刮到林戏水的脸上，硬生生地疼。

她彻底怒了。

抬起脚开始大力踹门，不一会儿，那毫无瑕疵的纯白的大门上，便留下一个又一个黑黑的脚印。

果然是一鼓作气，再而衰，三而竭。

没多久，段三思就打开了门，扬起手里的衣服便往林戏水劈头盖脸地扔过去，复而又关了门。

林戏水拉下罩住脸的衣服，见是件崭新的淡粉裙子，二话不说，又开始砸门。

段三思猛地拉开门，一张脸苍白而冷漠，犹如半夜三更乌云密布的狂风暴雨，低沉着声音不耐烦地说："你是想挑战我的极限，还是你听不懂人话，是一个蠢货？"

林戏水猛吸了一口气，大着舌头道："你……你是两个蠢货！"

"……"

刹那间，阴云布满了段三思的脸，像看怪物一样瞥了眼林戏水，掀了掀眼皮道："我没时间跟你闹。"顿了顿，段三思转身背对她："最后与你说一次，走。"

林戏水的心脏犹如被雷劈了般，突突跳得异常快，火气萦绕全身："既然你那么讨厌我，那晚我晕倒时，你又何必把我接到你家里来？现在我不过是想再借你的地儿换换衣服，我看你倒是长了一副君子的好相貌，怎心地如此狭窄。"

段三思薄唇微挑，一动不动地盯着她，感觉像是一条狼在看它的猎物："你知不知道我是谁？"

听他这么问，林戏水突然想起那晚在大都会里，听到有人叫他小王爷，翻了翻白眼道："不就是个过气的小王爷嘛！"

大概是第一次听到对他如此不堪的形容，段三思整个人像是瞬间被凝固的冰雪一样，周围飕飕地开始冒出冷气来。林戏水趁此机会弯下身，从他身旁飞快地钻了进去。

眉头很是皱了一皱，段三思扬起长长的手臂，轻轻一勾，便把正要往里跑的林戏水勾了回来，轻易便把她锁在自己的臂弯里。

段三思扯了扯嘴角："你这形容倒颇好，那你可知道，我既是个过气的王爷，平时空虚寂寞得紧，你硬要往我府里闯，孤男寡女干柴烈火，你不怕我……"段三思低下头，嘴唇凑近林戏水的耳朵，轻轻吹了一口气，翘起嘴角，声音前所未有的温柔："不怕我要了你，嗯？"

林戏水颤了一颤，怒目道："你敢！"想大力推开他，却反被对方紧紧扣住动弹不得。

"我怎么不敢？"

"你……你……你……"林戏水蹙了蹙眉，左顾右盼，抬起右脚往他小腿上狠狠一踢。趁对方松手，林戏水一把挣脱出对方的控制，连忙朝里跑去。

段三思长手一伸，便快速地拉住她的衣角，横空抱起她，便往外走。

林戏水在他怀里不住地挣扎，无果后索性抱着他的胳膊龇牙咧嘴便咬上去。段三思吃痛突然松手，林戏水被摔在地上。林戏水揉了揉屁股就开跑，岂料又被对方拉住。林戏水转身用力太猛，一个趔趄，往后摔去，扑倒在段三思怀里，两人连滚带跌，摔在草坪上。你拉我，我推你，亦是在草地上连连滚了好几个圈。

恰巧路过小白宫，知道段三思昨晚没有回仙浮，应该在此，柳放便叫司机停了车。刚踏进来，便看到如此火热的场面，柳放的瞳孔突突放到极大，稳了稳心神，手扶着额角，咳了一咳。

林戏水闻声，飞快地从段三思身上爬起来，后退了好几步，见着柳放的脸，悠忽转过了身背对着他。

柳放见到林戏水的动静，对着正在缓缓起身拍打身上杂草的段三思，抬了抬眉毛，眼中含笑道："不好意思，打扰了打扰了，我来得不够巧，你们继续，继续啊……"

"你来干吗？"段三思看了柳放一眼，蹙眉道。

柳放上前，伸手揽住段三思的肩膀，叹了叹，嬉笑着说："来看看你，怕你想不开，绕了白绫一丈，悬于房梁啊。"

"哦？原来你赶来是给我收尸的，"段三思冷眼看他，眉峰微动，"你可真义气。"

柳放原本端了石桌上的一杯茶，才喝了一口，水便呛在喉咙里，咳了咳，厚着脸皮云淡风轻地说："怎么说你也是我最要好的兄弟，你死了，我怎么也要挤出两滴眼泪来伤情的。"

关于这伤情之事，就在不久之前，这厮养了只据他说是从英国高价买来的灰不溜秋的老鼠，有手掌那么大。估计他是被奸商骗了，因这老鼠瞅着跟一般家里四处乱窜的老鼠无甚区别……没过多久，那老鼠就被他养死了，他硬是把自个儿关禁闭了7天7夜。

那7天里，段三思总是在半夜里，听到号啕的哭声，扰得他形神俱疲，总之是大概永远也不想再听到了。

段三思难得地笑了笑，漫不经心地说："要当真如此，我死了，你怕要哭个七七四十九日吧……"说完，瞟了柳放一眼，很是专注地看着他，眼神略微有些不同，极为长情地说，"你舍得吗？"

柳放正把手中的影青八棱茶盏翻了翻，没拿稳，砰地摔在地上，整个人抖了一抖。

站在桃花树下的林戏水，也跟着抖了一抖。

她颇为担忧地转头悄悄看了看脸色发青的柳放，暗暗吃了一惊，原来以前在小镇上那些男子住在一起的传闻竟是真的。这光天化日的，竟眼观了对活的同性恋，有生之年第一次开了眼界，林戏水想着以后，回去便跟那些她的跟班们，就有得吹嘘一番了。

只是她后来才知道，这段断袖情，其实大有文章。

第六章　海棠经雨醉醺醺，
　　　　留君不住

　　上海滩最好风月的是谁？人人都知道乃是这风月盟主柳大少爷了。

　　坊间都传闻这柳少爷长得是风流倜傥，一表人才，所以只要是未出阁的少女，都对他抱有非比寻常的好奇心，常常组了队在他经常出现的烟花之地围攻。这对来者不拒以泡妞为生的柳少爷来说当然是高兴的。于是，他常常让那些少女们按一字队形站开，挨着一个一个地挑选，长得好看些的就留下来陪睡，长得不那么好看的就打发走。这一来二往的，没多久，图新鲜感的柳少爷便厌倦了，对那些从巷头跟到巷尾的少女们颇不耐烦。

　　后来，他想到一个办法。

　　那就是，装同性恋。

　　不知从哪儿找来个名叫钟宁的漂亮美少年，带着他出席各种场合。

　　常抱着美少年出现的柳少爷伤了万千少女的心，从此便再也没有人跟踪他了，但他还没来得及嘘一口气，便又惹来一件破事儿。

　　先前那个被用来做挡箭牌的美少年钟宁，爱上了他，上吊、割脉、投河、恐吓等方式都用尽了，逼迫柳放与他在一起。

　　柳放被搞得人不像人鬼不像鬼，实在没有办法，去求段三思帮忙。

　　段三思找来美少年，只一句话便把他打发了，从此再未出现过。

　　这让柳放佩服得五体投地，不免好奇地问他究竟干了什么。

　　段三思当时正对着一池六月荷花灼灼的池塘，架了笔墨纸砚并笔洗画案，挥抹一纸夏日赏荷图。听得柳放那么问,握着琏湖精致雕花狼毫的手,渲染出一抹粉白相间的花瓣,淡淡道:"没说什么,就说你是我的,让他滚。"

柳放的脸刹那间就白了……

久从花中过,从未失过手的堂堂柳少爷,这次竟栽倒在男人身上,这要传出去,他还要怎么混……

从此,这段断袖情缘便经常被放在段三思嘴边,有事没事逮着机会就取笑他。

柳放一张脸跟白纸似的,表情甚是古怪,一阵苍白过后,又是满脸涨红,最后脑门上的青筋直跳,从牙齿缝里进出一句话:"你……你要再用这段往事调侃我,信不信,我打算……"

段三思面不改色:"打算如何?"

柳放气恼道:"跟你绝交!"

林戏水实在忍不住了,扑哧笑出了声音。

听得这声,柳放转头看了看一直背对着他的林戏水,以为是某个家教颇严的官家小姐,偷欢被自个儿抓包,现在怕是有点难堪吧。

顿时,柳放又恢复了神采,笑得别有深意,跟抓到把柄似的,盯着段三思,不怀好意调侃道:"我说小王爷,这两年来见你几乎未碰过女人,以为你修身养性,已然十分淡泊了,岂料今儿个光天化日之下,你竟饥渴成这个模样了?"顿了顿,柳放又道:"早说嘛,怎么不来我百乐门坐坐,要不今晚我吩咐下去,让姑娘们候着你,咱们像以前一样,庆祝庆祝?"

段三思轻蔑地扯了扯嘴角冷笑一声:"你敢庆祝试试。"

众所周知,"百乐门"乃是柳放不务正业中最务正业的一件事。当初他爸柳占熊对他整日花天酒地浑浑噩噩的态度痛恨不已,放话说一个月以后他再不改过自新,就当从没生过这个儿子。柳放不得已病笃乱投医,把他"食色,性也"的特性放到极大,开了家歌舞厅"百乐门",里面全是顶尖的美女,结果现在发展成这个鼎鼎大名的样子。

让他爹实在是无可奈何。

"罢，看来我今儿来得不是时候，不过，你真不打算去看看貂新月？"柳放正经地说完，嘴角含了点笑，经过林戏水的身旁，见到她的脸，认出了她。他怔了怔，愣了半天，缓过神来，似被当下的场景撩拨得极有兴味，翘起嘴角对着林戏水说："貂新月打算毁了你，你可要做好打算。"

一句话说得轻描淡写。

但林戏水仿佛被一道闪电劈中天灵盖，身子一下僵住，恍恍惚惚抬眼不解地看着柳放。

段三思上前一把握住她的手，把她护在身后，看着柳放，镇定而冷漠地说："你在外面等我，我和你一起去看新月。"

柳放打了个哈哈，点了点头，慢悠悠地打量他俩一眼，转身幽幽地走了。

碧云天，辽阔苍茫，湖水上面笼罩着一层翠色的烟雾。微风乍起，吹起一树的桃花，一瓣一瓣的，愁极。

段三思沉默良久，半响，才淡淡道："你把衣服换了，就离开。记住我的话，不要再留在上海。"说罢，他转身就往外走，就要出门，遂又转身来，轻飘飘看了林戏水一眼，瞧不出是悲是喜，依旧淡淡的面无表情，薄唇一动："就此别过。"

似乎是幻觉，仿佛看见段三思的眼神黯了黯。林戏水把落在肩膀上的花瓣拿下来，见着手心里的一朵桃花，惆怅了一会儿，唏嘘道："走？呵呵……我怎会如此轻易便放过你们。"

一场恩怨凭谁诉，算前言，总轻负。

自古便有个道理，欠别人的，不管你愿不愿意，总是要还的。

雨雾混着霜在层层叠叠繁茂的法国梧桐里随着枯叶坠落，冬风似梅柳，吹在皮肤上硬生生地刮着疼。

柳放和段三思在冷风里的貂宅门口站了许久，丫鬟却来报信说貂新月有事出去了。

第六章 海棠经雨醉醺醺，留君不住

一束姹紫嫣红花瓣上还带有白露的绣球花，被段三思一把扔进垃圾桶里。他不经意抬头，瞥见2楼的窗帘动了动，神色越发深沉，随即迈开脚步，往车里走去。

"她不肯见你，看来你俩又得花些时间和好了。"柳放追着他，嬉皮笑脸地说。

段三思停下脚步，冷漠的眼中闪过一丝决绝，沉吟道："和好？我和她不可能了。"

柳放看着段三思的背影，怔了一怔，似乎有一瞬间的愣神，思索了好一会儿，才追上去。

留下先前的疑问，两人6年的感情，难道说分就分？

但段三思，从来是言出必行的人。

小时候，母亲念书给柳放听，书上这样一段话让他印象深刻：

年轻的时候大家做的事情都是一样的，肯定也这样喜欢过一个人，那个人是唯一的永恒的，肯定会在那个时候觉得能喜欢一辈子。如果不喜欢了爱消失了怎么办？那该伤得何等的肝肠寸断？其实不是的，爱没有了就是没有了，等你到了某个年龄的时候就会发现不再爱一个人，就像重新爱上一个人那么简单。

就像柳放认为，这个世界不会有什么东西是永恒的，喜欢和爱也一样，所以身边才会走马灯似的过一个又一个人。

你爱我，我爱他，你爱他，他爱她。

爱情，不过如此。

荒原下了些雨，混着薄荷色的黄昏，又起了些雾，显露出阴阴郁郁的蓝。

貂新月在窗帘后出来，看着那辆熟悉的黑色英国轿车，缓缓往街道尽头驶去。

丫鬟端着一杯水和几粒白色的药丸，出现在她身后，说道："小姐，我刚刚见你好像又流鼻血了，你还是吃点药吧。"

貂新月转身，接过丫鬟手中的药，一口吃下去，继而面无表情地对着她说："我的病，不许告诉任何人，知道吗。"

丫鬟点了点头，退了下去。

街旁的海棠花树下，凋零的花瓣聚集成堆，一旁的小灌木荼蘼却生长得异常蓬勃。

一辆黑色的英国轿车飞快地开过，段三思在车里恍惚以为在街角看见了林戏水，叫司机停下车时，却已不见了那人影。

车子才刚开走，林戏水从角落里屈身出来，吁了一口气，站在林宅这幢富丽堂皇的别墅前，按了门铃。

丫鬟开门把她放了进去。林太太见她更是眉开眼笑。

林戏水抱着林太太也笑了笑，真是其乐融融的一幅画面。

林戏水暗暗地想，从此，这便是她的家。

千嶂里，寒风萧瑟，满目荒凉，雁阵惊寒，长河尽头是落日丝丝缕缕的光线，高楼之上，早有人卷起珠帘，斜插两枝梅花，泡好龙井，赏夜色里星垂银河淡。

柳放刚踏进家门，奴仆便慌忙地叫住正要上楼的他，告诉他私家侦探来消息了，让他回来立即打电话过去。

柳放大喜，便是狂奔到电话旁，拨通了电话。

窗外水昏云淡，天空中飘浮着许久未出现的鱼鳞云，一瓣一瓣的，却呈暗灰色。

柳放把话筒放在耳边，听到里面的人对他说："少爷，你要找的惊雀小姐，我们找到了。"

柳放努力抑制住一颗狂喜的心，问："当真找到了？她在哪儿？"

第六章　海棠经雨醉醺醺，留君不住

"但……"里面的人沉默半晌，似有些犹豫，"……我有个坏消息要告诉你，不知你愿不愿意听。"

"坏消息？"柳放眉头一跳，"什么事？"

天空中突然响起一记惊雷，轰的一声，电话里忽然响起一阵忙音，柳放喂了两声，见里面没有人回应，便挂断了电话。柳放抬头看了看乌云翻滚将要下暴雨的天空，皱了皱眉。

香炉里的香已烧尽，蜡梅已被浓雪接尽。

大雾散开，便是初春，这是个一切都该重新开始的季节。

秘密开始萌芽，黑暗开始肆虐。

每个人心里都藏有秘密，只是从未有人想过，这秘密，日后竟会在心底慢慢滋养，最后毒蛇一般，张开血淋淋的大口噬咬上自己。

暮雨乍歇，云归烟渚。

三日之后，秦力和段大雨应貂焰时的约来到大都会。

撩开玄关处妆花梅竹菊纹样提花帷幔，硕大的房间布置得典雅精致，欧式风格夹杂着中式底蕴的雍容华贵，以雕塑、油画做配饰。桌子上摆放着裹烧鲜笋头、蟹黄扒鱼翅、中山瓤豆腐、脊梅炖腰酥等多道饕餮名菜，更是被天花板上的华丽水晶灯衬托得芳香四溢五味俱全。

"貂司令，你也太大方了！"刚坐下，秦力便看着桌上一道菜，对貂焰时大笑道，"这道蟹黄扒鱼翅，全上海只有一个刚来的洋厨子会做，每次去总碰巧他不在，他妈的老子早就想吃了，本打算下次直接拿着枪逼他给老子做，没想到这次貂司令就把他请来了！"

貂焰时对他笑道："鱼翅名列山海八珍，向为贡品，因其常作为筵席头菜，故有'无翅不成席'之说。蟹黄选用名贵的阳澄湖大闸蟹，活蟹活蒸，现剥现炒，不容苟且。知道秦军长爱好世间美味，恰巧那洋厨乃我一个朋友，因此便邀他来为你和段司令做这道菜。"

秦力道："没想到这菜还有这么一说，貂司令果然能文善武啊！"

貂焰时摆了摆手。

"貂兄这次费那么大周折请我们吃饭……"段大雨点燃一根烟，笑道，"实在想得太周到了。"

"不是有那么一句话，无事献殷勤，非奸即盗……"秦力突然啪的一声把枪放在桌上，大声道，"不知司令今日有何指教？"

貂焰时不慌不忙地拿起汤匙，慢条斯理地吃了一口蟹黄扒鱼翅，皮笑肉不笑道："咱们三个，旧相识的好兄弟，这南方势力被我们一分为三，这么多年井水不犯河水，相处得倒也其乐融融。"他放下手中的汤匙，用餐巾擦了擦嘴，继续道："我的地盘徐州，就送给秦兄弟了，从此后，我们三个还像以前一样，可好？"

秦力大笑道："你就打算只送我一个小小的徐州？我觉得我还有一个地方想要，不知大哥可不可以送给我？"

貂焰时问："哪里？"

秦力靠近貂焰时的耳朵，面目狰狞地说："你手下所有势力。"

貂焰时瞳孔剧烈颤动，但表情依旧沉静，不禁大笑道："秦军长可真会说笑。"

秦力眼神犹如刚放出来的狮子般："你知道，我这个人从来不开玩笑。"

说完便哈哈大笑着转身走了。

这时，段大雨站起身来拍了拍貂焰时的肩膀："我们在杭州早已给你购买了一处房屋，备你养老，你何时打算过去，只要给兄弟我们说一声，保准送你过去！"

貂焰时看着段大雨消失在尽头的身影，拿起桌上一个酒杯猛地朝地上一摔，怒道："简直敬酒不吃吃罚酒！"

一直恭恭敬敬站在角落的林豹，站在他身后问："司令，看来和谈是不可能了，他们俩做好了要把你手下的势力吃掉的准备，依我看，要不还是派我出马把他们……"林豹做了个抹脖子的动作。

貂焰时目光如炬，面无表情道："按照下一个计划，把段大雨做了。"

林豹点了点头："是，司令。"

残霞夕阳照射着仙浮，全中国最贵的别墅都聚集在这里，花坞繁弦，云日相辉映，远远相望，疑是草木中别有天。

傍晚从来都是开办宴会的好时辰，同时也是黑暗肆虐的开始。

眼下便是总督段大雨六十大寿的生辰。

当大都会周围华灯四起的时分，一辆接着一辆崭新的豪车开进仙浮。当下的贵人名媛，穿着华衣锦服在侍从打开车门后，缓缓从车中下来，朝段家布置得精妙绝伦的花园里走去。

夜色蔓延之后，弥漫了一场大雾，朦朦胧胧好似酝酿了几百年，愈来愈浓。车水马龙都被困在这大雾迷蒙之中，闪烁的霓虹灯犹守夜人般四处张望，仙浮里的那几幢在山中央的别墅，更是几乎被这大雾湮没了似的，又因连续放了好几个时辰的烟火，上空呈现斑斓的色彩，混着云雾浮浮沉沉。

林戏水叫司机停了车便是在山脚下站着看了好一会儿，昏暗的夜空中突然一声鸟悠长的鸣叫划破了天际，她才反应过来叫司机开车。

四处仿古宫灯的光似要烧林，花影相照之中，林戏水折了一枝开得正深沉的辛夷花，混着那淡淡的花香一起走进人声鼎沸的花园里。

林戏水再次出现在人群之中，所有人还是都吃了一惊，都不约而同地看向穿着一袭深玫瑰红洋装的貂新月。

当时貂新月正笑着和柳放说话，话只说了一半，表情便突然僵住了。

柳放回头一望，便明白了过来，拍了拍她的肩膀，戏谑说："恐怕她日后要阴魂不散了，你总是要习惯的。"

说完便笑着走向旁边一个妩媚的女子。

貂新月待在原地没有动。那本围在角落说说笑笑的王家三姐妹见到林戏水后，迅速走到貂新月身旁。

"她怎么又来了。"王醉醉看着貂新月询问道，"要不要我们想个法子赶她出去？"

王烟烟嘲笑道："莫不是她以为还像以前一样，这圈子还有她社交名媛的一席之地吧……"

貂新月的目光巨变。

王熙熙瞪了一眼她妹妹王烟烟，察言观色道："她还真以为自个儿还是交际花吧，真好笑。"

貂新月没有理她们，径直走到正在吃露糕的林戏水面前。

"你就没有什么想对我说的？"貂新月居高临下地环胸打量着她。

林戏水放下手中吃了一半的糕点，慌忙站起来。这女子是林戏水从小到大的好友，林戏水不声不响消失两年，她难免很是担心吧，于是目光诚恳道："对……对不起。"

貂新月怔了怔，目光犹如毒蛇般往她身上四处打量。无论做错了什么，林戏水从不会主动道歉，两年不见，她竟变了那么多？貂新月扯了扯嘴角："我莫不是听错了？你大声点。"

林戏水重复道："对不起……"

半晌，貂新月冷冷笑道："我不会原谅你。"

林戏水煞白了一张脸，没再言语。

貂新月默然也不再说话，看着林戏水，一双眼睛极是冷淡。良久，拿起被林戏水放在一旁的辛夷花，摘下枝干上的花朵，握在手心里，一瓣一瓣地揉烂，随即往林戏水脸上猛地一扔，嘴角微启："从此你我再不是朋友，我会让你付出代价。"

没有给对方答话的机会，貂新月便转身离开。

冰冷的寒风把脸吹得极红，林戏水伸手擦掉脸上的花瓣，抬眼看着她的背影，揉了揉太阳穴，暗暗想：这貂新月与林戏水到底有多大的仇，才能让两人的处境变成这样？

还没来得及理清思绪，一只骨节分明煞是好看的手闯进了她的目光中，还没抬头，那手便牢牢抓住她的手臂，把她连拖带拽拉到一个人迹罕至的角落。

"林玉龙,你怎还未离开上海?"

林戏水犹如被雷劈了般,心头巨震,惊讶地抬起头,就看见段三思那张桀骜不驯苍白而异常英俊的脸。他一身高级定制的墨色古香缎西服,胸口上别着贵族标志性的羽毛胸针。

"是你?"她惊愕地抬起眼睛。那么快?他连自己的真名都查到了,该不会……连计划都被他知道了?林戏水细细打量他目光凌厉的眼睛,如深潭般却无半点情绪。

段三思闪动着那长得离谱的眼睫毛,浓密的眉毛一挑,对她冷笑道:"我知道你想做什么,劝你还是早日放弃。"

林戏水呆了一呆,眉毛皱得像一条枯竭的河,顿时哑口无言。

段三思淡淡地看了她一眼,嘴唇边噙了丝笑,漫不经心道:"你是想我揭穿你的秘密,还是你自动坦白?"

心脏仿佛瞬间被插了把锋利的刀子,割得全身都疼。原来她花了好几年隐藏起来的真相,竟如此轻易便被他知道了。

林戏水咬了咬嘴唇,故作镇定,呵呵干笑道:"我不太懂你在说什么?"

这犹如汪洋大海般波涛汹涌的仇恨,日日夜夜在她心底翻滚,要她放弃,恐怕是她死了吧。

这么多年,林戏水一直都把这段记忆深藏在心底里,不能想,一想便不能活。

9年前,她是被所有人宠在手心里的小公主。那时,她父亲是湖北的总督,总督快四十了才得子,虽不是儿子,但也是总督的小女儿,欢喜得紧,给她取名玉龙。也许是因为人与这名字一般尊贵,所以所有人都讨她欢心不敢忤逆她。

父亲有个拜把的好兄弟,名字叫貂焰时,玉龙唤他貂叔叔。总督平时军事繁忙,老抽不出时间来陪小女儿,便派了这貂焰时来当她的老师,平时照顾她,命他女儿每天吃的什么做了什么都要一一向自己汇报。

一来二往，她与貂焰时的感情便深刻了起来，总是叔叔前叔叔后地缠着他，而这貂焰时也是个性情温柔的人，把她当作自己的亲女儿一般的对待。夏日给她捕蝉，初春给她摘花，秋天给她做秋千，冬日给她堆雪人儿，便是换着法子哄她开心。

玉龙这就认为了她貂叔叔是世界上对她最好的人，比她父亲还要对她好。那时玉龙尚小，心智还未健全，怎分得清孰好孰坏？

貂焰时当时是总督手下的一个师长，也算得上数一数二的人才，十几岁便中了秀才，智勇双全，能文善武，梦想着做一番大事业，早已对一直跟在总督身后，为他鞍前马后效力感到不满。貂焰时常常想，他凭什么比自己高一个台阶，也觉得他没有资格手握这么大的权，预谋着夺权。可总督毕竟还是总督，平时察言观色，一眼便把他的拜把兄弟识穿，于是故意派了他去当自个儿女儿的老师，一来削去他的势力；二来给他个下马威。可貂焰时这样的人，怎能满足做一个教导小女娃的老师呢？

一个夏日的夜晚，凉风习习，虫鸣四起，蛙声在池塘里来回飘荡。玉龙在院子捕了几只萤火虫，满头大汗提着灯笼正要回房，路过他爹爹的房间，里面亮着灯光，以为是她爹爹回来了，便兴高采烈跑了过去。

本想给他个惊喜，于是不声不响立于古木雕花门前，杏眼往门缝里偷偷地瞧。这一瞧，她便这一辈子再也忘不了。

屋子里除了她父亲和母亲，竟还聚集了四五个穿黑衣的人。玉龙认得他们是他父亲的贴身侍从，里面还有一个熟悉的人——貂焰时，他的表情极为狰狞，大声说了什么，然后便掏出枪，毫不犹豫地便往他父亲头上瞄准，随即"砰"的一声，他父亲当场死亡。

玉龙惊呆了，大力推开门便哭着向她父亲奔去，里面的人见她便要开枪，却被貂焰时拦了下来。

貂焰时居高临下地打量她，眼中似乎有愧疚，伸出手去摸她的头发，玉龙愤怒地一把打开他的手，不发一言，恶狠狠盯着他。

杀父仇人的脸，玉龙便从此牢牢铭记在心中，再也不敢忘。

第六章 海棠经雨醉醺醺，留君不住

后来她和母亲被貂焰时押了下去，关在一个与世隔绝的公馆里，在那里过了5年。5年后，她们被放了出来，却被送到一个偏远的小镇上。那晚以后，她再未见过貂焰时，但复仇的心在她身体里长成了蓬勃的大树。她想不通，只是区区一个师长，如果没有其他人做后盾，怎能有如此大的胆子谋害总督？玉龙誓要查清一切。

长大以后，玉龙便要与母亲告辞，踏上复仇之路。母亲劝她遗忘过去，如今貂焰时已是南方万人之上的总司令，拿什么来跟他斗？

亲眼看见父亲倒在眼前，玉龙怎么忘得了？她母亲劝说不了，无可奈何交与她一个箱子，说是他父亲早已有准备，如果他不幸死了，一切真相都藏在这个箱子里。

玉龙颤抖地打开箱子，却见里面有一封信和一张大合照，最底下还有一个崭新的存折。

存折上竟有几百万两，见那上面好几个零，玉龙眼眶一热，没想到父亲死前早就为她母女俩做好了打算。

玉龙揉了揉眼睛，把照片拿在手上细细打量。

见照片上是一个6人的合照，翻到后面，写有"此乃害我之凶手"几个大字。玉龙皱了皱眉，连忙翻到正面，瞧见除了已故的父亲，还有三男两女，三个男子皆穿着军装，两个女子则打扮贵气。

信上则详细介绍了这5个人的信息。

貂焰时、段大雨、柳占熊、陈圆圆、周迤逦。

玉龙阅读完信上的内容后，嘴角微微翘起。冷冷笑道："这几年你们便是该活腻了吧。"

后来，便是她南上，用父亲留下的钱打通了许多关系，打听到失踪的林戏水这条重要的线索，便混入这上流圈子来。

说来也甚奇怪，她竟然与林戏水长了同一副相貌，莫不是也太巧了些，那么容易便接近了这些人，她暗暗想，也许是上天也在帮她吧。

没想到一想起往事就没完没了。

林戏水从回忆里缓过神来，唇咬得雪白："既然你知道了，就应该清楚，没有人能阻止我。"

段三思没有说话，黑色琥珀般的眼睛如捕猎中的狼一样，打量着林戏水。

就在这剑拔弩张互相僵持的气氛当中，外面熙熙攘攘的人群里突然响起"砰"的重物坠落的声音，然后便是一阵连着一阵的尖叫声。

"啊……"

一辆车被从天而降的一具尸体压得粉碎。

段三思闻声，瞳孔陡然收紧，但瞬间又犹如冬日的湖泊一般冰凉而静谧，用低沉沙哑的声音说道："这件事以后再说，在我没查清你所有真相之前，待在小白宫里，不许离开半步。"

说罢看了一眼林戏水，便往外走去。

林戏水吁了一口气，看了看他挺拔的背影，撇了撇嘴："想抓我的把柄，下辈子吧。"

说完便咧开嘴哼着小曲儿，满意地准备转身离开，谁知一转身便看见惊雀。

惊雀着一身绿色欧式衣裙，从拐角处走出来，看着林戏水，笑得很含蓄："段大雨死了，恭喜你完成了复仇的第一个阶段。"

林戏水皱着眉，额头发疼："他的死，不是我下的手。"

当初在来上海的船上，亲眼见一个女贼正在偷别人的钱包，林戏水原想走上前抓住那女贼，没想到被她溜走了，后来邻座坐的恰巧是那个女贼——惊雀。林戏水原本想吓唬她，跟她说到上海捉她去警察局，以此让她从良。

不料下船时，林戏水发现父亲留给她的那个箱子不见了，而惊雀偷了她的箱子，发现了她的秘密，便威胁她，如果要抓自己去警察局，就会把她的秘密公诸于众，并且还要求让自己参与到她的复仇计划之中。林戏水问她为什么，惊雀给她的理由是到那上流圈子里捞金子。于是，她到上海后便是跟着林戏水，一起混入了这圈子里来。

惊雀眼睛眯了一眯，悠然道："这又有什么区别？要不是段大雨送信给那土匪头子那一夜，你昏倒在雨中被段三思送进那小白宫，我偷偷去把信调了包，段大雨和貂焰时的关系会决裂吗？说起来你还应该谢我。"

林戏水身体猛地一震，瞳孔缩紧："换信？这件事是你做的？你在信上说了什么？"

"没说什么啊，就把段大雨那封信劫了，让他没寄成，反而费尽心思给他和秦力写了封信，促进他俩结盟而已。"

"原来如此，怪不得我怎么都猜不透，段大雨好好的怎么会背叛貂焰时。"林戏水目光凌厉，"这件事有没有被人发现？麻烦你下次再要做这些事情之前，请先跟我商量。"

惊雀不怀好意地笑了笑："你就这样谢我的？这不是废话吗，当然不会有人发现，我绝不会拖你后腿。只是今晚有人问我是谁，我都说是你林戏水的朋友。"

林戏水脸色一沉："好，我只是警告你，这些事情非常危险，而且并不关你的事，我也不希望你掺和进来。"

惊雀不耐烦地赔笑道："行行行，我好心帮你还有错？你放心，不会有下次了，我也不会那么闲的。"

林戏水松了口气，长眉舒展，转开话题："那你仗着我的名目捞到多少金子了？"

惊雀嘴角一弯，长笑道："金子虽然还没捞到……"她脑海里想起和柳放那一晚，便信誓旦旦道："但我钓到一条大鱼。"

林戏水重重抚额："萍水相逢一场，你我也算朋友，我劝你一句，早日离开这个地方。"

惊雀皮笑肉不笑道："当初说好我借你朋友之名出现在这圈子里，你我约好都不用再管对方的事，对吧。"

"话虽没错，如你不听我的话，早晚要吃亏的，好自为之吧。"

"我们闯江湖的，什么时候怕过？"惊雀笑了笑，"这倒不用你管，我当你是朋友，如果最后你我的事都成了，我们一定要坐在一起喝杯酒。"

林戏水凛然道："好。"

"我看那小王爷……你可要小心了……"惊雀转身往前走。

林戏水看着她的背影，连忙问道："小心什么？"

"那张脸啊。"

林戏水瞪了她一眼。

"很快我们又会再见的。"惊雀转过身来倒退着走，笑着朝林戏水摆了摆手，消失在拐角处。

段宅别墅靠北的院子里，顿时围满了人。

所有人都惊呆了，作鸟兽散，没有人敢靠过去看那车顶上的人是谁。

四五个安保拿着枪快速地跑过来，赶走周围的客人后，向那车顶一看，顿时脸色发白，"咚"的一声，四五个人不约而同地跪在地上。

总督段大雨在生辰当天跳楼自杀的消息，顿时传遍了上海每一个角落。

有人悲伤，有人叹息，有人窃喜，有人不甘。

仇恨正引千丝乱，花不尽，月无穷，风不定，往事绊惹人相逢。

月上梢头。

貂家貂焰时的书房里，林豹敲了敲门见无人应答，便开门进去，一台桑乐仿古大喇叭留声机，嘶哑着嗓音发出咿咿呀呀低沉的歌声，貂焰时斜倚在椅子上，正闭目养神。

"事办得怎么样了。"

林豹刚准备开口，就见貂焰时依然闭着眼睛正问自己，便叩首答道："依您所愿，段大雨死了。"

貂焰时闻言睁开眼睛，嘴角一抹阴险的笑："跟我斗，也不掂量掂量自己有几斤几两。"

林豹低眉顺眼道："除了段大雨，就只剩那毫无还击之力的秦力，司令登上总督位置指日可待。"

"你错了，秦力这个奸雄不太好对付，"貂焰时站起身来，道，"他花样百出，翻手为云覆手为雨，一方面奉上头的命令猛击武汉的革命军；一方面又宴请刚出牢门的革命党人，暗中表示赞成。忽进忽退，忽左忽右，把时局搅得扑朔迷离，一般人根本猜不到他做事的路子。"

林豹想了想，说："但是只要细细一想，拨开迷雾，就会发现秦力的手法其实是万变不离其宗，此人的策略不过四个字，又拉又打。"

貂焰时点了点头："你说得不错，近日听闻他四处拉拢人心找靠山，给北边的王总督送去一套价值 4 000 元的西服，以及一张 50 万元的交通银行支票，可谓是下足了血本，准备对付我。"

林豹笑道："这个野心勃勃的秦力，既然劝说不了，那就只能暗中解决了。"

貂焰时说："你忘了此人还有日本人做后盾？万万不可操之过急。明天，你派人给王总督送去一盒 50 年的人参，后天你再亲自带 100 万的支票登门拜访。"

林豹点了点头，转身准备离去，走到门口又折回，道："过几日是段大雨的葬礼，司令去不去？"

貂焰时道："去，当然要去。"

林豹道："段大雨死了，手中的军权依他生前的遗嘱全部转移到了段三思身上，倒是便宜了那小子。"

貂焰时高深莫测地笑道："段大雨栽培了段三思那么多年，这是情理中的事，况且，段三思手中的权力迟早都是我的，只是先寄放到他那儿而已。"

林豹不解："为何司令不借这个机会，全部夺过来？"

貂焰时道："段大雨才死我就出马，你以为外面的人都是傻子？再说，段大雨的眼光也低不到哪里去,他挑中的人能简单?以后,你要多给我盯着段三思才是。"

没等林豹回答,便摆了摆手,让他退了出去。

第七章　午醉白露收残月，
　　　　　笙歌散尽

　　小山在竹叶枝丫中重重叠叠，细雨诉说着翠叶残，月上梢头缱绻着云外共憔悴，往事沉沉，风波难定。

　　难得的大晴天，阳光从白色镂花碧霞罗浣花锦窗帘中透过来，丫鬟降雪端着盆水打开林戏水的房门，对着床上四仰八叉的林戏水慌忙道："小姐，快起来，等会儿上学要迟到了！"

　　林戏水掀了掀眼皮，撑起身来，迷迷糊糊地问道："你说什么？"

　　降雪重复道："你是不是忘了，今天是你去圣约翰大学报到的第一天啊。"

　　昨天晚上，林太太突然拉着林戏水的手对她说，两年前没答应她去念大学十分后悔，当初认为女子念那么多书，还不如嫁个家财万贯的夫婿，直到林戏水失踪后才后悔不已。因此她一回来，太太便就去给她报了名，还说以后不管林戏水要做什么都不会再阻止。当时林戏水没怎么注意听，便随口答应了下来。现在想起来，猛地一拍脑门，从床上翻身起来道："你怎么不早点叫我？"

　　降雪心感委屈，洗脸水凉了又凉，这都已经换到第三盆了……林戏水却已经随意套了件洋裙拔腿便出去了……

　　晚晴风歇，旧雪薄暮，春意渐回，脉脉花树枝生香。

林戏水气喘吁吁赶到圣约翰大学,到了教室不料里面却一个人也没有。她拍了拍脑门有点迷糊,难道今天放假?岂料肩膀被人一拍,转头看见一张花白胡须蓄满整个下巴的脸。

看对方一副素色长袍书生打扮,应该是老师吧……"学生见过老师,不知老师大名是?"

老人双手负在身后,板起脸道:"林戏水,第一天上课就迟到,你莫不是想连课室都未进就被开除?"

林戏水拭了拭额头的汗,没想到一早就那么倒霉撞枪口上了,于是又垂首敛身,脸不红心不跳毕恭毕敬地说:"学生昨夜挑灯看书至深夜,怎料今日竟睡过了头。"这种烂借口,林戏水都觉得有些不好意思,说完眼角瞟了瞟他,见对方正盯着自己,瞬又心虚地低下头。

"孺子可教也,不错不错,念你如此好学,也是初次犯错,为师便不责罚你,原谅你这次。我姓卫,字夫子,你且叫我卫老师。"卫夫子,果然连名字都书生气……

卫夫子掂了掂胡须道:"同学们此刻都在操场做早操,你和我一同去吧。"

"学生谢谢卫老师。"顺了顺以往扯的谎,这招可真是百发百中,林戏水连忙感激地点了点头,撇嘴坏笑跟着对方慢慢往操场踱了过去。

绕过数人的视线,卫夫子把林戏水带到中央的礼台上,对右方一位老师做手势示意停止喊口令,咳了一咳,一身正气道:"各位同学,今天我们学校来了一位新同学,让我们一起用掌声欢迎她。"

林戏水在好几百人的掌声中咽了咽口水,这学校的新生欢迎仪式未免也太隆重了些,平时不太习惯抛头露面,这会儿却被那么多双眼睛盯着,怪不自然的。林戏水大步走上前,嘴角抽了抽,大声道:"我叫林戏水,念文理学院,第一次进学堂念书,从今以后,有什么不懂的还要向大家请教请教,希望和各位同学建立起深厚的友谊,一起邀……邀……"

说到这儿,林戏水打起了结巴,一时忘记了那个词叫什么来着。台下本来渺渺几个人在认真听她讲话，突然的静默，便是所有人都集中了精神看她犯难。

"遨……"

还有什么比在台上讲话却突然没词了更尴尬？林戏水面红耳赤，正想放弃转身下台之际，台下突然有人对她喊道："遨游。"

林戏水欣喜道："对，就是这个，一起遨游在知识的海洋中。"

岂知刚说完，台下便发出一阵嘲笑声。

有人在人群里长笑道："老师，这位新同学太有趣了，我准备了礼物要送她，还请老师同意。"

卫夫子正为林戏水的学识连小学生都不如，却是自己的学生，感到十分难堪，见有人转移了众人的视线，便欣然同意。

身穿中式上衣配西式百褶裙校服的王烟烟缓慢走上台，递给林戏水一个用红绸带包裹的礼盒。

林戏水接了过来，手上沉了一沉，心想：这学校真不愧是贵族学校，有钱子弟就是好，素不相识也送自个儿礼物。

林戏水道谢后，把礼物拿在手里没打算拆。

王烟烟对她道："拆啊。"

林戏水笑了笑，欣然拆开盒子，突然恍如被闪电击中天灵盖，还没来得及丢开，脸上和胸膛上立即被喷上红色的血一般的液体。

台下所有人见到林戏水狼狈的模样，大笑不已。

王烟烟连忙把林戏水手中的盒子抢过来，见里面是一只血淋淋的假的断手，隐了笑容，急忙掏出手帕擦林戏水脸上的红色液体，故作惊慌道："哎呀，林同学，对不起，我拿错了礼物，这是戏剧社的道具啊，怎么会在我这里！这泼了你一身的猪血，真对不起啊！"

"成何体统！还不快给我下去。"卫夫子走上前对王烟烟怒骂道。

王烟烟朝林戏水戏谑一笑，转身下了台。

这是猪血！看了看身上被染成了红裙的白色洋裙，林戏水对着王烟烟的背影咬牙切齿，暗暗地想：第一天上课就被整成这个样子，这未免也太凄惨了些，这王烟烟是貂新月的跟班，这姓貂的，到底是有多恨我……

下了台，王烟烟等姐妹三人兴高采烈地跑进教室，见貂新月来了，连忙对她说："我们终于给你出了口气！"

貂新月头也没抬："你们做了什么？"

王醉醉道："林戏水刚刚在礼台上当着所有同学的面被我们整了……"

貂新月低声笑道："你们最近是不是越发没有规矩了？"

听见她这么说，姐妹三人的脸顿时白了起来。

"我和林戏水的事用得着你们几个来管？你们什么身份，来管我们是吧。"貂新月站起来，双手环胸，冷冷看着三人，眼睛在她们身上扫了一番，嘴里像在扔刀子："你们三个身上穿的是什么？王熙熙，你身上的钩花披肩，是英国 Bsisye 去年的款，你也敢穿出来？王醉醉，你的澹金底绲边高跟鞋穿了有两个月了吧？还有王烟烟，你脖子上的赤金灯笼项链和耳朵上的薄金镶红玛瑙坠子，老气横秋，你是把你母亲的饰品都偷了过来吗？"

姐妹三人你看我我看你，脸色难堪，低眉顺眼一声不吭。

貂新月翻了个白眼，出了教室。

另一边的操场上，早已散场。

林戏水独自一人站在礼台上，正要转身，却听天空中突传来一阵震耳欲聋的引擎轰鸣声，抬头一看，一阵狂风席卷而来。待风过，林戏水睁眼，见前面的操场上居然有辆飞机正在降落。

微风拂过，段三思缓缓从飞机上下来。

见是他，林戏水睁大了眼睛，结结实实吃了一惊，听闻这整个大上海，拥有私人飞机的就只有这小王爷，今日一见，果然大开眼界。啧啧啧，连上个学都要坐飞机来，这未免也太浮夸了些。虽然豪门世家是很有钱，但也不用这样显摆吧。

林戏水想：等自个儿以后特别有钱的时候，就开个茶馆，就是像老舍先生《茶馆》里的那种茶馆，专门给京城的公子哥们歇脚用的。喝茶不要钱，甚至连酱肘花和二锅头都是免费的，昼夜服务，全年无休，她就整天坐在柜台后面听他们吹牛，对那些特显摆的，就冲上去朝他屁股上来一脚。

林戏水看了看远远的段三思，嗤了一声，转身向厕所走去。

拖着一身的猪血，她在厕所对着镜子正犯难，身后却响起了个声音。

"第一天上学，感觉如何？"柳放把一条银白色薄烟纱裙扔给林戏水，高深莫测地一笑。

"你试试被泼一身的猪血，还能不能高兴得起来。"林戏水慌忙接住裙子，有点疑惑他从哪儿弄来的，拧起眉头，问："你哪儿找来的裙子？"

柳放嬉笑道："随便找了个女同学，借的呗。"

林戏水走进一个隔间关上门，边换衣服边嗤道："你是不是骗我，有哪个女同学是带两件衣服来上学的？"

柳放冷笑一下："这可是贵族学校，你忘了貂新月在这学校里还有一个衣帽间。"

"那这衣服是貂新月的？"

"当然不是。给你衣服穿就是，哪有那么多为什么！"

"那究竟是谁的？"

柳放颇不耐烦，拂袖转身，笑道："这学校一半女同学都是我的相好，弄件衣服还不容易。"

"你不是和段三思……在一起了？"林戏水想起那天在小白宫里的情景，这柳放可真滥情，有了男人还四处拈花惹草……

柳放的身子颤了一下，猛地转身步子一个趔趄，脸色发红道："谁……谁告诉你我和他……"

林戏水从隔间里出来，摆手打断他，伸手往柳放肩上拍了拍，笑得含蓄："哎……别跟我解释了，这断袖嘛我理解的，你放心，我不会把你在学校勾三搭四的事情说出去的，啊？"

可惜了那么好看的两张脸，林戏水叹了一口气，走了出去。

柳放脸通红，半晌，对着林戏水已走远的背影咬牙切齿道："谁告诉你我是个同性恋的！"

林戏水换完衣服站在课室的门口，卫夫子领了她进去。站在讲台上，她瞧了瞧几十个同学，貂新月在其中，柳放在其中，貂新月那些刚刚泼自个儿猪血的跟班们在其中。

卫夫子掂了掂胡须，往前一指道："林同学，你的位置在那里。"

卫夫子说的位置，在最后一排右边靠窗的角落。

林戏水远远看过去，见同桌正埋着头大睡。

她十分缓慢地踱了过去，疑惑地看了看同桌。

窗外的光线切着锐角斜进来，像蒙着雾，照透着屈身趴在梨木桌子上熟睡的男同学，瘦高身材敛在黑色制服里，从头顶蜿蜒而下的收放自如的线条勾勒出瘦削的脊背。目光再次从挽高了袖子有着凛冽骨架的手臂上蔓延，落到手腕处戴的一圈佛珠上。

这人却是匪夷所思的熟悉，脑袋里却像被嵌进了沙砾，怎么也想不起来。

这节上的是《古文观止》课，鲍照的《芜城赋》：

泭迤平原，南驰苍梧涨海，北走紫塞雁门。柂以漕渠，轴以昆岗。重江复关之隩，四会五达之庄。当昔全盛之时，车挂轊，人架肩，廛闬扑地，歌吹沸天。孽货盐田，铲利铜山。才力雄富，士马精妍。故能侈秦法，佚周令，划崇墉，刳浚洫，图修世以休命。

这么一段话便有一半的字不认识，听着卫夫子满嘴的之乎者也，课上到一半打起瞌睡也不是林戏水的错，虽然她很努力地想听懂，但还是无可奈何地听不懂。

半撑着额头睡得正香，恍惚中感觉有人正在推她，林戏水掀了掀眼皮，便看见段三思那张万年不变的冰块脸。近距离下的睫毛特写，狭长的眼睛被笼罩在眉毛的阴影里，正一动不动地盯着自己。

林戏水猛地抽回视线，睫毛抖了一抖，眼神也跟着颤了一颤，疑惑地伸手揉了揉眼睛,见段三思那张脸的轮廓越发清楚了,顿时犹如被触电一般,眼神颤得更加厉害。

一没留神,吓得腾地从凳子上摔了下去。

却没想到这个摔倒的动作,引得段三思皱了皱眉。

没理由的,从来都是别人怕自个儿的林戏水,这一看到段三思,居然有点慌,那种从头到脚茫然无措的慌乱感。

这下林戏水便是有一百个后悔在心中翻滚,念什么书,这下好了,撞枪口上了。

但她又暗暗想:他们总有一天是要遭报应的。

教室里所有人的视线都被地上的林戏水所吸引,卫夫子在讲台上远远怒道:"林戏水,你在做甚?"

林戏水揉了揉屁股,大着舌头道:"老师……学生一时……一时没坐稳……"

卫夫子见她从地上爬起来端正坐在位置上,便开始继续讲课,岂料又响起了个声音。

"夫子,我见地上有本掉落的书,便摇醒了正打瞌睡的林同学,询问是不是她的。"段三思面无表情地看着卫夫子,有着修长骨节的手,一只撑腮,另一只夹着书本百无聊赖地扬了一扬。

卫夫子板起脸道:"林戏水,你上课期间竟然睡觉,为师罚你沿操场跑10圈!"

"啊……老师……"林戏水脸色乍青,正要辩解,却又被打断。

"怎么,还不去?"卫夫子一拍书本,阴着脸大怒。

见事已成定局,这10圈她是跑定了,复而转头恶狠狠地瞪着段三思。

段三思一脸熟视无睹,不知从哪儿拿出把破折扇,一摇一摇的,嘴角微微翘起,笑得深沉。

林戏水站起身来,从他身边经过的时候,咬牙切齿在心里轻轻骂了一声。

段三思侧了侧身，满脸幸灾乐祸中夹杂着懒得搭理你的表情。

坐在前排的貂新月，双手环胸，收回了视线，瞳孔里有什么消失不见，像是江边上猛地熄灭的渔火。

林戏水出教室和正进来的柳放碰了个正着，柳放正疑惑地看着她一副大雨压顶似的脸，岂料讲台上的卫夫子对他道："柳同学，你出去上个厕所怕是上了好几个时辰了罢，去，和林同学一起跑个10圈再回来。"

柳放的瞳孔陡然放大，脸色乍青乍白，委屈道："老师，学生拉肚子啊……"

清冷的天空中飘浮着芭蕉叶般鳞纹的白云，一丝昏黄的辉芒喷薄而出，煞是耀眼。

柳放和林戏水在操场上一前一后汗光熠熠的风景，在全校师生的眼中，也很耀眼。

寒烟云淡，星河白鹭起，夜里挑灯观白露微醉，一弯残月绿杨榆火之上散去晓霞。薄晚的仙浮别墅里，林宅中的大叫声似轻雷般不绝于耳。丫鬟们拿着药上蹿下跳，原是林戏水在学校跑了10圈后，回来竟腰酸背痛，林太太硬是叫众下人找齐了宅中治跌打损伤的药，给林戏水一一敷上，折腾到半夜才完事。

林戏水穿着薄烟纱浣花锦睡裙，躺在床上对着一旁的降雪，颇为火冒三丈地道："段三思，我绝饶不了你。"

降雪揉着她的腿，悠悠地问："原来是小王爷，害小姐如此吗？"

林戏水翻了一个巨大的白眼："什么破小王爷，我看他就是个人渣，你说好端端的我又没惹他，他倒和我过不去，竟如此整我，害我现在……全身都疼。"

降雪笑道："不是都说小王爷这个人极为冷漠吗，自从两年前那件事发生后，他整个人就更加冷漠了，平时对平常人连看都不看一眼的，更别说愚弄小姐你了。"

林戏水怔道："两年前，他怎么了？"

降雪顿时捂住嘴，一副像说漏了什么的神情，慌忙掩饰："没……没什么。"

林戏水大为好奇，威胁道："你明显故意瞒着我，说。"

"真的没什么。"

林戏水大感无趣："你不说就算了，隔日我自个问他去。"打了一个哈欠，林戏水又想到些什么："哎，你说段大雨才刚去世，他又升为两广总司令，不是该很忙吗，怎么还会有时间去上课？"

降雪转了转眼睛道："这个我也不知道，只是听段家的下人说，小王爷平时也不经常去上课的，好像是一逢心情不好就会去。"

林戏水翻了个身，摇了摇头："果然是有钱人，那些个平凡家庭有多少想进圣约翰大学的，没想到这大学竟是段三思心情不好的一个打发处……"

房间里一盏白色浅金底掐牙镶边布罩灯，渗透出雾蒙蒙的光，黛青色云纹桌子上的花瓶里插着一簇折枝花，香味混合着金流苏翡翠香炉里点燃的香，越发引人入睡。

林戏水不知道自己是什么时候睡着的，只记得做了个十分清晰的梦。

梦中有个人站在她床前，细细打量她。那人的眉眼极为俊俏，只是神情清冷异常，身上带着好闻的似在大雾里散开的冷香。看不清他的脸，只知他眉头一直是皱着的，整个人似极为刻骨的悲伤，像海潮一样，层层叠叠凄凉地朝林戏水翻滚而来，清晰的痛觉，一脉一脉直达心脏。许久，听见他在耳边低声问："你难道真的不记得我了吗？"

有着修长骨节的手，覆上她的脸，却是羽毛触火消失殆尽般一丝感觉也没有。他的身影似大雪织成，从指间到身体里的每一处都是凉，如何也散不尽连绵不断的悲伤。声音像是一个人站在雪地里好几千年，只为等一个人，声音失望又带着期许："罢了，我爱过的人，最终都没有留在身边。"

从梦中惊醒过来，林戏水坐在床上，见屋子里空荡荡的，根本没有梦中的凄凉身影，只有窗户不知什么时候打开了，带着苦瓠子叶子苦涩味道的微风，随着飘晃的窗帘一起吹进来，掠过脸上，泌入骨髓。

林戏水伸手一拂脸上，竟全是泪。

第八章　却是池荷惊跳雨，散了还聚

雨风飕飕，愁云憔悴。

"青城墓地"的入口有一座用白菊花和松枝缀成的硕大牌楼，上面挂着"段公上将大雨之丧"白色扎花布条几个大字。一辆又一辆的军牌汽车缓缓驶来，手持着枪，两三排头戴钢盔的仪仗队，分左右两边肃立在大门外，不时地行礼。祭葬的白簇簇花圈，便是从入口一直蜿蜒摆到了段大雨的坟墓旁。

眼下漂着淅淅沥沥的小雨，来参加葬礼的人都穿着清一色的黑色，打着黑色的伞，连空气里都是浓烈的黑色沉重味道。

貂焰时手拿一朵白色的玫瑰，放在段大雨的墓上，看着墓碑上悬着段大雨身穿军装的遗像。香案上供满了鲜花水果，香筒里插着的檀香，被风吹得袅袅绕绕。貂焰时行了一个礼，转身时却碰到一个人，疑惑抬头，便看见秦力。

"天下在乱，群雄争霸，鹿死谁手，尚无定局。"秦力背着貂焰时，一边放下玫瑰，一边冷笑道。

貂焰时知道秦力是故意说给自己听的，但却怎么也猜不明白秦力这句话的意思，待他走到一旁后，上前轻轻笑道："秦兄，你刚才那句话是何意？"

秦力答非所问道："你以为，我不知道是你下的手？"

看来他已经查出自己是杀死段大雨的凶手，貂焰时便故作迷惘道："秦兄是在为逝去的段兄而感伤吧，没有想到他竟会遭受毒害。"

"别跟老子假惺惺。"秦力突然翻脸道,"你做的好事我会不知道?恐怕现在你还为除掉段大雨而洋洋得意吧,我实话告诉你,我们三个都中计了!"

貂焰时脸色一僵:"什么意思?"

"段大雨死后,你以为谁获利最大?"秦力点燃一支烟,缓缓道,"想必你知道北边的王总督吧,你和我都想拉他结派,结果,你猜他最近和谁结盟了?"

"莫非……"貂焰时心头一震,眼睛望向正在向客人行礼的段三思,"没想到自己算计多年,却被一个初出茅庐的小子给算计了,原来他一直藏在身后,暗中看我们三个自相残杀,到合适的时机他便坐收渔翁之利。"

"这个人不简单,可能就连段大雨也没发现,自己养了一只老虎在身边。"秦力脸色铁青,"你和我,现在才开始有了真正的敌人。"

貂焰时冷笑道:"那秦兄你可要小心了,一直被关在牢笼之中的老虎,一旦自由可是会非常凶猛的。"

秦力叼着烟笑着转身,摆了摆手道:"彼此彼此,某些人比我可好不到哪里去,好歹我也不是害死别人的凶手。"

众人听见秦力的声音,都纷纷转过头来,貂焰时连忙退避到一旁,不料却碰到一个女子。

貂焰时头也未抬什么也没说便走了。惊雀看了看他的背影,正懊恼此人撞了人一句道歉也没有,未免也太没礼貌,司仪却在这时喊道:"一鞠躬。"

惊雀连忙跟着众人弯下身,视线落在地上,却看到一只镶嵌着玛瑙金丝边的怀表,才捡起来,一抬头就看见一张冷静严肃的脸。

"这位年轻的小姐,可否把怀表还给我。"柳占熊看着惊雀,和颜悦色地问。

惊雀抬眼打量他,一身黑色西服,头发有些花白,眼神里有着上了阅历后才有的运筹帷幄,整个人有一种饱经风霜的感觉。

"我怎么知道这表是不是你的?"这个人气度雍容,身上的西服是壮锦,这种料子名贵又稀少,只能是大富之人才能穿得起。惊雀眼珠一转,打起了对方的主意："再说了，这里那么多人，怎么能证明是你掉的。"

柳占熊笑了笑："如果你不信，你可以看怀表的背面，上面写了我的名字，柳占熊。"

惊雀半信半疑地一翻怀表，看到上面果然用寸金镀了他的名字，但还是没有打算还给他，道："是你的又怎样，现在我捡到了便是我的了。"

柳占熊皱眉，面色阴冷道："你怎么不讲理？"

看他突然变换的表情，惊雀有些吓到，觉得此人肯定不是一般人，便讪讪道："我开玩笑的，还给你就是了。"

柳占熊难以置信地从她手中接过怀表，有些疑惑。

——"二鞠躬。"

两人对着坟墓方弯了弯腰。

惊雀看他没有再说话，有些无趣，便转身要走，岂料那人又在身后叫她。

"小姐，如果你不介意，这块怀表便送你了。"

惊雀有些莫名其妙地走到他身前，故作欣喜地问："你真的送我了？"

柳占熊点点头，把怀表放到她手中，道："这块怀表是我已故的妻子送我的，它跟了我十多年，现在我看见你，长得十分像我妻子，如果我有女儿，应该也像你这般大了，既然这怀表跟你有缘，那就送你了。"

惊雀倒是第一次碰到有陌生人把东西送给自己的，有些感动道："你真是个好人！"

柳占熊长笑一声，他作为一个在黑白两道中混了那么多年的商人，什么坏事都做尽了，这声好人，倒是第一次听见。正准备开口，随身的侍从走到眼前示意他该走了。好久未曾这样欢笑过了，柳占熊有些失落，但也只能对惊雀道："我有事要离开了，如果有缘，我们下次再相见，你可要送我一样东西了。"

惊雀笑着一拍胸脯道："那当然没有问题，我的东西虽然没有你这怀表贵，但也是天下间罕有的！"

柳占熊笑着对她摆了摆手，转身和侍从一起走了。

——"三鞠躬。"

行完礼，便有客人陆陆续续地走了，场地便有些空旷了。柳放跟段三思打过招呼后便也打算离开，谁知一转身，便看见前方，惊雀正拿着一块怀表低头抿着嘴笑。

柳放便感觉心头突然穿过一阵风，烫得像是六月的太阳，正想去抓住不告而别的她，自己的肩膀却被人擒住。

段三思清冷的声音有些焦急，对他道："你父亲，刚刚在回去的路上被人暗算，中了一枪已经送往医院，你快赶过去。"

"什么？"柳放一怔，连忙点头，有些担忧地往出口跑去。跑到一半，想起什么，再转身寻找惊雀的身影时，却发现她已消失在视线里。他摇了摇头，终于离开。

段三思看了看柳放刚刚巡视的角落，见惊雀正偷偷摸摸地从花丛中出来，皱了皱眉，正想上去问她是谁，林戏水却突然出现伸手拦住他。

"你怎么在这儿？"段三思扬了眉梢道。

林戏水忍不住拭了拭额头："我刚刚一直都在啊，只是你没注意到罢了。"继而她又叹息道："你还好吧？"

"哦？"段三思神色冷然，眼睛像是天空中淡薄的云，没有焦点。

林戏水蹙了蹙眉，脸色有些泛红，咳了一咳，支支吾吾道："你……"

段三思索性双手环胸，冷眼斜斜瞧她。

林戏水思忖片刻，道："虽然我弄不清你想赶我出上海究竟是为何，还有那天你害我跑了10圈，我本是十分讨厌你的，但现在对你好的人去世了，我觉得眼下你应该十分悲苦……"

还未说完，便被段三思打断："别说你是来安慰我的。"

"我看你……"段三思的唇贴近了林戏水的脸颊，轻轻碰了碰，眉毛一挑，冷冷道，"还是担忧你接下来的处境吧。"

言罢，也不等着看林戏水的脸色，转身而去。

林戏水站在原地，看着他的背影青筋暴跳。

这才是好心被驴踢，什么担忧自己的处境，真是莫名其妙，林戏水冲着他背影骂了一通，可话一出口就后悔了，在场还剩了好些客人，此时都用异样的眼光看着她。

林戏水尴尬地笑了两声，口中默念着"不好意思，得罪了啊"，连忙对着段大雨的墓碑拜了两拜，逃也似的跑了出去。

树枝萧萧风淅淅，远处停留的两三只鸟，鸣叫着冲破暮云而去，一霎微雨便终于停了。

差不多下午 2 点钟的光景，柳放才赶到医院，急急忙忙找到他父亲柳占熊的房间，正要推开门，却听见里面传来谈话声。

他有些疑惑地从门缝里打量，只一眼，便是一阵霹雳从天而降。

只见林戏水的母亲林太太，此刻正坐在他父亲的腿上，二人正在接吻。

柳放便觉得自己的胸口难受得一阵排山倒海，以前就曾听闻父亲与林太太的风言风语，可这些事对于这个圈子来说，也不足为奇，他也没怎么在意，没想到今天却恰巧碰见。柳放的脑海里突然出现母亲的脸，她已经在美国待了两年，前段时间才得知最近她将回国的消息，他不知道今天所碰见的事情又算什么。

"恶心。"

他的脸色铁青之极，朝着屋里的二人冷笑一声，遂转身离开。

……

夜色如水。

林戏水回到仙浮的时候，已是傍晚了，林宅门前两扇铁门大敞，门灯高挂，一旁停着辆官家的黑色小轿车。计程车开到门口，她便命令司机停了下来，打量了那车好一会儿，硬是横看竖看都有些熟悉。林太太见她回来，连忙迎了出来，满面堆着笑容说道："戏水你可回来了，有人找你，都等好半天了。"

第八章　却是池荷惊跳雨，散了还聚

"有人找我？"林戏水略带惊愕地说，"是谁？"

"进去你就知道了。"

林戏水疑惑地跟着林太太走入门内前厅，前厅摆着的一张精致的红木几案上，放着一个麒麟端炉，炉中冒出袅袅清香，气如含露兰，心如贯霜竹，这唐代的含露香果然名不虚传。林戏水被这清冷香气引得出了神，跟着林太太走进大厅，不经意瞥到沙发上坐着的人，眼睛都直了。

只见段三思手里端着一盏茶，正一本正经地盯着她。

林戏水跟着林太太在沙发上坐下来，见对方那张冰块脸却是十分淡然，始终没有开口的意思，越发疑惑，踌躇良久，忍不住问："你找我有事？"

段三思慢条斯理地瞥了她一眼，把手里的钧窑天蓝釉红斑茶盏放在一旁，淡淡道："我已和林太太商议好了，她也答应你跟我一起到小白宫住一阵子。"

一个趔趄，林戏水猛地从沙发上栽了下去。

林太太诧异而心疼地扶起她："你这孩子，怎得那么马虎，坐都坐不好，摔到哪儿了没？"

林戏水龇牙咧嘴地爬起来，干笑两声道："没事没事，屁股滑了下……"

一抬头，见段三思似笑非笑地瞟了自己一眼，又拿起茶盖拨了拨水面的浮叶，冷笑道："天色不晚了，你的东西降雪已收拾好，放车上了，没什么事就跟我走吧。"

于是乎，林戏水便跟着他一起上了车，后视镜里林太太一张泛着泪花依依不舍的脸，融进了夜色。

林戏水转过身子，不敢直视段三思，只悄悄在后视镜里瞟了他几眼，方才明白上午他那句"还是担忧你接下来的处境吧"是什么意思。

原来啊原来，不料他早就计划好了这一出，竟用毕业在即，让自己给他补课这番鬼话，成功骗取林太太的信任，名正言顺让自己住进他家。近日，林戏水才从丫鬟口中得知，正牌林戏水与段三思从小一起长大，二人竟是从幼稚园就开始约会的青梅竹马，有这一层关系在，林太太虽有不舍，但也放心地让自个儿亲生女儿跟个男人同居去了,这都是什么家长来着,万万没想到这大上海的民风已然如此开放了。一想到以后跟段三思抬头不见低头见,林戏水便十分痛苦地揉起了额头。

车子开到小白宫,在走廊上,林戏水用眼角扫了段三思两下,她心中不禁打起了鼓:上次便把这儿逛了个遍,这别馆那么大,四处却是保持得干净整洁,令人诧异的是一个仆人都没有,莫不成这地方像《聊斋志异》,是石头变出来的?想到这儿,林戏水打了个寒战,吓得脸色煞白。

段三思心情甚好,忽停下脚步,看她脸色苍白,疑惑问:"你很冷?"

月移花影之下,段三思穿着一件柳氏绸庄的修身西装,是浓郁的黑色,狭长的眼睛半闭着看她,五官阴郁而邪气,非同一般的英气逼人,一张脸好看得有些不太真实。林戏水此时已把他想成了个幻化成人的竹精,忽地后退两步,颤抖道:"没……没有。"

段三思皱了皱眉,打量她一会儿,抬眼看向她:"你在怕我,为什么怕我?"

林戏水干笑了两声,想了想,开始口无遮拦道:"小王爷你年纪轻轻已然一人之下万人之上,最近又升为两广总司令,手握重兵一手遮天,出类拔萃可谓人中之龙。我却是个放进人堆再也寻不着的平凡人,想不通你为何对我有兴趣,冒充林戏水只想混口饭吃,真的没有其他意图,我求你高抬贵手饶我一命。"

这一番话说完,林戏水都有些吃惊,没想到自个儿竟然把所有的顾虑都一股脑儿抖了出来,真是愚蠢之极。但想来,她为人大大咧咧又一根筋,对算计之事真真不擅长,而这段三思偏偏是她最怕的那类人,既然一举一动都逃不过他的眼睛,反正日久天长,报仇之事也急不得。如今身份已被他拆穿,与其日后被他处处刁难,还不如一早投降,索性摊牌。

段三思看她良久,一张脸就像是寒冰一般,冒着冰冷的白气。他上前一步,用手把林戏水右鬓一绺散落的头发别在耳后,看她愣了愣,便抬起眼帘,斜起嘴角道:"平凡又如何,我却偏偏对你有兴趣。"

第八章 却是池荷惊跳雨，散了还聚

林戏水呆了一呆。

难道刚刚她说了那么多话，他就只听进这句？林戏水在心中掂量一番，实在摸不透他这话什么意思，这分明是灼人的情话，莫非他是着了魔。

林戏水被他看得不自然，额头青筋跳了两跳，指着幽黑的天幕长笑道："你看今晚的月亮，真是又大又圆啊，哈哈。"

天上乌泱泱的，哪儿有什么月亮。

段三思狭长的眼睛里掠过一丝笑意，凉凉地瞟了她一眼，丢下一句："我还有事，先出去一趟，你累了可以先睡。"

愣过来时早已不见他的身影，林戏水独自站在幽黑的走廊里，远处的仿古宫灯微光朦胧，照得四处凄凄惶惶，硕大的地方只剩她一个人，吓得都要哭了，才想问段三思，你倒是先说在哪间房睡好吗王爷。

一路战战兢兢地上了2楼睡房，原本轻车熟路去上次睡的那间客房，不料到了门边却发现门被锁上了。林戏水撇了撇嘴，又拐到旁边一间房，推门走了进去，拧开房梁上一盏琉璃水晶大吊灯，屋里一时灯火辉煌，两旁的座灯从地面斜射上来，照得屋子金光熠熠。

房间异常宽大，中西合璧的风格，上面的穹顶是镂空的彩色玻璃，可以看清夜空中的星垂银河。左边置着一个软垫沙发，右边置着一套花梨木夔龙卷草桌椅，中间地板上垫着一张剪花羊毛欧式宫廷花纹大地毯。上面一张复式茶几上摆了一只青釉刻花莲瓣纹瓷花瓶，瓶里斜插着一大蓬白色蝴蝶兰，一旁则布满了各式的糖盒茶具。正中央摆着一张白色的大床，却高高竖了一块檀木架绘有荷花的屏风。

林戏水看见屏风后搁了古琴，一旁的衣柜里却有几件女子的衣裙，寻思这里应该是段三思那个前女友的房间吧。林戏水一时困得不行，也没多想，脱了外衣，便倒在床上睡了。

第九章　酒思往事易成伤，
　　　　　最断人肠

夜色渐渐黑了，段三思从小白宫出来，便径直去了大都会。那宽大的露天花园里，有两个大理石的喷水池，有好些一身绫罗绸缎的小姐们在露天里跳舞，泉水映着灯光，景致十分华丽。

貂新月穿了一袭银白底子薄烟纱闪光缎子旗袍，坐在角落的餐桌上。人虽多，也一眼便望到了，她周身泛着一道道眨眼的光芒，异常飞扬显突。一双炯炯发光的眼睛，一闪便把人罩住了，看着坐下来的段三思，她笑道："没想到你居然约我出来，有什么事？"

段三思一双深沉的眼睛，直直地看着她，道："貂新月，我有话对你说。"

貂新月冷冰冰地看着他，扯了扯嘴角："你当然有话要对我说，而且不是一两件吧，两年前，那林戏水突然失踪，如今又在我跟你订婚时冒出来，段三思，你骗骗别人可以，但骗不过我，你要不要说说看，两年前，你和林戏水究竟发生了什么？"

段三思一动不动地看着她，良久，酝酿出一句："对不起。"

这一句对不起，让貂新月彻底愣住了。她的脸色一沉，有点不屑地笑了笑："我早就知你心里面的人不是我，罢了，其实我与你，也不过是逢场作戏，要不是父亲撮合我与你在一起，我定是不会与你走到订婚的地步，你不适合我，便没什么好对不起。"

第九章　酒思往事易成伤，最断人肠

貂新月吃东西的时候，总喜欢把最好吃的留在最后。所以她相信，人生也是如此，无论遭遇过什么，最好的那个人一定在未来等她。她始终相信，她只是比一般人，慢一点遇到爱。

两年说长不长，说短不短，却可以让相爱的人变成陌生人，让沧海变成桑田。

两年前，貂新月的 18 岁生日，算是成人礼，甚是隆重，大都会上空放了一夜的烟火，各行各业的人都来祝贺，算是近几年最为豪华的宴会。只要在大都会待过的人，都知道貂新月那爱古董的毛病，于是乎，段三思用收集到的唐代百颗翡玉，重金打造制成一朵玉玫瑰作生日礼物，算是把最讨厌惊喜的貂新月惊了个底朝天。

宴会进行到下半夜，家长们都结伴出去了，剩下的便都是圈子里的公子哥小姐们，一时之间没了约束，便彻底放开来。貂新月喝多了些花雕，便和柳放跑到台上，二人唱起昆戏《游园》来——

原来姹紫嫣红开遍，
似这般都付与断井颓垣。
良辰美景奈何天，
赏心乐事谁家院。
……

光唱不尽兴，到后来貂新月竟然把一旁的古琴给砸了，古有伯牙断弦，众人只以为她这是微醺得厉害，场子便推向高潮，越发地燥热起来。

段三思酒喝多了，感到一阵微微的晕眩，便走到 2 楼的露天会场透气。幽黑的天幕里早已填满了星河，段三思靠在露台的雕花石栏上，单手点燃一支烟，抬头看了一眼夜空。皓色千里、疏烟淡月把大都会花园照得镀了一层萧索，露台上那几盆蜡梅，香气似酒醉人，像一阵湿雾似的，在他的鼻尖萦绕。不经意一回头，见林戏水喝醉了酒，正趴在沙发上说胡话，她穿了一件火红的缎子旗袍，白皙的皮肤在酒意泛滥下变得通红。

段三思立即走过去，在一旁的八仙桌上端了一盅茉莉香片，对林戏水道："你平时沾酒就醉，今夜怎么喝那么多？"

林戏水接过茉莉香片，捡了一片放入嘴中，笑吟吟说："三思，你怎知道我沾酒就醉，是不是你在意我？"说完林戏水伸出手勾住段三思的脖子，嘴唇在他耳朵边轻轻掠过："你不知道，其实我比新月要早些喜欢你，可是，我不能告诉你，因为，你眼里只有她。"

这一番话，让段三思彻底愣住了，他也有些醉，看东西都有些晃，觉得口干舌燥，便离林戏水远了些，谁知她身子不稳，又有些东倒西歪，段三思一把抱住她。

林戏水将他又搂紧一些，双手挂在他脖子上，嘴唇紧贴在他耳边，气息沉重，缓缓道："三思，你喜欢我吗？"

段三思的背脊僵了一僵，他又沉默了好半晌，才道："你喝醉了。"

林戏水双手抱住他的腰，头紧紧贴在他的胸口，整个人像只小猫一样缩在他的怀里，半闭的眼里泛起白雾似的酒意，一张俏脸像是火烧般的红，口里含糊不清道："你又哪会知道，咱们四个从小一起长大，感情那样好，你还记得吗，你小时候对我说，长大后非我不娶，我不明白什么时候起你离我那样远。前几日你问我生辰想要什么，我想要的不过就是你罢了，这些你早就不记得了，其实你跟新月在一起也好，我们四个以后就可以永远在一起了……"

一阵风拂来，凉飕飕的，冷得林戏水打了好几个冷战。段三思脱下西服外套裹住她，身上便只剩一件白衬衫。她醉得厉害，身体忽冷忽热，这时又发起热来，一只手从他的衬衫下摆伸进去，那冰冷的肌肤让她不那么燥热，便在他胸膛里胡乱摸索起来，口中含糊道："三思，我喜欢你。"

段三思整个人都僵住了，心中如万只蚂蚁在噬咬，他瞪大双眼望着她，灯火通明与漫天绽放的烟火映在他漆黑的瞳孔中，似点燃了整个世界的光。

"三思……我……"

话音未落，林戏水觉得身子往旁边一倾，天旋地转之后，背抵在凉凉的沙发上。眼前是段三思灼热的双眼，深邃的五官似刀削斧砍，这张好看的脸在她梦里出现好多次，林戏水正想开口问怎么老是梦见你，他便低头，封住了她的唇。

都喝多了酒，浓情点燃便是天雷勾地火，一发而不可收。

口中蔓延着茉莉香片的清冷幽香，他离开她的唇，低头吻着她的耳垂，轻咬厮磨，滚烫的唇从脖颈滑到锁骨，却在胸口受阻。他喘着气解那些盘扣，无奈怎么也解不开，索性一把扯开她身上的旗袍。段三思修长的手指顺着她的身体，从胸口移到小腹，再到白皙的大腿内侧，缓缓地滑动着，带起了她全身的感觉。林戏水全部的注意力都凝聚到他手触碰过的皮肤上，下半身隔着一层薄薄的衣料紧密相贴，灼热与欲望，越发炽烈。

林戏水半闭着双眼，情欲慢慢从她的脸上显现，原本已是通红的皮肤上，渐渐染上了诱人的粉红色，情不自禁地睁开眼呻吟一声。

段三思轻轻咬了咬她的耳朵，柔声道："戏水，闭上眼。"

段三思感受到她的变化，低头噙住她的唇，舌尖探了进去，抵死缠绵……

林戏水抱着他的肩膀，随着他的动作，后背一上一下摩擦着沙发，感觉整个繁空星辰都在摇晃……

良久，一阵酥麻似湖水涟漪般在身体内部扩开来，林戏水的脑中一片空白，身体的抖动和不断抽搐，让她更分不清究竟是现实还是梦境了。

方才的躁动不安一概不见了，脑中只剩梅花般灿烂的烟霞，像是整个世界都开出花来，贪婪地吸着他身上淡淡的白檀香。

如果是梦，她也要牢牢记着这冷香，到生生世世。

往事不堪哀，不容细想，易断人魂，谁也没有错，错的是爱上你的那颗心罢了。

两年了，他和林戏水之间的事竟然久远得像条河，他站在河对面，雾气腾腾，什么都记不清了，不管当初是谁先迈出一步，他们之间的缘分是早就注定了的，此生纠缠不休。

段三思从回忆里缓过神来，车子已经开到了小白宫。天色越发暗了，微云淡月，2楼卧室里泛出的光，却有一丝昏黄的暖意。

段三思站在花园里，看那窗口良久。副官赵无看他一张脸苍白得像张白纸，瞥了眼2楼那发出光的房间，一时没忍住，道："自从两年前林小姐失踪后，就再没见她那房间亮过了，小王爷，是谁在里面？"

一旁那树白梅在两年前种下，今已亭亭如盖，却未曾开过花。段三思那双似蒙了雾的深邃眼睛，瞟了苍翠的白梅一眼，淡淡道："我也不知道她到底是谁。"便上楼去了，留下赵无在原地纳闷了半晌，喃喃一句"哎，真是孽缘"，遂转身离开。

夜月卧桂影。

林戏水晚上又做了一个梦，梦中还是那若有似无的白檀香，那人似在床边守了她一夜，修长而冰凉的手指覆上自己的脸，好似叹了一口气，说："如今你倒把我忘得一干二净，可笑的是，我明明那么在意你，却要装作不那么在意你。"

早上下了一番寒凉的冷雨，连空气里都是湿漉漉的冷，却是催得满院梅花初发。

林戏水颤抖着牙关，裹了件米白色提花睡裙起床，赤脚踩在漆了金花的木地板上，正要开门，门却被人一把推开。

降雪端着一盆热水进来，便是慌忙拿了鞋过来，为林戏水穿上，"小姐，你怎么打赤脚啊？要是着凉了，少不得太太又要骂我一通了！"

林戏水懒洋洋地打了个哈欠："有那么严重吗？我平时风吹雨打惯了，不像你们小姐，没那么娇贵。"

降雪疑惑地看了她两眼："小姐，你说什么呢？你不是我小姐，那你又是谁呢？"

林戏水一愣，意识到说漏嘴，连忙转移话题："你不是在仙浮吗？怎么在这儿？"

降雪笑道："是小王爷昨晚打电话给太太，说派个人过来伺候你呢。"

林戏水微微一怔，昨晚她还诧异这地方一个仆人都没有，今儿段三思就派了个人过来，莫非他会洞察人心？他明明知道自己不是真的林戏水，既然不是千金贵族，自然没那资格被人服侍，他这番又是什么意思，况且他让自个儿搬进他眼皮子底下住，莫非是想监视自己的一举一动？那自己如今跟一只圈养的小白鼠又有什么区别？

降雪看她出神，伸出手在她眼前晃了晃，笑道："小姐，我有个好消息要告诉你。"

林戏水有些惆怅道："什么好消息？"

降雪道："你被圣约翰大学选为今年的外交官啦！"

林戏水抬起一张惊讶的脸："外交官，这是什么玩意儿？"

降雪奇怪地看她两眼，眼圈突然红了："小姐，太太说你什么也不记得了，我看你像变成了另一个人，连降雪从小跟你一起长大，你也忘了，这也算了，可小王爷，他……当年你跟他那般要好，如今你却通通不记得了，我真替小王爷难过。"

林戏水甚惊讶，看来段三思跟降雪家小姐以前果真有段纠缠的往事，不免有些好奇是怎样的惊天动地，便问："我忘了，那你跟我说说，以前我和段三思到底怎么了？"

降雪一惊，连忙捂住嘴，后退两步，慌张道："我……小姐……我什么都不知道……"

说完逃命般跟阵风似的溜了。

林戏水看她一路跌跌撞撞的背影，心里却突然升起一阵冰凉的刺痛，大脑瞬间空白，她捂住心脏，靠在床头缓了好一阵，那刺痛才消失。她深深吸了两口气，没怎么在意，便走出了卧室。

上午10点钟的光景，太阳的光线拂开雾霭，空气便不那么冷了，但地上被大雨冲刷过，四处还是湿漉漉的。

貂宅那幢别墅的欧式花园的草坪上，却是早就干透了，还泛着一股暖意。

原是貂新月一月一度的茶话会要举行，仆人们便是一大早就拿着烘干机，硬是把整块匍匐着马蹄金的草坪给烘干了，铺上洁白的羊毛地毯，又摆上各类从英国进口的糕点。七八个穿戴不凡的少女围坐在一起，以貂新月为首，身边挨着那王家三姐妹。

王熙熙把一块芸豆糕放进嘴中，道："我听说林戏水搬去小白宫住了？"

"什么？真的假的！"王醉醉惊得下巴都快掉了。

"那还有假，今天早上都有人亲眼看见林戏水从小白宫里出来了。"王熙熙一边说，一边小心翼翼地打量貂新月，见她一张脸面无表情，还是没忍住，问道，"新月，你就眼睁睁看他们这样？"

貂新月翻了个白眼，轻描淡写地说："那你们说我怎么办？扯二尺红头绳把自己吊起来，要死要活恳求段三思回心转意？"顿了顿，从胸腔里冒出两声冷笑，"我和他已经分手了，他们爱怎么样怎么样，跟我没关系。"

王醉醉不解道："可是……那人可是小王爷，望眼整个大上海，有哪个女子不对他心心念念，林戏水算什么，我们觉得，还是你与他最般配。"

貂新月不耐烦地拿眼斜她，脸上像结了一层冰，咬牙切齿地说："我说你们能有点出息好吗？我就纳了闷了，不就是结婚没结成，少了段三思难道我还能死了不成？一个男人而已，我貂新月想找分分钟就能找一个比他好的，用得着我堵心吗？他段三思是斗战胜佛，佛光普照吗让你们这么移不开眼？"

三人脸色苍白，低垂着头不再出声。

貂新月缓和了神色，轻轻地放下咖啡杯："你们不要想太多了，如今已是民国，崇尚爱情自由，每个人都有追求幸福的权利，合则合，不合则散。人生这么漫长，女人的青春却又是极短暂的，哪能跟一个男人谈恋爱，应该和四五个同时谈。"她漫不经心地喝了一口咖啡，继续道："窜天猴就算披件花衣裳唱大戏也变不成人，一切都有定数。我再最后与你们说一次，以后那段三思就跟我毫无关系，听清了吗？"

闻言，三姐妹都同时愣了愣，最后点了点头。

过了一会儿，又彼此递了个眼色，终是王醉醉开了口："新月，我们有件事要告诉你。"

貂新月头也不抬，端了杯酒："说。"

王醉醉咽了口水，一闭眼一咬牙道："今年圣约翰的外交官，选了……选了林戏水。"

"砰"的一声，貂新月手中的高脚杯被她捏碎了，一双眼睛像是在喷吐毒液，吓得王醉醉三人瞳孔不住颤抖。

这圣约翰大学的"外交官"是每年都会举办的选拔会，将在全校几千人之中挑选一名举止样貌学业皆顶尖的女同学，作为接待外国公使的翻译官。这个职位向来是上流圈子里的家长们为自家女儿哪怕头破血流都要去争取的，一来能选上的人自然是非同一般；二来各大报业都会报道此事，凡在政场上有点野心的家族，都会借此机会把自家女儿推出去大放光彩。

可自从三年前那貂新月进了圣约翰后，这"外交官"的位置就被她牢牢坐定了，这都已经蝉联三届了。虽都不满，但对她的实力也望尘莫及，家世样貌就不必说了，居然还能用英语诵出整本《红楼梦》，光是这点，放眼整个大上海，就没人能比得上了。

都在期待能出现打败她的对手，未曾想今年的名额却给了林戏水，消息一出，让大都会的人为之哗然。也是，整个上海滩，也只有林戏水能比得上了。

但貂新月是谁，只要她想要的，就没什么不能得到。

初春的夜，落日斜欹，较早便黑了，花光月影之下，夜阑犹剪。

林戏水和降雪吃过晚饭后，在花园的凉亭里下了一会儿棋，三局都是降雪赢，林戏水便觉得今日很是欠运气，眼见第四局又要兵败将倒，索性要赖，推了棋局不下了。

见一旁几株认不出的绿株叶子大半枯黄，便让降雪去找了一个白瓷花盆，将绿株移植了进去。

林戏水往花盆里浇了些水，夜色越发浓了，降雪去浴室给她放热水。这硕大的小白宫就只剩她一人，一整天都没看见段三思，林戏水便觉得有些冷清。

记得好几年前的中秋，她母亲有事外出，家里只剩下她一人，隔壁邻居的院子里传来若有若无的欢闹声，以及空气里微微的饭香，月亮升到梢头，她在廊下看着那清冷的圆月，独自倒了一杯酒。那时候真觉得整个人太孤独了，不免想，如果身旁有个人，能一直不离不弃就好了。一直在身边，无论吃饭睡觉，不管去哪儿，对方能把自己放在心里，那么即使以后在哪儿流浪，也会知道自己也是被人记挂着的，这样就不那么孤独了。

这么感叹一番，林戏水径直走到浴室，只见整个空间大得不得了，简直像极了小型的游泳池。她一边骂着洗次澡就放那么多水真是浪费，一边又三下五除二地脱下衣服，甚为欢快地跳进水中，像只鸭子似的换了各种动作浮水。林戏水折腾了好一会儿，便累极了，热气腾上来，顿时让她觉得有些困，打了好几个哈欠，便趴在池边，想着闭目养神，谁知就那么睡过去了……

天上一轮圆月喷吐清晖。

段三思回到小白宫，竟下意识地抬头去看2楼，见那房间黑漆漆没点灯，一时诧异，便走进前厅，却见降雪歪倒在沙发上打瞌睡。

降雪一见到段三思，整个人便从头到脚地惊醒了，毕恭毕敬地喊了句："小王爷。"

段三思淡淡地看了她一眼，问："林戏水睡了吗？"

降雪点点头："应该是睡了。"

段三思便径直上楼，推开卧室的门，打开灯，见床上整整齐齐，哪儿有林戏水的身影。

降雪跟上来，也是一怔："奇怪了，小姐去哪儿了？"

段三思的脸上一沉，皱眉道："你仔细想想，她之前去哪儿了？"

降雪低垂头思索了一番，突然抬起头，难以置信道："该不会……小姐还在洗澡吧？"

浴室的门被一把推开，只见雾气腾腾中，林戏水趴在池边睡着了，白皙的皮肤被热水泡得通红。

段三思大步跨过去，拿起一旁的浴巾披在她身上，把她从水中捞了起来。

这一系列动作，惊醒了林戏水，当她睡眼惺忪地睁开眼时，见段三思那张英气逼人的脸，像块千年寒冰，而此刻自己正被他抱着，蜷缩在他怀中。林戏水一怔，便挣扎着要下来，岂料段三思把她抱得更紧，斜斜瞪了她一眼："别动。"

林戏水脸色苍白道："你……你要做什么？快放我下来……"

这时，降雪在走廊里见到二人，原本想上前问林戏水怎会在浴室睡觉，岂料瞧见她身上只裹了一块浴巾，玲珑有致的身材若隐若现，又被段三思环抱着，见到这种场面，脸色一红，便识趣地不声不响地退了下去。

浓浓月色之下，段三思抱着林戏水经过长廊，走进卧室，便猛地把她扔在床上，冷冷道："你是不是没脑子？"

林戏水一怔，瞳孔剧烈地颤抖着："你……"

话还没说完，就被他打断："泡个澡都能睡着，你不担心自己的身体可以，但请你不要麻烦别人。"

这一番话，让林戏水彻底僵住了，她猛地从床上站起来，与段三思对视道："我怎么麻烦你了？我一没请你，二没求你，是你自己多管闲事。"

段三思愣了愣，只是微微挑了挑眉，看着她，没有说话。

林戏水见他许久未说话，只是一动不动地盯着自己，才反应过来自己是不是疯了，竟敢激怒他，他是什么人啊，说不定现在摸出把枪，崩了自己这条小命。这么一想，便立刻怂了，但气势依旧不能输得太难看，于是伸出手指，指着门颤颤巍巍道："请你滚出去，我要睡觉了。"

话音刚落，林戏水便觉得天旋地转，她的手被段三思一把拉住，整个人被他压在床上。林戏水大惊，便不住挣扎，双手想要推开他，却被段三思一把扣住，让她匍匐在他身下彻底不能动弹。

段三思抬起她的下巴，一挑眉毛，冷笑道："你竟敢对我说滚字，不要忘了，这可是我家。"

林戏水整个人都被他压住，想动也动不了，低头看了看自己身上快要滑落的浴巾，他抵在自己双腿间的腿，以及被他牢牢扣在头顶的双手，这动作要多暧昧有多暧昧。仔细一想，他说得不错，这的确是他家，现在又是半夜三更，孤男寡女共处一室，他要是动起怒来，对自己而言是一万个不利，顿时肠子都悔青了，只能煞白着一张脸，对他干笑道："对……对不住，要不然，我滚好了？"

段三思一怔，眼睛深得像是一潭幽黑的湖水。

林戏水趁他愣神之际，缓缓抽手，欲从他身下爬出来时，双手又被他狠狠抓住。林戏水吓得心都快停止跳动了，只得闭上双眼，求饶道："对不起，我错了，我向你保证，从今往后再也不在浴室睡觉，再也不让你滚，我滚，你让我滚多远就多远！"

空气仿佛在这一瞬间静默。

段三思打量她半响，轻笑一声，放开了她，从她身上起来，退到一旁。

这时，他见林戏水以飞快的速度爬到床脚，拖起被子裹住身体，又凉凉地瞟了她一眼，说了句"早点睡"，便转身幽幽地走了。

门啪嗒一声关上，林戏水才深深吁了口气。

夜半时，她躺在床上，翻来覆去睡不着。她思考自己为何如此怕段三思，不由得翻了个身，被子里全是他身上那股淡淡的白檀香，熏得她打了好几个喷嚏。

林戏水突然明白了，自己跟段三思心尖尖上的人，长了同一副相貌，不免一举一动都牵扯了他好些回忆，怪不得他看自己的眼神那么复杂。也是，最重要的人失踪两年，如今是生是死杳无音信，换作自己，也一定很难过。可惜自个儿白白占了他喜欢的人那副好相貌，却长了另一颗肉心。

诚然她不是林戏水。

这么一想,便是开窍了,她这是有些愧疚,才那么怕他。

一定是这样。

第十章　天涯深处东风软，
　　　　一声归雁

　　大约是下午四五点钟的光景，落日倾斜进院落，风萧萧，空气里带着一股浓浓的晚香玉。貂新月让司机在霞飞路停下，一打开车门，便是满路幽香袭来。

　　她径直走进一旁的珠宝店，店员看见她，便连忙满面堆笑跑过来，欣喜道："貂小姐，您今日怎得有空过来了？您也没提前通知我一声，便应早早给您准备好项链才是。"

　　貂新月打量着店里的各式珠宝，见往常一直储放在大堂中央那个玻璃柜中的蓝宝石项链不见了，顿时有些惊讶道："谁把那条项链买走了？"

　　店员循着她的目光望过去，了然微笑道："真是不巧了，貂小姐，有位先生早先您一步，电话预订了这条项链。"

　　那可是巧了。这条全世界只限量3条的英国项链，昂贵得出奇，貂新月当时一眼便看中，却没来得及预订下来，也认为这价格估计一时半会儿也没人跟她抢，便打算在圣约翰大学选她做外交官的宴会上戴。谁知道就跟约定好了似的，外交官没选上，项链也没了，貂新月的脸色顿时就沉了下来。

　　那店员也是个见风使舵的人，便连忙安慰道："您看，貂小姐，要不然这样好了，我们店里现在新推出了……"

　　话还没说完，便见貂新月转身离开了，脚下一双七寸高的高跟鞋，被她踩得噼啪响。

　　说来这一阵子也是奇了怪了，无论貂新月看上什么东西，却总有人来跟她抢，要依她以前的性子，委实是只有她抢别人的份儿。即使如此，她心中却并未有多大的起伏，也真是诧异得很。

活到这么大岁数，往常顺风顺水惯了，这大都会圈子里的人一听她的名字，躲都还来不及，这么一二三的连着吃亏，倒还是人生第一次。

貂新月突然觉得，事情开始往有趣的方向发展了。这项链她早就给店员留了话，没想到那人居然比她的排场还大，给抢了去，她倒要看看，到底是什么人，敢跟她对着干。

刚走出珠宝店，一辆法式黑色加长车便尾随着貂新月，在她身旁停下来。

她好奇地转头，便见车窗摇下来，柳放嬉笑着一张脸，朝她打招呼："咱们缘分可真不浅，这么大的上海，到哪儿哪儿都能遇见你。"

貂新月停下脚步，冷笑一声："大少爷，到底是这地方太小，还是你故意跟着我呢？"

"还是什么都瞒不过你，"柳放似笑非笑，"你去哪儿？上来，我送你过去吧？"

貂新月笑了笑，便打开车门，坐了上去。

车子开过了梅花胡同，一路驶向徐家汇。柳放见貂新月一路上都不怎么说话，神色之间也有些郁郁，细问之下得知项链的事情，便打趣道："我知道抢走你那蓝宝石项链的人是谁。"

"什么？"貂新月愣了愣，敛起眉头，"是谁？"

这会儿柳放倒没有接话。

貂新月有些不耐烦道："你别给我打哑谜，快说。"

柳放有些欲言又止，但眼睛却是笑着的，轻声道："你说，还有谁？"

貂新月是何等聪明的人物，仔细一想，便知道这人是谁了。

近日林戏水选上了外交官，那么无非是段三思买走了项链讨美人欢喜而已。想到这儿，貂新月顿时胸腔里犹如塞满了玻璃碴，吸气呼气都堵得慌，瞧见旁边的酒杯，便是拿起一瓶酒，拧开了瓶盖就朝酒杯里倒，一口气喝完了一杯。

　　随着汽车轻微的颠簸，整个车厢里都是甜腻的酒气。柳放见她一连喝了好几杯还没完，尖削的脸浮上微红的醉意，又是要喝挂了的迹象，很是头疼，便一把抢过她手中的酒杯，皱眉道："别喝了。"

　　貂新月立即有些摇摇晃晃地扑上去抢："给我。"

　　柳放举高酒杯，略微有些懊恼道："新月，难道在你心里，段三思就那么重要？"

　　貂新月一愣，双眼带着迷离般的水汽，却冷笑一声："不错，谁让我爱他爱了十几年，他却从未正眼看过我一次。"

　　天边的残阳从车窗上拂过，柳放看着貂新月被染上夕阳微黄的侧脸，十分萧索，顿时心中掠过一阵犹如焚心般的痛。他诧异地看着貂新月，微微蹙了蹙眉思索了一会儿，忽地极为认真道："那你为何从不回头看看，我一直在你身后等你。"

　　这一句明明是很灼人的情话，貂新月却听得胆战心惊。她吃惊地看着柳放，眼前的这个男人，从小一起长大，他的每一个眼神，每一个表情，都谙熟于心，原本想从他眼角眉梢看出一些端倪，却发现他与往常差别甚大，好似并无在开玩笑。

　　貂新月想了想，坐直了身子，眼尾含了点笑意，对着他道："我知道。"

　　柳放愣了愣，嘴角边扯出一个痛苦万分的笑来："你这是存心折磨我？"

　　貂新月直视他有些伤情的似白雪覆盖的湖面般的双眼，顿时有些不忍，抬手覆上他的脸，淡淡笑道："当然不是。"

　　"那这条项链，你还要吗？"柳放从座椅下拿出一个包装精致的礼盒，打开，里面那条蓝宝石项链，熠熠发光。

　　"你……"貂新月看了看项链，又看了看柳放，愣住了，"你居然敢骗我，这条项链是你买走的？"

　　柳放把项链放在她手中，笑了笑："给你个惊喜。"

　　"你知道我最讨厌惊喜。"貂新月板着脸道，"再说你没事送我这条价值不菲的项链，该不会，又是惹出什么风流债来，让我帮你？"

"没错，我一直想让你帮个忙，"柳放抬起眼帘，挑眉一笑，"帮你自己喜欢上我。"

窗外掠过一棵开得正好的蜡梅，鼻尖都是清冷的香气。貂新月看着柳放，肃然道："别再开这种玩笑，你不是那个能降住我的人。"

柳放愣了愣，笑容有些凄凉："你明知道我从小就喜欢你，你知道我等你和三思结束等了多久？这辈子，我只想和你在一起，我想和你一起看每天的日升日落。"

隔着窗外飞快掠过的花痕树影，貂新月抬眼看着柳放，皱眉道："柳放，你知道自己是什么类型的男人吗？风月场上你是一等一的高手，情话信手拈来，你要喜欢一个人，完全不用走心的，恨不得把整颗心都挖出来给她，只要你喜欢，对着条狗也能把情话说得分外动听。渐渐地，你发现好像并没有那么喜欢她，眼前恰好经过一个好似能让你再次心跳的女人，你便又开始轰轰烈烈朝她追逐。你的喜欢，永远不会长久。女人虽然还是喜欢那种动不动就山川湖海、宇宙星辰，能带来刺激的男人，但那些嘴笨，过马路的时候，愿意把你挡在人行道内侧的男人，更适合过日子。"

柳放那张原本有些苍白的脸，一瞬间变得更加白了。他没有说话，只是一动不动地看着貂新月，空气突然有些静默。

直到车子驶过一个小斜坡，二人都没有坐稳，貂新月一头栽进柳放的怀里。好半响，她正要起身，却未想到柳放猛地翻身，双手按住她的肩膀，把她压在身下。

她还没来得及推开他，自己的唇便被封住了。

貂新月诧异地睁大双眼，看着近在咫尺这张无比熟悉的脸。他长得极为英俊，挺鼻薄唇，五官轮廓很深，特别是那双秋水桃花般的眼睛，深邃犹如黑洞般把每个在他身边的女孩儿，都能吸进去。

她原本想推开他，可是无论脑海里多么用力，身体却像着了魔般使不上力，加上喝了半瓶洋酒，这种酒后劲极大，此刻酒精涌上来，她只能含糊道：

"放开我……"

"新月，我喜欢你，如果你愿意，我以后专心对你一个人。"柳放把貂新月推倒在座椅上，头埋在她的耳边，灼热的呼吸拂在她的脖颈间，似羽毛般的酥麻带起全身的触觉。

他是风月场上的调情高手，通常不需要多大的力气，便把身下的女人控制住了，当然，貂新月也不例外。

他的嘴唇在她脖颈间来回游走，引得她全身发抖。貂新月也没了挣扎的力气，瘫软在他身下，感受着他修长的手指顺着裙底一路往上，他的手上似乎带有电流，在貂新月身体上横冲直撞，一切都开始往失控的方向游走。

最后迷迷糊糊快要睡着之际，貂新月好似听见他在耳边说："你亦只有一个一生，别赠予不爱你的人。"

……

浓浓月色之下，仙浮别墅里的貂宅前，停着柳放那辆黑色的加长车。

车门打开，衣衫凌乱的貂新月，从上面跌跌撞撞地下来，便是猛地把车门一把关上。"砰"的一声，吓走了法国梧桐林里的一群飞鸟，鸟儿扑腾着翅膀，直上青天。

柳放摇下车窗，看着貂新月，眼角眉梢都是笑意："干吗呢这是，火气这么大？新月，回去好好睡一觉，晚上盖好被子，别感冒了，我心疼啊。"

貂新月一张脸沉得似要滴出墨来，瞪着他恶狠狠地说："你给我滚，有多远滚多远，以后别让我再看见你。"

"至于吗？"柳放依旧嬉皮笑脸，"不就是做了一次，你就要把我赶尽杀绝？我可是柳放，咱们可是从小一起长大的青梅竹马啊。"

两人对视了一会儿，黑着脸的貂新月依旧瞪着他道："我叫你滚，听见没？"

柳放愣了愣，比先前正经了些，却依然死缠烂打，笑道："对不起嘛，新月，我也不知道你是第一次，如果我要知道，我绝对不会打你主意，但你放心，既然你给了我，我一定会……"

话还没说完，柳放便被貂新月扔过来的手袋砸中了头，痛了好半晌，揉着头再伸出车窗，却见貂新月已经走远了，只能笑着大声道："新月，我一定会对你负责的！"

貂新月无言以对，只在心里骂道：负你个头的责啊。

貂新月一边骂骂咧咧地往回走，一边十分懊恼自己脑袋定是被八头驴挤了，才会跟柳放那个滥情公子哥偷情。

玲珑骰子安红豆，入骨相思知不知。

她当然不会知道，自从这一夜后，命运的齿轮开始旋转，他们之间已经有了再也无法割舍的羁绊。

一连在小白宫里待了好几日，除了与降雪说说话下下棋，再无别事可做，林戏水已然十分闷得慌，好几次想偷溜出去，却见外面有士兵把守，很明显是不让她出去。

她只得站在梅花树下生闷气，思虑了半晌，这才发现，原来自己居然被软禁了。

她仔细想了一想，自己的目的藏得那么深，不可能轻而易举便被段三思挖出来，很显然他把自己关在这儿，是什么也没查到的表现，那么要弄清楚他把自己囚禁在这儿的理由，就很简单了。

首先，段三思把自己当成了林戏水，想和自己这个冒牌货培养培养感情，不是有那句话吗，睹物思人，虽然到自个儿这儿就成了睹脸思人。不过他一连好几天都没个影儿，金屋藏娇也不带这么玩儿的，当然她一个鹌鹑也没金丝雀那福分，很明显是她脑回路太清奇想太多而已，这点基本上可以排除了。

那么应该就是第二点了，他想查清楚自己假冒林戏水的真相。

刚把思绪理清楚，就听见后面院子里的降雪在四处找她。

林戏水折了一枝红梅，不料刚转身，就跟人撞了个满怀。

清冷的白檀香，似森林中的薄雾，剪裁有致的黑西服，挺拔的身高把夺目的光线遮掩住,林戏水一抬头,就对上一双深邃似潭水的眼睛。

"你在做什么?"段三思目光凌厉地看着她。

林戏水慌忙后退两步,一副撞鬼般的神情却又故作镇定道:"赏赏花不行吗?"

段三思定定瞧着她,半晌,轻扯嘴角道:"哦?没想到你居然也有这种兴致。"

这是什么话?难道自个儿长得像村姑,就不能偶尔学学有情操的大家闺秀?刚想反驳,却见段三思看也没再看她一眼便转身往前走了,扔下一句:"跟我来,有事对你说。"

林戏水甚无语,只能翻翻白眼,跟了上去。

一路无言。

走进大厅,刚坐下,就瞧见段三思把一个包装精致的礼盒放在她眼前,林戏水有些纳闷地打量了他两眼,问:"这是什么?"

段三思一扬眉毛:"裙子。"

"裙子,给我的?"林戏水有些诧异,"你为什么送我裙子?"

莫不是果真被她猜中,这段小王爷对自己有意思?诚然她长得是有些与众不同,但也没到赛过天仙的地步,仔细一想,之前她20多年的人生一朵桃花也没有,凄惨成这般,莫不是老天爷睡醒了,不但赏她朵桃花,而且还是朵这么好看的桃花。这么近距离地看着段三思这样的一张脸,林戏水突然有点吃不消。

这时,段三思阴气沉沉却英俊无敌的脸,依旧面无表情,只是古怪地看了她一眼,轻启薄唇:"你不要想太多,我对你这种类型的女人丝毫不感兴趣,这裙子是你母亲托我给你,让你在今晚的宴会上穿。"

林戏水的脸瞬间就惨白了,一时觉得自己有些无趣,也是,段三思怎么可能会喜欢上她?于是有些惆怅道:"哦,还有事吗?"

"还有一件事。"段三思用冷冰冰的视线扫了她一眼,随即咳了一声,他的侍从副官赵无便走了进来,把手上的一份文件放在二人桌上,又退了出去。

段三思把文件推到林戏水身前，淡淡道："这是条约，你先看看，如果没有意见就签字。"

"条约？"林戏水很是疑惑地拿起桌上的文件，只一眼，她就傻了。"一、入住小白宫这段时间，没有小王爷的允许，不可肆意外出，去任何地点之前需禀报。"林戏水一字一句地念出来，诧异地看着段三思，"这是什么东西？"

段三思自顾自倒了一杯茶，头也没抬道："你的卖身契。"

"卖身契！"林戏水呆了一呆，半晌，急忙问："我的卖身契凭什么跟你签？"她猛地站起来，指着条约火急火燎："还有这条，说什么我必须负责你的饮食起居，须听从你的命令，段三思，我又不是你买进来的丫鬟女仆，你凭什么让我这么做？"

段三思慢条斯理地继续喝方才那杯茶，淡然道："你真的要知道为什么？"

林戏水故作镇定地坐在沙发上："请你打开天窗说亮话。"

第十一章　描花笑问怎生书，知与谁同

"好，那我就告诉你为什么。"段三思把定窑系花口茶盏放在一旁，站了起来，双手撑着桌子，挺拔的身高俯下身，居高临下地与林戏水直视，冷冰冰道，"首先，你假冒林戏水，依民国律例，凡是涉嫌冒充他人身份者，轻者可入狱三到十年，重者判以死刑。"

林戏水愣了愣，突然明白他这不过是在恐吓自己罢了，于是一仰头，直视他的双眼，大声道："段三思，你未免也太小瞧我了，别以为我什么都不懂，你口口声声说我假冒林戏水，你又怎么能证明我不是？证据呢，有本事你拿出来。"

段三思那张精雕细琢如同寒冰一样的脸，冷漠苍白到了极致："即使我没有证据，那你以为，凭我的权利，要把你一个普通女子送进监狱，很难？"

林戏水的脑子突然嗡嗡响，她尽量让自己的声音平稳而冷静："你权可遮天是没错，但我不怕你，今天有本事你就把我送进监狱，明天我也一样有本事逃出来，我告诉你，如果你没有证据，就别想让我签字。"

段三思一怔，用他那双狭长的眼睛，犹如蛇在看猎物般的眼神打量她。半响，他冷笑一声，低沉着声音说："看来是我小瞧了你，如果你非要证据，那我就给你。"

林戏水微笑："请。"

在画着夏日赏荷图花梨木屏风前的段三思站直了身子，在沙发上坐了下来，淡淡道："真正的林戏水，她的身体我非常熟悉，在她的左胸上有一颗红痣……"他挑了挑眉，看向她的眼神里，带着一丝戏谑："你说，如果我把这个告诉所有人，你猜，他们是愿意相信你，还是相信我？"

"你……"林戏水突然有些慌张起来，脸色乍青乍白道，"如果我说，那颗红痣我也有呢？"

方才还十分冰冷的段三思猛地抬眼，默然不说话，眉目间似有些郁郁，但嘴角却勾起来一丝笑意："哦，你敢给我看吗？"

林戏水呆了一呆。

突明白自己真的是蠢到无可救药，在他这等聪明的人前玩把戏，到头来只有被玩的份。林戏水脸都青了，现在的感觉像别人往她嘴里塞满了玻璃碴，用胶带封住抽她嘴巴，满口老血吐不出来，只能打碎牙咽肚子里，五脏六腑尽碎，她还只能笑着说没事没事。

怕是如今突然出现一条地缝，也救不了她。

"不敢？"段三思见她久没动静，冷笑一声，索性双手环胸，冷眼看她如何收场。

林戏水被他看得头皮发麻，反正早晚都是死，于是一咬嘴唇，豁出去了般厉声道："有什么不敢的，今晚你敢来我房间，我就敢脱给你看。"

段三思怔了怔，古怪地看了她半晌，最后难得地轻笑一声："一言为定。"

转身便幽幽地走了。

留下林戏水在原地站了好半天，她才反应过来，心里骂道怕是中计了。

她也不明白，为何自己这种原本如此天不怕地不怕的人物，一碰到段三思，智商就被狗吃成负数，蠢得天崩地裂，表面上云淡风轻，实际上内心早已怕他怕到无以复加。

以前她是不信一物降一物的，但现在，她信了。

南方的日落速度极快，夕阳溶金一片，投在树影间，越发萧瑟，夜幕千里凌灭而来，满城忽已一片漆黑。那豪华的大都会里，早已灯火通明，巍巍的意式建筑，盖着金光熠熠的琉璃瓦，远远一看，香车宝马，人声鼎沸，暮色里暗香浮动，海市蜃楼一般，像极了古时的皇陵。

林戏水穿着段三思给她的那件晚礼服，白色琵琶锦的刺绣镂花罗裙，散花水雾般，整个人美得妖异。林戏水此刻竟有些觉得自己像《聊斋志异》里的画中人，无意踏入这个纸醉金迷的世界，转眼间面对眼前这物欲横流的大都会，竟觉得像一场大梦。

降雪见她站在门口发呆，便摇了摇她的手："小姐，还不进去吗，你在想什么？"

林戏水这才缓过神来，今晚是圣约翰大学选拔外交官的日子，前几日便知晓这名额给了她虽是天大的荣誉，然她委实觉得有些烫手，一个英语单词都不认得的人，让她去给外交公使做翻译，不是存心让她给学校给国家给自个儿花式丢脸吗。

今晚她来这儿的目的，便是想方设法让自己选不上。

薄薄的夕阳从天际铺洒开来，昏黄色的光线好似空气里飘着的一阵雾气。林戏水和降雪走到大门口，便立即有穿白色制服的侍卫过来领路。

宴会里自是一派纸醉金迷花天酒地的景象，林戏水瞪大着双眼，认真打量着眼前的一切。

大厅里富丽堂皇，入口处的大理石左侧壁上，嵌了一面欧式银色雕花的大穿衣镜，林戏水才走到镜前，便有一个女侍应连忙上前来示意她脱掉大衣。林戏水一愣，便立即将身上的玄色大衣卸下给了她。

舞池里熙熙攘攘，花团锦簇一般，东一团西一团，早站满了衣着不凡的客人。厅中摆放着一张张铺着白布的紫檀木桌，上面早摆满了各式高级糖果糕点和鸡尾酒。每桌上置着一个 Beauti-Eagle 精刻古董式水晶玻璃花瓶，瓶里插着开得正盛的一大蓬白色洋晚香玉。

林戏水竟下意识地在人群里寻找熟悉的身影，无奈人委实有点多，视线扫了几遍，依然没看见段三思。倒是貂新月那几个王家姐妹跟班，自打林戏水进宴会起,便使了劲地朝她扔白眼,让林戏水无奈得很。为了弄清楚正牌林戏水与貂新月以前的闺蜜情,她在小白宫里熬了好几个通宵,才查明白,她们之间的过往,原是从小长大,一起哭一起笑一起两肋插刀过的好姐妹。剧情狗血之处就在于她们爱上了同一个男人,闹翻后,那林戏水却又突然失踪了,这么一波三折,很是让人感叹。

这么一来,她便有些理解貂新月了,换作自个儿的男人被好朋友抢了去,她会怎么来着?依她的暴脾气,估计会砍对方十条街。

夜色侵袭而来,宴会里的人便更多了。

这种场合与林戏水原本无甚关系,也没几个能搭得上话的人,她只能找了个看起来够偏僻的角落,打算待到宴会结束。无奈寻了一个圈,处处都是人,林戏水只能端了一杯果子酒,打算往露台上走。

刚刚踏出一步,人群里一阵沸腾,所有人纷纷从大门口自动拨开,让出一条道来,好似有什么了不得的人物要降临。林戏水抬眼一瞧,便见旋转的大门口停下几辆官家小轿车,很是熟悉。

有侍卫上前开车门,一个穿着大红色旗袍围着火狸的女子从车子里出来,约莫20岁上下,尖下巴大眼睛月牙眉,面貌十分精致,皮肤洁白得像白玉一般,十指涂着朱红蔻丹。她一下车,一旁围着的记者们便开始拍照,闪光灯衬托得她更加耀眼。人群里一阵燥热,有人高声喊"吴亚丽,我是你的忠实影迷"。林戏水这才明白,原来她竟然便是这红遍大上海的影星。

这时,又有几辆崭新的林肯驶来停下,记者们又一窝蜂地围了上去。一个穿制服的士兵连忙跳下来打开车门,弯了腰毕恭毕敬地候着。随后,一个身穿黑色西服的男子,从车里屈身出来,面若冰霜,一张脸英俊得无可挑剔,正是段三思。

吴亚丽看见他,便连忙微笑着朝他走过去,伸手勾住段三思的手臂。段三思抬起那双冷冰冰的眼睛,难得地对她扬眉一笑,二人便一起从红地毯走进大厅。

大厅里房梁上的水晶宫灯,此时仿佛像数道追光,在二人的轮廓上勾勒出熠熠发光的金边。人群里议论纷纷，真是君子佳人，十分合衬。

二人从林戏水身旁经过时，她笑着朝段三思扬了扬手，动作十分大，引得周围的人纷纷侧目。可段三思只抬起了他那双狭长的眼睛，微微地扫了她一眼，便目不斜视地与身旁的佳人往里面去了。

这么明显的忽视，段三思摆明了是故意把林戏水当透明人，周围的人纷纷投以她轻蔑的笑。

至于么，好歹是邻居一场，她这是想搞好邻里关系，才不记段三思先前想跟她签那什么鬼条约的仇。林戏水揉了揉额头，觉得一阵微微的晕眩，心里面超乎寻常的堵，把手上高脚杯里的酒一饮而尽，很是不爽地在心里骂了一句。过了一会儿，林戏水把酒杯往桌上一扔，便往露台上去了。

……

宴会已渐渐进入高潮，秦力端着一杯酒，远远看到站在大厅中央的貂焰时正和几个司令寒暄，便是冷笑一声，走过去，打招呼道："貂总司令，好久不见。"

"哦，秦总长，别来无恙。"貂焰时一见到秦力，脸便沉了下来，他身边的几个司令平常见惯了眼风，连忙找了个借口就撤。眼看二人都没有打破沉默，半晌，貂焰时皮笑肉不笑道："最近听闻你好运连连，一举击破了好几个地盘？"

秦力冷冷一笑："要跟风头正盛的段三思比，我这算什么？"

貂焰时一怔，往他所看的地方望去，正是面若冰霜的段三思，身穿一身黑西服，整个人显露出锋利的气场。貂焰时若有所思道："看来你也非常神通广大啊，线报这么灵通。段三思最近越发凶猛，不断扩张南方势力，有一股不可阻挡之势，只怕不出时日，你我都要在他之下了。"

秦力想了想，说："这小子的手段没想到如此狠辣，他编排了两个特战营，里面的兵全是千挑万选出的精英，战术了得。听说上次骊山之战，他使用交替追击术，把对方逼得无路可退。段三思初露锋芒便如此凶猛，由此可见，他会是一个强劲的对手。"顿了顿，秦力继续说道："不过嘛……只怕如今还轮不到咱们去对付他。"

貂焰时皱起眉头："此话何意？"

秦力说："门前雪他都快扫不过来了，更别提对付我们。"

南方现如今已被三派势力分割，段系军阀是南方主要派系之一，段大雨出身项城段氏，据说其元祖是西汉的皇亲贵族，凭着祖上积下的资本，再加上他的骁勇善战，打得南方十一省这片天下，占领华东和西南地区，以岭原—渡河为界。以貂焰时势力为主的貂系军阀，占领华中地区，共九个省，以普陀—溪河为界。最后以秦力势力为主的秦系军阀，占领华南地区，共五省，以闵水—庆河为界。此为南方三大派系，互为分庭抗礼之势。

段系虽势力庞大，但自从段大雨死后，军权全部转移到段三思手上，段氏家族对此事颇为不满，以段崇林为首的家族元老，私下权谋造反。

有这么一个烫手山芋在，即便是一路如鱼得水过关斩将的段三思，也无可奈何，便是所有人都摆足了姿态，等着看好戏。

月已经微微升到半空中来了，凉风习习，混合着墨色般的云，挤压出一抹销魂的疏烟淡月。

林戏水独自靠在露天阳台的栏杆上，夜空中月挂西山，雾色淡淡，宿鸟归林，寒蝉嘶鸣，冷风微微吹来，愁意更盛。

里面是沸反盈天，外面则是寒蝉凄切，这么一对比起来，越发衬得林戏水百般凄凉。

她身处的这个位置，刚好可从旁边的窗户看到大厅，眼风触及之处，正是那英姿飒爽的小王爷与当红的美人儿影星，二人谈笑风生。

墙角玻璃瓶里的玫瑰，颤颤巍巍谢下一片花瓣，摇摇欲坠。林戏水不经意一瞥，只见段三思高大的身影伏下身，那张原本苍白而冷漠的脸，现如今嘴角却是微微翘起。他捧起吴亚丽的脑袋，朝她的嘴唇上吻了上去。

林戏水愣住了，只觉得胸腔里瞬间被塞满了滚烫的水流，一阵又一阵的酸楚。

良久，他们二人才分开。

林戏水盯了他们半晌，翻了无数个白眼，洋果子酒灌了一杯又一杯，还是无法解气，然而她也不明白自己生的哪门子气，只是觉得胸口犹如被一只大手紧紧握着，前所未有地堵得慌。

其实仔细打量二人一番，林戏水也发自内心地认同，郎才女貌，帅气的配美貌的，神仙眷侣，委实相配到不食人间烟火，举手投足，都叫人艳羡。

但这种完美感，让她特不舒服，非常别扭，心里觉得就该被人毁掉。

没错，她就是嫉妒了。

林戏水瞧着天上的星河淡月，漫漫人生，也没个在孤独时能想起来的人，不免有些白活了。这么一番感叹，皮肉下一颗肉心便不由得更加郁郁寡欢，林戏水对着夜空止不住地叹气，喝多了酒，就这么怅然得很，矫情得很。

一没留意，手里的酒杯滑了下去，"砰"的一声，掉在楼下的花园里，随即响起一个女子的尖叫声，在静谧的夜空里显得无比尖锐。

林戏水诧异地往楼下望去，只见草丛微微晃动，冷风一拂，眼界豁然开朗，朦胧月色之下，一男一女赤裸着上身，脸色潮红，正行野外云雨之事。

虽说林戏水脸皮够厚，但眼下碰巧打断了别人的交媾之乐，不免一时有些许罪恶感，于是伸出手摇了摇，眯着双眼打了个哈哈："天时地利就差我这个人和不太巧，实在不好意思，方才是我无心打扰了，打扰了。"

原想转个身寻个角儿自动消失，怎知眼风不经意一扫，与那吃惊的男子四目相对，眉眼映入脑海，便是一阵霹雳从天而降。

林戏水愣住了。

那些努力想要忘记的前事，又翻江倒海地席卷而来，一阵又一阵，击破了心防的堤岸，喷薄而出。

那男子眉清目秀的一张脸变成青白色，诧异地盯着林戏水，好半晌，才难以置信道："玉龙？"

月下尽落梅。

就是这么一个风清月白的夜晚，林戏水与此生再也不想见的人，竟再次

第十一章 描花笑问怎生书，知与谁同

重逢。天下虽大，人海茫茫，已再无在意的那个人。她冷笑一声，对他道："竟是段大公子，略微不巧，你认错人了。"

他一张脸由青白色变成灰白色，身旁那女子更是目光灼灼地看了他一眼，再惊诧地望向林戏水，别有深意。

幽幽桂花落，夜静瑟瑟风。林戏水只见他一动不动地盯着自己，嘴角一抹苦涩的笑，听他叹道："如果我认错人了，你又怎知我姓段？"

林戏水面无表情道："西服领口上别着段系军阀的标志胸针，上海滩谁不知你是段崇林段军长的公子，段白。"

他愣了愣："玉龙，你还是跟以前一样冰雪聪明。"

林戏水冷笑一声："我叫林戏水，并不是你口中人，不好意思，我还有事，恕不奉陪。"

段白抬起一双通红的眼睛，直直地看着她，嘴唇掀了掀，却未能说出话来。林戏水神色无波无澜，再未看他一眼，转身之时，却听见他道："你这次又不声不响地离开，还要让我找多久？"

正所谓江湖恩怨几时了，往事知多少，林戏水原以为自个儿坦荡的人生，已没有必要再有牵连的人和事，全都被自己挥剑斩断抛之脑后了，如今却是老天爷闲得慌存心拿她开涮，偶遇老死不相往来的前任，这一番，老天爷委实不太厚道。

但她十分好奇，明明当初自己是被他赶走的，又何来不声不响离开这一说？再者，他们的关系，不是再见面就能心平气和地坐下来，饮一杯凉茶叙叙旧就能一笑泯恩仇的，他倒是怎么做出一番悲天悯人的模样，把往事喂狗以示自己清白的，真真让人佩服。毕竟当初林戏水付出了百分百的真心，最后换来的却是他的温柔一刀。

这债无论怎么算，都是他欠自己比较多。

世间这么多规矩，那些看破红尘的长者，总是说一炷香用了三根火柴还没点着，那就应该换一炷，像这种茅塞顿开的大道理，对于两年前的林戏水来说，并没有什么用。年轻不懂事，初生牛犊不怕虎，一股脑儿全是傻乎乎

的热情，动情之后便一发不可收拾，她现在时常在想，若10年前的那日下午，在课堂之上不那么心血来潮脑子发热，或许如今就不是这副局面，只可惜世事难料，人生残酷。

10年前的御河镇，百学堂还未被拆，彼时，林戏水和母亲被貂焰时囚禁在这个偏僻的地方，日子过得甚为清净。对于林戏水来说，有时还会百无聊赖到看着天上的茫茫白云缓缓飘过，生活唯有的点缀，便是周五去百学堂上课。

俗话说有人的地方，便有江湖，更莫提学堂这种地方，拉帮结派甚为严重，即使在御河镇，也不例外。整个百学堂，便有一个由当地拔尖的权势人家的子弟，组成的"三人帮"，专以桀骜不驯目中无人，并欺压学堂里任何看不顺眼的人而赫赫有名。

林戏水对此三人不顺眼已久，当年的她虽属于看不惯就提拳头上去单挑的"霸气小女警"，但因母亲平时的告诫，她也只能睁一只眼闭一只眼，只想在这儿的日子过得平顺一些，沉寂一些。

后来有一次，对方中的一人把研好的墨汁不小心洒到自己身上，却一句致歉的话都没有，甚至在林戏水惊讶之时，把剩下的墨汁全倒在她鞋上，并且理所当然地哈哈大笑。当时，林戏水听见空气中有什么撕裂的声音，尖锐而刺耳。这一次，她彻底被激怒了，吸了一口气，紧紧握住拳头，对着那纨绔子弟的背影大声道："请你赔我一双鞋子。"

那纨绔子弟诧异极了，指着林戏水，面向身后的那两个兄弟，仰天长笑："你们听见没，她倒是要让我赔？她脚上那双是布鞋么，大概一元钱买的吧？这种便宜货也要我赔，可是脏了我的身份。"说着那纨绔子弟从上到下鄙夷地打量了林戏水几眼："你倒是有多寒酸，既然这么寒酸就别来念书了，还念什么书，要不然我委屈委屈，收了你做那古时的通房丫鬟。"

这话一出，课室里所有人都跟着哄堂大笑。

林戏水目不斜视，冷冷重复道："没错，我这双鞋值一元钱，请你赔我一元钱。"

那纨绔子弟冷笑一声,又调侃道:"一元钱你也要?你给我说说一元钱能做甚?"

林戏水面若冰霜:"一元钱能买盒火柴放火烧死你全家。"

此话一出,所有人都愣住了,整个课室鸦雀无声。

第十二章　长歌相顾不相识，
　　　　　落尽秋风

天已黄昏，绿水烟波。

半响，那人瞪大着双眼，面皮快挂不住，不知如何反击，只满脸憋得通红。"你……你……"那纨绔子弟你了个半天没个下文，脾气一上来，捋了袖子就要冲上去，"你胆敢咒骂本少爷全家，活得不耐烦了！"

他咆哮着从桌子前猛地跳过去，一把拉住林戏水的领口，举着拳头就要往下砸，却被身后的人拉住，他便不耐烦地转身，对拉住自己的人骂骂咧咧道："拉我做甚，放开我，看我不收拾她！"

"君子动口不动手，何况对方还是个女同学，你这番委实不太大度。"

闻言，林戏水略微诧异，目光有些疑惑地落在那人脸上。微风惊暮，皑皑浮光中，一双上挑的桃花眼闯入她的眼帘。只见对方五官细致，面容俊雅，对着她倜傥一笑。

那人便是段白。

那纨绔子弟一听这话，脸皮更是挂不住，恼怒道："是个女的又如何，她惹谁不好，偏来惹我。"说完又要冲上去。

段白皱着眉头，再次拉住他，收起倜傥一笑，凝目看林戏水，眉毛挑了挑道："你没听说过，唯女子与小人难养也吗？何必费神与她计较。"

一听这话，林戏水阴着一张脸准备反击，不经意一瞥，却见段白正朝她眨了眨眼睛，一张脸笑得败絮尽现。

第十二章　长歌相顾不相识，落尽秋风

在他的解围之下，那纨绔子弟骂骂咧咧地离开了，人群也作鸟兽散。

那几年，林戏水的性子完全不似如今的活泼豁达，用完全相反的板正与沉闷来形容，丝毫不为过。那时她甚至不懂得笑为何物，整日板着一张脸，好似全天下都欠她钱，这副冷冰冰的模样，倒是和那高冷的小王爷如出一辙。

要不是遇到段白，林戏水大概会在高冷的路上越走越远，直到成为一座行走的雪山，就如段三思，整个人身上透露出的那种气场，他在哪儿，哪儿就下雪，能瞬间把周围的人冻住，并且连眼睫毛都要跟着颤抖。

但终归是"互补定律"太强大，须知遇到整日嬉皮笑脸的段白，就如千堆雪的长街，一旦日出便瓦解。

当时的段白，对林戏水而言，就像一颗小太阳。

她不太记得是怎么与段白扯上关系的，那日他在课堂上解决了她的难堪，后来便隔三岔五来找她搭话。年少的感情似水还甜，并且简单而真挚，若今日我发现了有趣的玩意儿，明日便拉着你来看。大千世界，只要是在心上的人，便会时时刻刻牵挂着对方，就连看到一朵忽明忽暗的云，也会与之分享。

只怪林戏水的桃花运太曲折，好似喜欢上的人，到头来都不会在一起。

犹记得年少时家里来了个算命大师，那大师见着她便叹气，称她乃是孤鸾星转世，身边的人来来去去，将会孤独终老。

当时她虽小，但还是听懂了这话的意思，本就性子泼辣，便当即骂道："你既然能算出我是孤鸾星，那为何算不出你何时何地死？"

那算命先生的脸白了又青，青了又灰，好一会儿，愤然离去。

那日段白也在，一双雪亮的眼诧异地盯着林戏水，轻笑道："我倒是有生之年，第一次见到把算命先生给气走的。"

林戏水嗤了一声："大开眼界了吗？"

段白一双桃花眼往上挑了挑，笑嘻嘻地点点头："岂止大开眼界，应是大大开眼界。"顿了顿，段白放下手中的白覆轮茶盏，肃然道："即使你是孤鸾

星转世，我也不会让你孤独终老。"

林戏水无动于衷，一手撑腮，却朝着夜空掀了掀眼皮："你看今晚的月亮真圆。"

没料到表露真心却被人无视，段白无奈看了看她，又仰首看了看夜空，扬了眉梢笑道："怎么，你要变身吗？"

"……"

囚禁的日子并不太好过，天下明明这么大，而生活却被约束在这一小块地方，就如身处一个硕大的玻璃瓶中，从瓶口所望出的世界灯红酒绿流光溢彩，而瓶内的世界便是日复一日的单调。这种一眼望到老的生活，原本林戏水已不怎么期待，自从父亲死后，她的愿望便是此生和母亲生活在一起，相互陪伴便是幸福。

怎奈段白偏偏插进来，自此改变了她的人生。

一开始，林戏水是讨厌他的，甚至有些横看竖看都不顺眼，这一点，在敌人眼中恰也相似，段白也不怎么待见她。

有次课间休息，林戏水作为班长，刚收好同学们的书法作业，经过老师办公室后的走廊时，无意撞见"三人帮"正嚼她舌根，商议怎样报上次的仇。

当时那纨绔子弟大声道："然我现在倒觉得这林戏水，好像也没那么讨厌了，听说她和母亲二人在这儿，无亲无故，也怪可怜的，要不就算了吧？"

一旁的段白甚为诧异："那怎能，林戏水这么凶！"

那纨绔子弟问："她平时不发火也挺温柔贤淑的，哪里凶？"

段白说："当然凶，凶得能镇宅能辟邪，咬起人来跟条土狗似的。"

话毕不经意一转头，便见一张脸渐渐雪白的林戏水，正在身后目光似剑地瞪着他。

段白一怔，嘴角抽了抽，立马换上一张嬉皮笑脸："林同学好啊，林同学今日真是貌美如花，眉目如画啊！"

林戏水瞬间觉得血气极度飙升，板着一张脸，不发一言，猛地推开他，目不斜视地从三人诧异的目光里经过。半晌，轻飘飘扔来一句："我是土狗，那你是什么？恰似驴脸又似斑点狗。"

段白脸都绿了，神情甚悲惨。

那日后，段白有事没事就来找茬儿，逼迫同学和他换位置，从插科打诨的最后一排换到老师眼皮子底下的第二排，天天冒着被粉笔刷扔一脸的风险，搬到林戏水后面。段白不是手痒玩她头发，便在她背上贴字条，兴致高涨时，还会趁林戏水午休，悄悄把她的鞋带绑在凳子上。

有一次，林戏水醒来，十分大意地被凳子绊倒摔了一个狗吃屎。她彻底被激怒了，猛地抓起椅子便砸在段白桌子上，破口大骂："我去你的，你给我滚出来，单挑！"

课室里所有人都打了个哆嗦。

段白也打了个哆嗦，两眼发直地看着林戏水，喉结颤颤巍巍地上下蠕动了一下，再蠕动了一下。

山将落日，云归青崖。

百学堂的操场上，乌压压站着两堆人，一堆以段白为首，身后跟着他那些跟班儿，另一堆则是林戏水，与此形成鲜明对比的是，她身后一个站队的人也没有，场面显得无限萧索，无限凄凉。

话说回来，按当年林戏水那种沉闷的性格，要想惹她动怒几乎是不可能的，更别提暴怒成这番，段白功不可没，委实是个人才。

段白方才还胆战心惊，如今却又是一副嬉皮笑脸，十分不屑地看着林戏水，嘴里叼着一根不知从哪里扯来的竹叶，颇有频率地上下摇动，整个人从上到下都透露出一股"看你能把爷怎么样"的狂妄味儿。

林戏水一手负在身后，目光冷冷地盯着他，脸色虽有些煞白，但气势上明显高了段白一截。

打架么最重要的便是气势不能输，段白见林戏水一人来与他单挑，文不能测字，武不能防身，毫无胆怯之心不说，还摆出一副脸色不善的酷炫模样，真真让他有些费解与好奇，此番她倒是要怎么赢自己来着？

二人就这么互相仇视了好半天，终是段白忍不住了，开口道："林同学，你现在走还来得及，我看在你是女子的分上，便不跟你计较了，给你一次机会，走吧。"

林戏水神色依然死水般无一丝波澜，目光凌厉地盯着他，道："你是不是喜欢我？"

众人如被雷劈，顿时动也不动。

段白也被劈了一下，动也不动，嘴里的竹叶飘飘然掉落在地。

暮色苍茫，夕阳半落。

段白半天才反应过来，咳了一咳，仰首哈哈大笑，最后差点笑岔气时，踱步过去，伸出手拍了拍林戏水的肩膀，叹了叹气："林同学，你大抵是病得厉害……"

话还未说完，段白的领口便被林戏水一把抓住，就当众人都还未从先前的雷劈中反应过来时，愣是又被劈了一次，并且还是直击雷级别的，劈得连灵魂都心惊肉跳。

昏黄的光线下，只见林戏水一手攥着段白的领口不放，待他的脸靠近时，踮起脚尖，仰起脸，毫不犹豫地吻住了他的唇。

段白从头到脚地僵住了。

黄昏渐渐散去，月色浮于云端，远方已亮起渔灯，便有渔民弃舟登岸，煮好了酒，坐看弯月，行尽薄云之中。

这样的良辰美景之际，段白在百学堂的操场上，在同学们的众目睽睽之下，被林戏水强行夺去了初吻后，竟丢盔弃甲，落荒而逃。一代御河镇小霸王此番丢尽了脸面，英明毁于一旦，委实狼狈之极，窘迫之极。

因这么一出，一夜之间，二人的绯闻如星星之火大肆燎原，百学堂之内，上到校长的老婆的夜夜尿床的小儿子，下到看门的爱啃鸡爪的王大爷，无一不知，无一不晓。

是个人见到段白，都投之意味深长的眼神，生生让他临近崩溃的边缘，跳进黄河也洗不清。

第十二章 长歌相顾不相识，落尽秋风

如此，段白日也忧夜也忧，惆怅得人比黄花瘦。为了彻底断绝与林戏水的误会之举，他又逼迫同学换回了最后一排，不再嬉皮笑脸主动找林戏水搭话，碰到她则挡着脸绕道走。

这么一番举动，林戏水看在眼里，发自内心地感到清静，一切都在她的预料之中，看段白跳坑跳得这么欢畅，她也乐得欢畅。林戏水此举击倒敌人于无形之中，不得不让她佩服自己委实英明。

但让她感到诧异的是，每次段白看到她，脸居然都是红的。

对方如此诡异的反应，让林戏水很是茫然。

那之后，便是暑假了。

御河镇的夏日，白天炎热，夜晚清凉。每每落日后，林戏水便喜欢到镇上一个人烟稀少的凉亭里散散步，躺在一旁的石椅上，待青山吐月，抬眼便有花影映来，别具情意。这里久无人来，通往凉亭的石板路面上长着青苔，偶尔会有一两只萤火虫飞来停驻在上面，像是通往幽径的路。

夏日就这么闲闲散散过了一大半，没有了在学堂里段白的日日骚扰，虽过得甚是清静，林戏水应该是满意的，但不知为何，她觉得有些不对劲，像是缺了点什么，但又说不上来。这种感觉，就像喉咙里卡住的刺，咳不出来，又咽不下去。

一次无意在街上经过鸡蛋摊，碰到那纨绔子弟在认真挑选鸡蛋，林戏水略微诧异，有些不可思议大少爷竟亲自来买鸡蛋，委实让人大跌眼镜。

那纨绔子弟哑哑嘴，不意说起段白，称他这个夏天过得极为风流放荡，隔三岔五便去喝花酒，近日与王家的才女王玉墨打得极为火热，二人日日传些酸倒牙的情书。

譬如段白写：蒹葭苍苍，白露为霜，与尔初见，我心慌慌。

王羽墨便回：蒹葭采采，我心惴惴，所谓段君，风流倜傥。

譬如段白写：日日淡扫眉心雪，夜夜欢歌不成眠。

王玉墨便回：无意戏笔梅花谱，南风一吻便成梦。

……

王玉墨的母亲这一阵子大病不起，段白为了讨她欢心，把他爹欢喜得紧的英国贵妃鸡赠与她。这贵妃鸡下的蛋营养价值乃是普通鸡不能比的，但这几日这母鸡开始孵蛋，一拿走蛋就夜夜鸣叫，让人不得安宁。王玉墨的母亲又极为需要鸡蛋，无奈只能让段白去找些上等的鸡蛋来，让这贵妃鸡当自个儿蛋孵，遂找鸡蛋这活儿便落到了那纨绔子弟手上。

　　那纨绔子弟极为忧愁道："近日段白性情大变，是个女的就上前撩拨一番，以前也未曾见过他这般饥渴，真怪异得很。"

　　道别那纨绔子弟，林戏水经过街口回家，一拐角便碰见段白，他左手搂了个美人，应当便是那纨绔子弟口中的王玉墨。二人卿卿我我迎面走来，段白看见林戏水，略微一怔，表情不知怎么有些不自然。

　　林戏水倒是对二人点了点头，算打了个招呼，气定神闲地往另一边去了。

　　前几日得到消息，百学堂的这届学生因课业出众，可以提前毕业。论理说，林戏水与段白便是没什么交点了，从此各过各的。但现在想起来，有些人是注定要来伤害你，有些劫注定了躲不过。

　　那日，林戏水拐过几条街，刚踏进一条小道，便被一个突然冒出来的人堵住。挺拔的身高挡住夕阳的光线，一张绝色的脸依然英气逼人，不是段白是谁。

　　林戏水看着不发一言，就那么定定瞧着自己的段白，越发疑惑道："你做什么？"

　　良久，段白垂着眼睛，眉目间温情脉脉，脸一路红到耳根子，整个人都绷着，显是十分紧张，咬唇轻声道："表……表白。"

　　林戏水愣了愣。

　　段白抬起双眼，一动不动地看着林戏水，突然猛地拉住她的手，肃然道："林戏水，我……我喜欢你。"

　　心上咔嗒一声，林戏水彻底被他震傻了。

第十三章　忽一任流年似水，白白空负

红尘世界，要说喜欢上一个人，并不是很难，难的是这种喜欢能持续多久，那个人会在你身侧陪伴多久，乍见之欢，不如久处不厌。林戏水一直觉得这很有道理，是十分合衬的，如此，对段白方才的表白，有些不屑一顾。林戏水认为他有些浅薄，还不清楚究竟什么是表白，表白应是最终胜利时的号角，而不应是发起进攻时的冲锋号。

段白表的这个白，理所当然没有得到林戏水的回应。她当时对他还有些耿耿于怀，一直不怎么待见他，说出的话便很是决绝："我不记得曾做出过让你误会的举动，如果有，也请你忘记。"

段白愣了愣，声音低哑道："戏水，我一片真心，并无在与你开玩笑，那日你轻薄于我，竟是我想太多？"

街头一棵桂花树被风拂了一拂，冷冷幽香袭来，熏得林戏水打了一个喷嚏，才想起他说的"轻薄"二字是何意，不由得冷笑一声，抬起头来，略有些生气道："是你招惹我在先，我不过是让你知难而退，从此再无瓜葛而已，再者，我们并不是同一类人。"

在女孩子面前一直旗开得胜，从未尝过苦果的段白，一张脸渐渐变得雪白，眼睛微红，沉默了半晌，猛地抬眼，信誓旦旦道："我自然会让你喜欢上我。"

"哦？"林戏水冷冷瞟了他一眼，不屑道，"有本事你就让我喜欢上你。"

当时年少轻狂，二人性格脾性虽千差万别，但骨子里流露出的不把任何人放在眼里的狂妄，是一模一样。往后便像是赌气一般，二人把这枝明明是开了花苞的桃花，硬是从中间狠狠折断。林戏水没有料到，脱口而出的这句话，竟让自己付出了惨痛的代价。

那时她并不是不喜欢段白，而是还不知道自己已经喜欢上他，只不过需要一个点来唤醒而已，换一个直白些的说法便是，林戏水在风月这方面，真正有些蠢。

即使在风月领域天赋异禀的段白，碰到林戏水，也是吃了好些闭门羹。

譬如熬了通宵写出的情诗，被林戏水撕成两半。

譬如用各种名贵大补的药材煲的药膳，被林戏水拿去喂猪。

譬如精心准备的礼物，被林戏水扬手扔河里。

……

二人你追我赶，就这么一直持续了小半年，若不是"二狗子"的出现，他们之间的关系，中间依然相隔了一整个银河。

段白不愧为一路从风月中混过来的纨绔子弟，哄起女孩儿来一套又一套，并深刻坚信"术业有专攻"的道理，凡是他瞄准的目标，没有不被降住的，这点与柳放极为相似，但不同的是柳放与不同的女子周旋，皆不会陷进去，而段白却是走心的。

彼时，对于林戏水这种白纸似的闷葫芦，要得到她一颗真心，委实比登天还难，却不想"二狗子"一出现，竟毫不费力地让林戏水又是疼又是爱的，着实让段白有些受打击。

若输给个人就算了，偏偏输给了一条狗，还是一条卷毛的土狗。

段白甚无语……

这让他有一阵子很是空虚，不禁讶然又唏嘘，觉得自个儿混得还不如一条狗，况且"二狗子"还是自己送给林戏水的，是唯一一个没被她扔掉的礼物，让他不知究竟该喜还是该忧。

事实证明，只要是个女的，便没有不喜欢小动物的，在失败中不断总结出经验的段白，又前进了一大步。

也因为二狗子，二人的关系由水火不容瞬间变得融洽无间，着实不可思议。

然二狗子是条不一般的土狗，它是土狗混博美。二狗子虽是杂交，但也是一个混血，骨子里流淌着博美家族高贵的血统，身躯极为娇贵，平时微微的雨打风吹，也会患病，严重时上吐下泻，并且开始绝食，走路都一瘸一拐。

林戏水日也惆怅夜也惆怅。

好几次大半夜，她抱着二狗子去找段白，却不是可怜巴巴地看着他，抹了一把又一把眼泪，一副我见犹怜的模样，而是一脚踹开段白房间的门，把他从床上拽起来，拉住他的衣领，言辞迫切，声称若他救不活二狗子，便打……

段白揉了揉眼睛，诧异地问："便打什么？"

林戏水声色俱厉道："便打得你有血有肉。"

……

段白顿时睡意全无，略略叹了叹气，低头望了望她怀中卷成一团气喘吁吁的白毛，身心俱疲，无怪乎古人那句流传甚广的谚语"人活不如狗"，说的就是他。

须知段白也是个没脸没皮的，一逮着这种机会，便花式耍流氓，威胁林戏水，若是治好了二狗子，她便必须与自己在一起。

林戏水眼也没眨便点头："好。"

"扑通"一声，段白猛地从床上栽了下去。

初初，段白心跳加速从头到脚被惊了个底朝天，琢磨着自个儿剖白心迹这么个大半年，终让林戏水开窍了，后来掂量一回，再掂量一回，望着林戏水一张面不改色淡定自若的脸，心想：这哪是心中有情的模样，一点儿波澜也没有，太不正常了。

段白想了一番，便也得了些宽慰，无论林戏水有没有喜欢上自己，但自个儿还是喜欢她的。

这一点，实则林戏水心中很是了然，只不过对他的示好熟视无睹罢了。

一个长得好、家世好、见识广、各方面条件都好，还愿意为你花心思三番五次献殷勤的异性，看上去又是对你用了真心的样子，世上没有几个人能不动心。

寻常女孩儿面对段白这张绝色的脸，便把持不住了，加上他一番认真地对待，再坚硬的一颗心，也很难不被打动。

那时林戏水虽年少，性子也不太像女孩子，但终究还是有些少女情怀的，对爱情也不是没有幻想，想喝最烈的酒，吹最猛烈的风，敢爱敢恨。段白的出现，实现了她的一切幻想，再加上他半年来的陪伴，她委实有些被打动，恍觉酒不如茶香，风不如河缓，心不知不觉为他所停留。

如此，二狗子又生病，林戏水深知段白又会使出计谋，她便将计就计，顺其自然说了一声"好"，委实把他吓得不轻。

之前林戏水极为自信，话放得太狠，说不会喜欢上段白，竟不想十年河东十年河西，她真的喜欢上了他。

细想来，她这么使劲打自个儿脸是有些丢人的，但爱情这种东西，都是过眼云烟，喜欢就上，爱就去追，管什么脸皮不脸皮，台阶这种东西，自己下就可以了，干吗非要别人给。

这一点，她与段白是极为相似的。

段白那种清新脱俗的人物，就连啃个萝卜也能啃出玫瑰的气息来，在他眼里任何平凡的东西都是有趣的，就连日落都能看出一万种红，极少有比他更能玩的。

这难得的与众不同，便是致命的吸引力。

那些时日，两个人带着二狗子四处逛荡，日日一起腻歪也不嫌多，常常从御河镇跨过大桥走到临河镇，再走到红叶镇，中间前前后后绕绕弯弯走了许久，然后一起爬到汉关的山顶看日出。奇怪的是，最不喜欢长途跋涉的林戏水，竟一点儿都不觉得脚疼。

她后来才晓得，这大概便是爱了。

林戏水每晚6点后不许外出，段白便每每抱着二狗子送她到家门口，夕阳下一人一狗，人狗脸上皆为不舍。

等天一亮，段白便翻身起床，然后就去找林戏水，等她醒来。

一天之中，通常大多数时光都是段白在逗林戏水笑，因他觉得林戏水老板着一张脸，显老。

常常是段白揉着揉着二狗子圆滚滚的脸，便问她一句："你喜欢什么？"

林戏水思考了一番，很认真地答："什么都喜欢。"

段白便不要脸地荡出一个盈盈的笑容来："那你喜欢我吗？"

林戏水咳了一咳，斩钉截铁道："不喜欢。"

段白很是受伤："为什么，难道我不是个东西吗？"

……

等到事过境迁，林戏水伤情之后，那些年的过往大多已记不清，但她依然能清楚地记得段白对她的好，不得不说段白的确是一个很讨女孩子欢心的人物。

譬如他会买很多有趣的玩意儿给林戏水，会一直想她，把她的画像挂在房间里显眼的位置。

他会觉得她所有的缺点都更令人怜爱，他的一句话会让林戏水幸福到心疼。

他会记得连林戏水自己都不曾提过的细节，会把所有她想要的都给她。

无他，只因情浓矣。

中间情投意合的缠绵太多，大大小小的枝繁叶茂林戏水已忘记，一直这么过了好多年，青梅竹马两小无猜，这段感情着实在镇上惹来许多人的艳羡，况且段白的母亲对林戏水又喜欢得紧，并没有话本上那些千篇一律的不是门当户对而被拆开的桥段。如此，两家便商量着挑个良辰吉日，让二人这段佳缘修成正果，于是婚就这么定了下来。

林戏水记得那天是个阳光明媚的日子，她母亲欢喜，段家人欢喜，她也甚欢喜，抑或是一切来得太突然，她没注意到段白脸上一闪而过的那点落寞。

然不几日，便有了弊病。

段白开始若有似无地躲着林戏水。

一开始，林戏水未怎么在意，习惯了段白爱玩的性子，可能又是发现了什么好玩的玩意儿罢了。

可过了一个多月，林戏水也未曾见过他，这才后知后觉地发现有些不对劲。遂去找那纨绔子弟，却发现他支支吾吾，一脸欲言又止。

林戏水越发觉得诧异，直到在街头遇到那王家的才女王玉墨，一切才真相大白。

当时，王玉墨盯着林戏水脚边的二狗子，便连忙跑过去抱起它，一脸的笑意，对林戏水道："怎么今天不是段白来遛它？"

林戏水心中猛地一颤。

事实如她所料，段白这一月来，天天带着二狗子，以遛狗的名义去找王玉墨。

但当时她还是相信段白的，也没怎么跟他计较，直到一日晚上，她去找段白，却撞见他正捧起王玉墨的脸蛋，吻得火热。

林戏水如同被电击，只觉浑身上下像是被淋了一场午夜的暴风雪，从里到外透着凉。

她记得当时自己假装镇定，让跌跌撞撞的脚步显得有力些，并用尽了全身的力气，狠狠扇了段白一巴掌。

那一刻，林戏水眼前突然闪过她曾幻想过的未来，北方寒冬，窗外蜡梅常开，采几枝回家做干花，还要在炉火旁煮梅子酒，喝得周身松软，靠在段白膝上沉沉睡去。

只可惜真情像梅花开过，冷冷冰雪渐渐消散。

这些画面瞬间像是一阵阵持续不断的惊雷，猛地把她惊醒了。

原是有了新欢，大抵是忘了她这个旧爱。人生最可怕的事，大抵便是如此了。

那晚，段白什么都没说，只说了三个字：对不起。

林戏水冷笑一声，闭起眼睛，滚烫的眼泪流下来滴在地上，只当和他是完了。

往后过了一段时间，纵然林戏水伤情了好些时日，但她却是个豁达的人，喜欢一个人，就像喜欢的良辰美景，可以看到它，但是不能抓住它，能有什么方法可以留住天际的夕阳呢，若自己看完留在眼里就够了。爱情也如此，经历过就已经足够。

即使段白有负于她，但终归是一段结局不太好的缘分罢了，无论伤得多深，也总有一天会释然，到时二人再相逢，点头一笑说一句"祝你幸福"又有何难，从此云淡风轻，过往一笔勾销。人生短暂，不要活在记忆中。

若没有后来发生的那件事。

大约过了一年，段白与王玉墨即将成婚的消息，在镇上迅速地传开来，所有人都用怜悯的眼神看林戏水，就连她母亲也在叹气。

然她虽然也不怎么好受，但浑浑噩噩过了一段时间，竟也觉得没什么大不了。她一向看得很开，但她那时极是愚蠢，被骗了一次却依然相信段白，但凡当时她有那么一丝的绝情，到头来也不会把自己伤得体无完肤。

一日晚上，林戏水发现二狗子又有些不太对劲，但她没怎么在意。就这么过了一晚，早上林戏水起来发现二狗子躺在地上一动不动，气息全无，她顿时就慌了，下意识想去找段白，但知道他今日大婚，断然不能再去打扰，便带着小狗跑遍了镇上所有的诊所。岂料所有的医生都束手无策，她没有办法，经过段家，她只当抓住最后一根救命稻草，全然不顾对段白的心结，只希望他顾着曾有过的情谊，能救一救小狗。

彼时林戏水是多么的天真。

张灯结彩的段家大厅里，一身新郎装的段白显得越发英气逼人。他看了看林戏水怀中的小狗，皱了皱眉说："其实我未曾告诉过你，这小狗天生带有顽疾，它每每患病，我便用一个老医生开的药喂它，才活到至今，即使你这次把它救活了,依然活不久的。"顿了顿,段白继续说:"况且那药方不久前被我弄丢了。"

林戏水如五雷轰顶,一时六神无主。

那日晚上,二狗子便死了。

林戏水在花园里给它立了一个冢,上面种了一株茶花。

这一年,林戏水很是难过,身边最重要的人和物都渐渐离开了,看着天上的云卷云舒,她想,自己又变成了孤独的一个人,一切就像做了一场大梦。

但这对林戏水来说也没什么大不了,只需花时间来慢慢适应,回到过去那种安静的生活就行了。

若不是再遇到王玉墨。

那日黄昏下,她缓缓走过来,脸上还是那种不怎么让人喜欢的笑意,趾高气扬地看着林戏水,开口道:"听闻我与段白大婚那日,你来找他,借以让他救狗的名义,想阻碍我们成婚吧?可惜啊可惜,你打错了算盘。"

林戏水本就厌恶她,也未想解释,便转身就走。谁知林戏水被她一把拉住,并把另一只手中发黄的纸,在自己眼前扬了扬,眉开眼笑地问:"你猜这是什么?"

未等林戏水答话,她又盈盈一笑,迫不及待地说:"是能救你那条小狗的药方呢,不巧,前几日竟被我在段白房间里找到了,他还宝贝似的锁在抽屉里,你说,他明明就没弄丢,为什么偏偏不给你呢?"

为什么偏偏不给你呢?

林戏水如被雷劈,她一动不动地站在原地,好半响,她才反应过来,猛地夺过王玉墨手中的药方,一把推开她,一路跌跌撞撞跑进段家,把药方扔在段白脸上,声色俱厉地问:"这是什么?"

段白一张脸刷的变得雪白,他的嘴唇颤了颤,好半响,才抬起头,一字一句道:"当初,你不是说有本事就让你喜欢上我吗。"

轰的一声,林戏水如被雷劈。

以前有人说关系越亲密的人最清楚你哪儿最脆弱，他能快准狠地一招致命。现今看来，果然如此。

原来啊原来，段白说的爱她，竟是为了自尊心，竟是为了赢。

那一瞬间，因为太过绝望，林戏水发现四周一片黑暗，甚至连自己的心跳都听不见了，死一样的寂静，脑海里一片空白。

就是这么一刹那，林戏水对段白的爱，变成了恨。

良久，她看着一言不发的段白，惨笑了几声，开口道："我一直认为你是一个好人，甚至认为你是这个世界上，对我最好的人，到头来却是伤害我最深的人，只怪自己瞎了眼，罢了，从此我跟你势不两立。"

第十四章　从此山水不相逢，
　　　　　相忘江湖

　　时间过了这么久，一开始，林戏水以为段白是爱自己的，可现在她才明白，若他真的爱自己，便不会那么残忍了。

　　然她也是个薄情寡义的人，关于和段白之间的过往，能记得清的不多了。

　　这一段羁绊，大概她是真的不在乎了。

　　松际露微月，清光犹为君。林戏水望着天上圆圆的月亮，忆起那算命先生卜的卦，如今倒觉得他乃是神算，自己抑或是转世的孤鸾星吧，情爱这事沾不得，命中注定没有桃花。可叹最孤独不是千山鸟飞绝，万径人踪灭，而是世间那么大，却没人把你放在心上。

　　然孤独终老也没什么，倒落得个清静。

　　此番林戏水便有些想清了，白素贞花了一千年才找许仙谈恋爱，估计自个儿这情况，得花个七八百年了罢。

　　但情这种东西，她大抵是不愿意再轻易去碰了。

　　往事不堪回首，一想起来就没完没了。

　　林戏水低头看了看正焦急上来找他的段白，心中顿时五味杂陈，连忙转身离开。

　　段白在她身后好似说了一句对不起。

　　林戏水勉强一笑，不记得他究竟说了多少次对不起，如今这句话已没有什么意义。

如此，她悟出一个道理来，人这一生，偶尔动个情可以，但要记得醒。

夜越发深了，金碧辉煌的大都会里依然熙熙攘攘。闪亮的水晶灯下，四处欢声笑语，空气中渗透着一股甜腻的酒气，再混合着些烟气与脂粉气。角落一个壁炉上的青花竹石芭蕉图玉壶春瓶里，插着一束散发着清冷香气的茉莉。林戏水摘下一朵正深深嗅着，头顶的水晶灯却瞬间熄灭，随即一束灯光打向舞台，一个主持人缓缓走上台。

大概便是宣布"外交官"的候选人了，林戏水有些苦恼地看了看四周，全是她不认得的人。她正想着一会儿该用什么借口推掉这个获选的位置，主持人便叫到她名字，示意她上台。

这时，在场所有人都犹如约定好了似的，齐刷刷转头来看林戏水。

她干笑了两声，站在原地犯难。良久，她正要上台去，一个身穿蓝底孔雀纹羽缎薄烟纱旗袍的女子，透迤拖地走上台，乌黑浓密的短发，做成西门町当下最热的宫廷卷发，雪白的手上戴着一个嵌明钻梅叶手链，脚上踩了一双黑色的高跟鞋，整个人透露出不好惹的气场，看背影就知道是貂新月了。

林戏水自是打骨子眼里千恩万谢，因这几个月来，她也有些熟悉了貂新月行事的作风，估摸着她这番上台，怕是与自己抢"外交官"这头衔来了，索性双手环胸，睁大双眼兴致勃勃看她怎么扳回一局。

"大家好，我是貂新月，今天我要告诉大家一个惊天动地的大秘密，相信你们一定会感兴趣，这个秘密就是……"大厅里无数只仿古壁灯犹如追光般，在貂新月纤长的身影周围镶了一个金边，衬得她熠熠生辉。所有人都一动不动地注视着站在台中央的她，但貂新月却盯着台下的林戏水，目光里犹如藏了一把锋利的尖刀。半晌，她的嘴角微微上扬，露出一个挑衅的笑容，缓缓收回目光，扫了扫四周的人群，轻描淡写地道："林戏水，是一个冒牌货。"

"砰"的一声，林戏水手中的酒杯猛地摔在地上，玻璃碎了一地。她震惊地抬起头，像是被雷劈中一样望向貂新月。

人群里瞬间犹如炸开了锅般议论纷纷。

外面的记者潮水般涌进来，里三层外三层地把林戏水围了个水泄不通，闪光灯持续不断地打在她脸上。面对记者们的询问，林戏水不知所措地用手遮住脸，心中突然溢满了恐惧。她感觉自己犹如身处海底，四处张牙舞爪的海草像是瞬间缠住了心脏，她费力地呼吸着，随时感觉要窒息，海水扑面而来，周围的凉意飕飕地开始席卷全身。

混乱中，她不知是谁把自己从人堆中费力地拉出来，然后整个人被一件黑色的大衣包裹住，被他紧紧抱在怀中。鼻尖的白檀香弥漫开来，她贪婪地呼吸着这清冷的香气，心终于安稳下来，缩在他怀里沉沉睡去。

因貂新月抛出这么一个定时炸弹，那宴会厅里便渐渐散了场，只不过一阵渐渐风拂面的时间，这消息便传遍了整个上流圈子。

所有人都感到诧异，这林戏水竟然是假冒的。

10月的初秋，正是桂花盛开的时节。夜半的空气带着淡淡的桂花凉意，随便走到哪儿，鼻尖都是桂花味儿的。

柳放坐着车来到貂家别墅，便径直去了后院，那里被称作是小型野生动物园也不为过。在那里，貂新月养了26条各式品种的狗，13只波斯猫，还有56只鸟，3只白孔雀，1只梅花鹿，6只天鹅，更为恐怖的是，她还养了条蛇……前段时间又听仆人说，貂新月竟然还有了养只豹子的想法，着实把柳放吓得不轻，与一群异兽珍禽住在一起，他不得不佩服貂新月，真是女中豪杰。

然今晚她在宴会上拆穿了林戏水假冒的身份，一向公正的圣约翰大学便不会再把"外交官"的位置给林戏水，那么就非貂新月莫属了。最近的新文化从国外不断飘进来，受国外的文化影响，家中有点资本的女子都不再立志嫁良人相夫教子，反而希望做独立自主的新女性。凡是有点野心的女子，都希望能实现心中的梦想，貂新月更是不例外，然她费尽心思也要得到"外交官"这个位置，柳放便已猜到，她在政场上的野心，如饿虎扑狼。

第十四章 从此山水不相逢，相忘江湖

在湖边喂了喂天鹅，便有仆人来报她家小姐回来了，柳放便起身，穿过长廊，走进大厅，远远便见貂新月斜倚在西番莲青紫檀浮雕沙发上，前面的伊丽莎白式蜜瓜形红心木茶几上，已用两只洋瓷茶杯，斟上了顶尖的英国红茶。

柳放含着笑意走过去，端起茶几上的红茶，用茶盖拨了拨水面的浮叶，道："恭喜你啊新月，连续四届蝉联'外交官'，我真是打心底佩服你，居然用这种方法打败了林戏水。"

貂新月抬眼瞥了他一眼，面无表情道："我早就说过，会毁了她。"

似乎早就习惯了她的刻薄，柳放无奈地摇了摇头，又问："你什么时候知道这林戏水是假冒的？"

"见到她的第一面。"貂新月漫不经心地拿起一旁的电影杂志，放在手里翻了翻。

"什么？"柳放嘴里的茶一口喷了出来，非常诧异，"你见到她第一面就知道她不是真的林戏水了？"

貂新月抬起头，朝柳放翻了一个白眼："我们几个从小一起长大，多少年的朋友了？林戏水的一举一动我都了如指掌，况且如今这个林戏水，性子千差万别，而且家庭背景很差，就连基本的礼仪教养都没有。"

柳放有些难以置信："就凭这些你就判断出了她是假的？未免有些牵强吧。"

"当然有个微小的细节。"貂新月把手中的杂志放在一旁，补充道，"上次在段大雨的寿宴上，我找她说话，发现她手中拿着一朵辛夷花，我记得林戏水小时候对我提过，她对这种花过敏。所以，她不会冒着生命危险，把一朵毒花拿在手中把玩。"

"小时候的事你都还记得，我真是大开眼界。"柳放不得不承认他被貂新月强大的记忆力和分析能力给镇住了，皱了皱眉头，突然想到什么似的，又问，"你都能识破林戏水是假的，那要躲过段三思的眼睛简直比登天还难，按理说，若这个林戏水是假冒的，那为何段三思没有揭穿她，反而把她留在

身边？"

貂新月冷笑一声："我又不是他，我怎么知道。"

柳放目光茫然，仔细思考一番：貂新月说得不错，这么多年来，即使从小与段三思一起长大，但总猜不透他心中所想，明明人就在眼前，中间却隔着一层缥缈的大雾，怎么也看不清。

但直觉告诉柳放，这个冒充林戏水的女子绝对不简单，否则不会让从不正眼瞧人的段三思，如此上心。

估摸是夜半三更的时候，林戏水在小白宫里惊醒过来，坐在床上十分诧异地望着窗外。昏黄路灯下秋叶覆满地，她连忙翻身起来，身上只一件薄薄的睡裙，鞋也没穿，拧开门便冲了出去。

晚秋霜露重，一路奔跑带起的凉风直往身上灌，冻得林戏水瑟瑟发抖。穿过长长的走廊，她来到段三思的卧室门外，见从门缝里透出一丝光来，欣喜他还没睡，扬起手寻思敲门，但又咬唇瑟瑟发抖猛地转过身，在一旁的盆栽里折下一枝开得正盛的海棠。

如今这世道，远不比从前的世风，打从民国以来，是个人都崇洋媚外，什么都要学那些金发碧眼的外国人，男女风月方面更为严重，若去淮海路兜一圈儿，满眼皆是搂搂抱抱的男男女女。

于风月这方面，林戏水着实是有些保守的，一来受母亲旧思想的教导，女子应有女子的矜持；二来她打心底里怕这小王爷。倒不是说他人有多可怕，这种怕是一种无可奈何，用一种通俗的说法便是，林戏水原本就不够用的脑袋，一看见他便更不够用。

这么三更半夜的，孤男寡女是有些不太好，但眼下她也顾不得这么多了，仔细思忖了一番，林戏水咬了咬唇，敲了门。

"你不打算在门外站到天亮了？"段三思低沉的声线从房间里传来，不急不慢，伴随着院子里一瓣海棠花摇摇坠地。

林戏水一怔，自己连鞋都没穿，轻手轻脚走路一点儿声音也没有，他又是怎么知道自己在外面的？这人的警觉性与敏锐度简直让人细思极恐。

推开门走了进去，更是吓了一跳，映入眼帘的整个硕大的房间里，只放了一张床和一套靠窗的桌椅，除此之外什么家具摆饰都没有，空荡荡的一点生气也没有。

"你……怎么知道我在外面？"林戏水有些诧异地看着段三思，此刻他正斜靠在窗边，修长的手指间夹着一支烟，身上的白衬衫还未脱下来，领口的几颗纽扣被他胡乱地扯开，露出脖颈前一小片白皙的肌肤。那张绝色的脸因之前在大都会里喝了些酒，此刻显得略微有些红，这样好看的一张脸，委实有些让人把持不住。

段三思看她一脸茫然，眉梢微微一挑："因为你醒来第一件事，便是来找我。"

须知几个时辰前，林戏水才被貂新月识破身份，如今，怕是整个大上海都知晓自己是个冒牌货了，眼下当务之急，她应收拾包裹以走为上策才是，然她大仇未报，好不容易才挤入这个圈子，若走了，又去哪儿寻找机会？这次无论如何她也要留下来。

而今能帮自己的，就只有小王爷，眼前这个权可遮天的人了。

再则，他这么一个聪明的人物，既然早猜到自己会来找他帮忙，索性不再遮遮掩掩，林戏水思索了一番，神色郑重道："若你这次能帮我，让我留在上海，我什么都愿意为你做。"

段三思抬眼，上下打量了她一圈，目光如深渊般捉摸不透，冷冷一笑："就凭你，能为我做什么？"

林戏水一时反应不过来，然她也不知自己能帮他做什么，段三思要做的事，什么事做不到？怎么也轮不到林戏水来帮忙，不过是她顺口一说而已，没料到他居然较真起来。林戏水左思右想若以后他真要自己帮忙，只要不是什么上天遁地违背伦理之事，她还是能办到的，遂在心中仔细掂量了一回，笃定道："你让我做什么都可以。"

"既然如此……"段三思瞥了她一眼，嘴角一挑，眼神有些许不同，他把手里的烟放进书桌上一个紫砂挂釉烟灰缸中，缓缓走到林戏水身前，俯下高大的身影，就那么一动不动地看着她，一挑眉毛，眼神有些意味深长，嘴唇缓缓靠近林戏水的耳边，气息沉重道，"陪睡如何？"

海棠花枝啪嗒一声掉地上。

林戏水心上也啪嗒一声，被他震傻了。

心脏犹如被一把大火烤着，既慌又急躁，林戏水难以置信地睁大双眼，看段三思嘴角噙着抹意味不明的微笑，顿时有些不知所措，连忙低头轻咳两声，打了个哈欠道："时……时候不早了，我去睡觉了……"

岂料才迈出一步，却被对方拦住。

在段三思高大身影的笼罩下，林戏水顿时像是身处在一片漆黑的森林中，就连呼吸都困难起来。她连忙后退了一步，转身想溜之大吉时，忽地手腕一紧，段三思将她一把拉进怀里，紧紧扣住她的腰，斜了斜嘴角道："那正好可以和我一起睡。"

"你，你，你……"林戏水彻底傻了，瞪大着双眼看他，心跳如擂鼓，脸更是烧得犹如火烧云。诚然她是与普通的娴静女子不同，浑身上下都透露出一股刚强的硬汉气息，但终归是一颗少女心，这么明显地被人调戏，她一时有些吃不消，怎么都觉得眼前这个小王爷与平时大为不同，又觉得是他喝了酒的缘故，酒这种东西，一喝便乱性。林戏水下意识有种不好的预感，连忙从他怀里挣脱开来，结结巴巴地道："若你不打算帮我，那我便不打扰了……"

话音刚落，林戏水眼前一片天旋地转，还未反应过来，段三思已把她拦腰抱在怀里，往床上走去。

"段三思，你，你……要做什么！"林戏水已经慌了，心头巨震，在他怀里止不住地挣扎。

段三思丝毫没有理她，把她放在床的里侧，铺开被子再给她盖上，打开一旁翡翠蓝玻璃布罩小台灯，再翻身躺在外面，一套动作完成得行云流水。段三思转头看林戏水一张脸由微微的苍白变为粉红，再由粉红变为青白，薄唇动了动，面无表情道："你以为我会对你做什么？冬天来了，会很冷，而你这么胖，做一个暖床工具会非常好。"

声音冷冷清清，犹如遮住清辉的浮云，夜风轻轻一拂，露出挂在寒枝上的暗月。

活了这么大岁数，曾经跨过山河大海，也穿过人山人海，虽说没有南山打过豹，也没有北海打过虎，但葡萄架下捉过蟋蟀，苞米地里也刨过几个坑，也算是有个丰富的人生，此番却被人当作个暖床工具？

林戏水突然觉得自个儿活得极为失败。

倒不是期望会发生点什么，更不是期望段三思对自己做点什么，都说男女有别，况且眼下又是孤男寡女，但这小王爷竟对自己一点儿非分之想都没有，刚才一切居然是自己心思太龌龊想太多？林戏水觉得自己好歹也是个正值妙龄的女子，诚然她不是美少女，但也是个少女，此番却一点魅力也没有，一种前所未有的挫败感席卷而来，占据整个脑海。

林戏水就这么看着，在昏黄灯光下，紧闭着双眼，睫毛长得离谱的段三思，十分伤心。

叹了一口气，再叹了一口气，人生第一次和个男人躺在同一张床上，竟任何事都没发生，林戏水甚觉得形神俱疲。

大概是她翻来覆去的动作太大，吵得段三思睁开了眼，他转头凉凉地看了她一眼："你翻来覆去的，莫不是太兴奋了？"

林戏水愣了一愣，心本就有些堵，这下更堵了，却不想搭理他，于是道："没错，兴奋地睡不着。"

段三思明显一怔，好半天没言语，最后轻笑一声，眉毛一挑，道："你该不会是……在期望我会对你做点什么？"

窗外簌簌无风，月暗孤灯，疏星萧瑟。

林戏水涨红了一张脸，出了一脑门的汗，觉得今晚很是欠运气，为了避免接下来真的会发生些什么，她连忙闭上眼睛，索性装睡。

身旁半天没动静，林戏水以为段三思睡着了，岂料刚睁开眼睛，便发现对方正一手托腮，眼睛就那么直直地盯着她看。

林戏水顿时有些汗颜，怪自己千不该万不该睁开眼睛，正思忖着再和眼前这个人躺下去，她的小心脏便离停止跳动也就不远了，便听到他问："你和段白是什么关系？"

一听这个名字，林戏水心上猛地一震，转头呆呆地将他望着，看他神情肃穆，不料今晚他竟然什么都看到了。心上一阵刺痛，整个脑海都带着一阵一阵恍惚，这段往事她已不准备向任何人提起，然段三思竟在暗中看到了她的秘密，顿时便煞白了一张脸，敛着怒气道："你管得着吗？"

一说完这话，林戏水便后悔了，果然段三思一张脸瞬间变为雪白，心中不好的预感油然而生。她吓得连忙翻过身，可惜动作慢了半拍，段三思双手一锁，非常轻易地便握住了她的肩膀，翻身将她压在身下，眼中几番明灭，沉声道："你别忘了，是你刚刚来求我，让我帮你，从今天起，你就是我的人，你说我管不管得着？"

林戏水早已呆了，整个人被他压在身下一动不敢动，只听得自己擂鼓般的心跳声。此时的林戏水突觉人生太曲折了，以前她便常常抱着总有一天，老天爷会在她头上下银票的想法，才活到现在。是以，林戏水遇到什么事并不怎么害怕，再加上她今晚也喝了些酒，平时再怂的人喝了几口酒也能壮胆，此番便觉得自己神挡杀神，佛挡杀佛，便扬起脸，直视段三思的眼睛，狂妄道："我不是你的人，你管不着。"

段三思面无表情的一张脸，比刚才还要白上几分，那一双冷月覆积雪的眼睛仿佛瞬间冻住，冰冻三尺，冒着冰冷的白气。

激怒整个上海滩都怕的人，这举动也没几个人敢做，林戏水还未来得及将自己这番英明的举动，认真佩服一番，眼睛一眨，唇便被封住了。

柳庭风静人眠昼，昼眠人静风庭柳。

林戏水整个人都傻了，脑海一片空白，心跳更是一瞬间猛飙，紧张的感觉犹如子弹般通过大脑，并一路进入到颅腔控制了十二对神经，身体从头到脚地僵住了。她瞪大双眼看着近在咫尺的段三思，因离得太近，对方长得离谱的睫毛下，一双狭长的眼睛里寒冰消散，一团火烧得十分热烈。

第十四章　从此山水不相逢，相忘江湖

良久，段三思轻轻咬了咬她的下唇，见她一张脸红得煞是好看，便放开了她，嘴角斜斜一挑："你可以试试。"

话毕翻身躺在外侧，关掉了一旁的小台灯，屋中一片黑暗。

正所谓自作孽，不可活。

心头狂跳不已的林戏水，人生前所未有的，第一次失眠了。

第十五章　零乱多少君试觑，吹尽繁红

寒雨入夜，池边的梅花已零落半树，墨墨的夜空中渺渺几抹乌云来回飘荡，疏雨持续不断地从梧桐叶上滴落下来，一场冬雨，仿佛在渐渐与晚秋告别。

柳放在貂宅里待到半夜，见雨丝毫没有要停的样子，顿时便有些乏了，趁着貂新月去泡澡的间歇，一溜烟便跑到她房间的床上，整个人摆成一个大字形，不管不顾就开睡。

貂新月才刚泡完澡，裹着件白色钩花蚕丝浴袍走出浴室，便有女仆上前来服侍她穿衣，然这些女仆手上皆戴着清一色的洁白手套。因这貂新月有着极为严重的洁癖，凡是进入她房间的人，都得换衣服，戴手套。此番她一转头，便看见床上的柳放，瞬间之内，她的脸就变得铁青，尖叫声可谓是震耳欲聋："柳放，你给我滚出去！"

一阵天翻地覆，柳放被她吵醒，掀了掀眼皮，睡眼惺忪道："你快吓死我了，新月……"

"你不知道我有洁癖吗？"貂新月伸出一只手指着他，颤颤巍巍道，"你快给我滚下来！"

柳放这才缓过神来，沉默了一会儿，忆起她这洁癖，顿时就流了一脑门的汗。以前貂新月养了一条狗，这狗当时在她房间里的塔伯利兹皇家地毯上撒了一泡尿，貂新月让人打扫干净，又把地毯换了后，还是觉得脏，便让人往房间里喷了很多香奈儿香水，一想还觉得不行，索性让仆人把整个房间的地板都给换了……

有着这么一番光荣战绩在前，柳放低头一看自己正躺在她的大床上，唔，估计接下来这个女魔头杀了自己也是极有可能的，顿时睡意全无，连忙翻身而起，朝貂新月干笑了两声道："我马上就滚……"

话音刚落，一个女仆慌慌忙忙地跑进来，对着貂新月道："小姐，小姐，不好了！"

貂新月正大发雷霆呢，便不耐烦道："大呼小叫的怎么了？"

"不好了，小姐，你那别馆里……"女仆低着头，面色惊慌，"里面所有的古董，全都不见了……"

柳放正端着桌上的霁蓝釉茶杯喝茶，听这话惊得把嘴里的茶水全喷了出来，略带诧异地转头去看貂新月，见她一张脸亦如被钢索紧紧勒住了脖子，铁青到可怕，眼神更是如当下的电闪雷鸣。好半晌，见她咬牙切齿道："敢碰我貂新月的东西，活得不耐烦了！"

……

早上雨便停了，天阔水远，风拂起，扬花轻垂，鱼吞池水。

林戏水在小白宫醒来已是日上三竿。她迷迷糊糊地从床上坐起来，见一旁空空如也，突然想起昨晚，倒吸一口冷气，遂翻身而起，站在段三思空荡荡的房间中央，猛地摇了摇头，又拍了拍有些泛红的脸，干笑两声自我安慰道："一定是场梦，昨晚绝对是梦……"

"小姐……"这时，降雪敲了敲门，推门而入，见她已经起来了，便把樱木海棠托盘里面的早餐，放在一旁的书桌上，笑道："你终于醒了，我想着昨晚你一定太劳累了，便没叫你，快来洗漱吃早饭吧？"

林戏水赤脚走过去，左手拿了一个羊角面包啃了一口，右手端了一杯牛奶，下意识地问："段三思去哪儿了？"

"小王爷公务繁忙，一大早便去临时政府办公了，"降雪顿了顿，目光示意桌上摆放着的文件，"对了，他走之前让我告诉你，别忘了把你的卖身契签了。"

林戏水一怔,嘴里咬的面包掉在地上。

果然,果然昨晚不是梦。

她甚萧索地拿起桌上的卖身契,甚萧索地在上面签上自己的名字,便猛地一扔,把卖身契扔在地上,见离得还近,又一脚把它踢到右边的墙脚。

降雪斜觑了一眼林戏水,没敢言语,只是偷偷笑着退了出去。

书桌上放着一本当月的《北洋画报》,封面上那张万年不变的苍白而冷漠的如同冰块一样的脸,正是段三思,一身军装显得英气逼人。

林戏水翻开首页,把内容通篇读下来,更是目瞪口呆。

她早知段三思很厉害,尚未想到他竟厉害到了这种登峰造极的地步。

段三思一生下来就是小王爷,能当两广总司令,能聪明到随笔写的论文都可以在国际上获奖,射击、骑马、柔道等花样运动样样精通,从小精通天文学、物理学、医学、建筑学、军事学与机械学、古生物学、哲学、文化艺术,等等。九岁能用文言文写诗,博览群书懂诗画通棋琴,知天文晓地理史籍,武能率领几十万军队沙场征战,还能凭一张脸迷倒众生,怕是想跟他睡觉的少女能从上海滩排到北平了。

林戏水不得不承认,段三思委实是个所向披靡的高颜值学霸典范。

那句话是怎么说的来着?

"比我聪明的都没我好看,比我好看的都没我聪明。"

这不是段三思是谁。

林戏水靠在书桌前叹了半天气,感叹自己的小命,从今以后就被这么一个可怕的人牢牢握在手中了。

有道是桃花潭水深千尺,栽栽愣愣全是坑,大抵便是她这一回了。

然她对昨夜那个吻震惊之余便是茫然,古人常说心乱如麻,林戏水倒是第一次有这种心境,浑身上下都很焦躁,心更是静不下来。

是的,她有些害怕。

人生漫漫,要遇见一个喜欢的人有多难。

第十五章　零乱多少君试靓，吹尽繁红

自从有了一段不太好的桃花后，林戏水便有些怕了，她没有自信，再去让喜欢的人喜欢自己，在爱情里受过伤的人，往后再遇见喜欢的人，第一反应不是窃喜，而是心有余悸。

这一生，若有个人，不是过客，能相互一起陪伴，夜晚花好月圆，如风如水，互相在山谷的梨花树下，对着夜月，摆一壶酒，共度浮生一日闲，那该有多好。

这样的一个人，林戏水已不再期望。

大约是早上10点钟的光景，太阳悬挂在垂柳之上，薄雾渐渐消散。

临时政府东院壁合堂便是段三思办公的地方，分为前厅和后厅。此刻前厅的办公室门口整整齐齐站了几排士兵，副官赵无正走过来，便听见从里面传来杯子摔地上破碎的声音，接着又是门被用力打开。一个身穿军装50岁上下的威风凛凛的中年男人，从里面大步踏出来，下巴蓄满胡须的脸上满是怒气，前面的士兵见是他，便连忙让开，赵无也连忙低头行礼。

让人如此畏惧的人，便是段系军阀家族的元老段崇林段军长了。他后面跟着个相貌英俊的年轻人，军装领口上系着的胸针，让人一看便知他是段崇林的公子，段白。

待他们走后，赵无连忙走进办公室，见地上一地的茶杯碎片和水渍，而段三思背对着他站在落地窗前。赵无疑惑发生了什么事，便问道："司令，怎么了？"

段三思转过身来，目光停留在墙角一侧的绿萝上，面无表情道："段崇林收回了十万军队。"

一听这话，赵无大惊失色，但依然镇定道："北边战事正紧，我们就要攻下乌什了，如果攻破这个地盘，就等于打开了入口，剩下的五省如囊中取物，到时候我们的势力就从这南方十一省扩充到北方六省，这么重要的关头，他突然收回军队，迫不及待想要撕破脸了吗？"

段系军阀在段三思的统领下正如日中天，不断地扩充使之成为当下势力最庞大的军阀之一，无数人视之为眼中钉，也有无数人想分一杯羹。以段崇

林为首的家族元老，手中掌握着最原始的那部分军权，早已对牢牢掌握另一半军权的段三思深恶痛绝，若这次他攻下乌什，手中势力再次扩大，到时便无人是他的对手，家族元老的存在更加摇摇欲坠。

如此，只有势均力敌，段崇林才有打败段三思，得到整个段系军阀的机会。这次他收回10万军队，算是彻底举起旗帜，与段三思宣战。

赵无见段三思默不作声，脸上的神情在天花板上悬挂的水晶灯的照射下，显得冷峻而苍白。

好半晌，他才轻启薄唇道："既然他要跟我斗，我就跟他斗到底。"

赵无想了想，又问："如今我们手里就只剩十万兵力，虽都是骁勇善战的精锐部队，但敌方可是有'暴虎'之称的赵虎，他手下牢牢掌握三十万军队，如今我们的兵力连他的一半都不到，如何能攻下乌什？"

乌什地处林、鲁、武、皖四省接壤地区，长江三角洲北翼，北倚青鲤湖，西连青州，东临墨云港，南接武迁，原杭大运河从中穿过，成渝、芦淞两大铁路干线在乌什交汇。作为第二大铁路枢纽，素有"五省通衢"之称，自古便是北国锁钥、南国门户、兵家必争之地和商贾云集中心。

天色渐暗，暮色从落地窗倾斜进来，在段三思苍白的脸上覆了一层浮光掠影。他微微翘了翘嘴角，凛然道："乌什是所有军阀视若珍宝的一个地方，并且日思夜想也要将之归为己有。如今我要攻打乌什的消息不胫而走，况且段崇林与我决裂，这风声不过个把时辰便会传遍每个角落，到时不会缺登门来与我合作的人，现在只需等候东风，来个草船借箭。"

"司令，你的意思是……"赵无怔了怔，又道，"会有其他军阀借军队给我们？可是……若与他人一起合作，岂不是要共同占有乌什？"

"眼下没有更好的办法，我们也只能走一步算一步。"段三思将挂在缠枝莲纹衣架上的军装外套拿下来，一边穿一边走出办公室，"对了，你千万要派人紧盯着段崇林这个老狐狸，以免他再从中作梗。"

"是，司令。"赵无忙跟着走出来。

黄昏渐渐席卷而来，淡天里的薄暮丝丝缕缕褪去。正值初冬时节，傍晚的仙浮里，金黄的垂枝银杏和苍翠的山峦层层叠叠，枯黄的银杏叶在微风中簌簌飘落，像是在仙浮里铺上了一层"金毯"。貂家别墅前的小道里，爱斯梅尔黄玫瑰，向竹梢深处，斜插两三枝。

穿着一件紫檀色旗袍的貂新月站在客厅里的落地窗前，看了看花园里的玫瑰，转过身来，对着一屋子各种各样的人道："我要你们在七天之内，给我把人找到。"

这话一出，屋中所有人面面相觑，议论纷纷：

"七天？新月，时间太赶了。"

"你的别馆一直有人严加看守，就连一只苍蝇也难飞进去，这个人居然能从所有人的眼皮子底下进去，不声不响地转移古董，依我看，这个人绝对不是一般之人。"

"对，我猜这个人一定是你身边的人。"

"你们就别瞎猜了，不管这人多厉害，只要我们联手就没有做不到的事！我就不信他还能逃到天边去不成？"

"新月，你放心，七天就七天，我们一定会帮你把人找到！"

在场的十几个人，皆是上海滩有头有脸的人物。坐在铜绿色沙发左边的戴着金丝边眼镜的年轻男子，一身西洋格子西服的斯文打扮，看起来温文尔雅，实际却是在青帮身居高位的顾良，若要让他帮忙找人，除非那人人间蒸发，否则没有他找不到的人；斜倚在沙发右边的是一个大腹便便的留着络腮胡的胖子，则是江湖人称"神盗"的黄一汉，若他出手，即便是机关重重古墓里的明珠，抑或是海底深处的青铜器，他也能不费吹灰之力搞到手；沙发中间那位正捧着一盏茶，慢悠悠地品着，看起来四十上下，戴着一顶黑色礼帽，整个人透露出书卷气的男人，更是眼下内阁总理的得力助手，文武双全，有着"小扇子军师"之称的赫赫有名的白净林……

"这些人身份不凡，要想请动他们出山简直比登天还难，然而貂新月一个电话就可以把他们叫来帮忙，你现在知道她有多可怕了？"柳放站在客厅角落里，对身旁一个目瞪口呆的新来的女仆，笑着眨了眨眼睛。

"那……那是谁胆子这么大，敢偷小姐的宝贝……"女仆支支吾吾，颤颤巍巍道，"若是被这些人找到了，还有活路吗？"

"这么无聊的事跟我们又有什么关系？走，我带你去玩好玩儿的……"柳放伸手揽住女仆的肩膀，眉开眼笑地拉住她往门外走去。

月挂霜林，夜色渐浓，似绿芜围绕着青苔院缓缓蔓延，四下里一片沉沉的黑。中午的时候，林戏水突然和降雪提起小时候曾吃过的西湖醋鱼，便馋得慌，因此二人一时起意便在厨房做了起来。岂料降雪添柴火时添得太欢畅，火太大，忙了一下午调料，结果西湖醋鱼成了西湖"焦"鱼。

二人看着餐桌上黑成一团的"西湖焦鱼"，甚是心累。

"小姐，都怪我太疏忽，这鱼看来是不能吃了，要不然我再去做两个小菜好了。"降雪一脸窘迫。

"算了，"林戏水提起筷子翻了翻鱼，又夹起一块放进口中，"没焦完还能吃，咱们今晚就将就将就吧。"

"那我……"降雪拿起碗，正要说去给林戏水盛饭，便看见段三思走了进来，连忙行礼，"小王爷。"

林戏水正夹起一块鱼肉，转头见到段三思，吓得筷子上的鱼肉猛地掉在了桌子上。

"也给我盛一碗米饭。"段三思拉开了饭厅的镂空桃花心木推门，没有看林戏水，自顾自地走进来，在她对面坐下。

"是……"降雪拿起碗连忙走了出去，没一会儿，又端着两碗米饭进来，分别放在林戏水和段三思的面前，然后就不声不响地退了出去。

饭厅里就只剩他们两个人，谁都没有开口说话，整个空间显得无比安静。若是以第三人的视角来看，林戏水抑或是饿得慌，所以低着头只顾扒面前那碗米饭，无暇顾及段三思。然事实上她脸皮发红，却是想起昨晚的事，平时就不怎么敢看段三思，如今是更加不敢看了，便佯装出一副闹饥荒的模样，计算着早早吃完早早闪人。

餐桌上铺着一层墨绿色的淡雅餐布，上面的一盘"西湖焦鱼"在天花板上水晶灯的照耀下，显得更加耀眼。段三思皱了皱眉，一双冷月覆积雪的眼睛里满是嫌弃，道："这是什么东西？"

"鱼。"林戏水头也没抬地答。

"这东西还能吃？"段三思拿起筷子翻了翻鱼，又颇为嫌弃地道，"一条鱼居然能焦成这样，你的厨艺也确实了得。"

林戏水一张嘴张成了苹果形，抬眼看着他，有些生气地说："你知道鱼的尸体是什么吗？"

"是什么？"段三思端起铜胎掐丝珐琅折枝花卉纹茶杯，漫不经心地喝了口茶。

林戏水沉吟道："鱼的尸体是屎。"

段三思喝茶的手明显顿了一顿。

林戏水又沉吟道："你喝的茶尸体却是尿，所以我们吃的任何东西，最后都会变成屎和尿，你还嫌弃什么？"

背对着冷月清辉的段三思，面上很是清冷。他把手里的茶杯放在桌上，抬眼凉凉地瞟了一眼林戏水，冷笑道："按你这么说，反正早晚都是屎，那你还吃什么鱼，直接去吃屎岂不更好？"

林戏水正扒了一口米饭，这时一口饭全喷了出来，好巧不巧，喷了段三思一脸。

林戏水一向有些一根筋，全然不顾对方是谁，此时便哈哈大笑起来，等她笑够了才发现有点不对，抬眼见段三思一脸苍白，对上他冰冷得像是要喷冷气的目光，心上一怔，干笑了两声道："你……你这样也挺好看。"

时间就这么静止了几秒。

见段三思脸上更加苍白了，林戏水很是惊慌却故作镇定道："我吃饱了。"

站起来便一溜烟儿跑了出去。

降雪在外面看她先是撞到一根柱子，又撞到一棵树，最后又踢倒一个花盆，看她疼得龇牙咧嘴的依然在跑，顿时诧异极了，在后面大声问："小姐，你是不是撞邪了？"

　　林戏水晕了一晕，想来她文能写酸诗武能爬树，上能飞天揽月，下能入海捉鳖，这番接二连三地在段三思面前犯蠢，这大抵不是撞邪了，而是中邪了。

　　……

第十六章　萧萧凉风生卷雾，
　　　　　移几度秋

　　下午 2 点的光景，北风吹得万里朵朵白云飘得老远，食过午饭，正是冬日暖阳催人发困的时分。林戏水前几日让降雪去买了几本当下最热的话本儿，在院子里的一棵蜡梅树下，搬了把伊木瓜形沙发椅，躺着一边嗑瓜子儿一边看话本儿打发时间。

　　虽说这些话本儿，写的是那些公子哥和富家小姐千篇一律的凄美爱情，但看到结尾的悲剧还是不免唏嘘，感叹主人公们的遭遇委实惨烈了一些。不过这些结局看得多了，林戏水便习以为常，没什么太大的反应。但降雪这小姑娘于风月还是一张白纸，对爱情怀抱着既浪漫又期盼的幻想，前几日偷看了一本男主人公得癌症去世的话本儿，一时不能接受，天天以泪洗面，大半夜的抱着被子哭号，让林戏水形神俱疲，好几天没睡好，赶紧把剩下的话本儿藏好，不再让她发现。

　　林戏水揉了揉眼睛，很有些瞌睡，正要把书盖在脸上眯一会儿，远远便见降雪慌慌忙忙地跑来，十分着急："小姐，听说貂小姐抓到盗她古董的人了！"

　　这才几日，这么快就抓到了？林戏水一愣，顿时没了睡意，好奇道："怎么抓到的？"

　　降雪神采飞扬道："据说貂小姐托各类朋友帮忙，在上海四处散布她得到《兰亭序》真迹这一虚假消息，并在别馆设下天罗地网引蛇出洞，果然今天就抓到来盗东西的小偷了！"

林戏水点头嗯了嗯。

貂新月果真不是一般的人物，心思缜密之极，一看就是做大事的人，跟段三思有得比。稍有点智商的人，都不会去招惹她，这小偷真真愚笨之极，这么有能耐偷谁不好，偏偏要去偷貂新月。

原本就预料到这人会被抓住，只是时间问题而已，但不免依然好奇是谁，林戏水站起来，一边走一边说："走，我们也去看看热闹。"

二人优哉游哉地从小门出来，划船离开小白宫，招手拦了辆小汽车，没一会儿就到了仙浮别墅区入口。林戏水想着先回她家看看林太太，但又想着如今自己的假身份已被拆穿，林太太一定不想再见到她，便直接让司机开去了貂宅。

汽车顺着道路往山顶上蜿蜒，林戏水却在柳宅前瞥到花园里站着的一个身影，侧身回头望去，发现是柳放。见他笔挺如剑般地站在那里，林戏水让司机停下，头从车窗里伸出去，对他道："柳大少爷，你直愣愣地站那儿做什么？"

柳放回过头来，做沉思状："思考人生。"

……

这厮大抵是病得不轻，林戏水顿时抚额："你受什么刺激了？"

柳放抬头望了望天，沉思良久，肃然道："貂新月抓住的小偷，是我喜欢的人。"

"你喜欢的人？"

林戏水和降雪同时一怔，狐疑地两两相望。

柳放很是伤情地点了点头，答非所问道："你们这是去哪里？"

"当然是去看你喜欢……"林戏水顿了顿，"不是，是貂新月抓住的那个小偷。"

柳放呆了呆，没再言语。

"那我们走了。"林戏水正要让司机开车，岂料身旁的车门被打开，柳放挤进来道:"我同你们一道去。"

半山路上种植着许多法国梧桐,虽是冬天,但枝叶不惧严寒,依然翠绿而蓬勃,一排排整齐有序,像是矗立在道路两旁的带枪侍卫。一行人不一会儿就到了貂家别墅,刚下车,就听到"砰"的一声枪响,三人都被吓了一跳。

只见貂宅种满英国玫瑰花园前的院子里,围了一群人,以貂新月为首,身后站着几个士兵,还有上次被她叫来的那几个身份不凡的朋友,便是青帮的顾良、神盗黄一汉,以及"小扇子军师"白净林。地上则被五花大绑跪着一个女子,看背影似乎还很年轻。

林戏水万万没想到这小偷竟然是个女子,是个女子就罢了,还如此年轻,委实不可思议,对那女子的样貌便更加好奇起来。

绕过众人,走到前面,抬眼一打量,却是一道惊雷从天而降,这女子怎么会是惊雀?

林戏水傻了片刻,愣过神来,觉得这事十分糟糕。

惊雀一张脸原如白纸毫无血色,一看到林戏水,犹如抓到了救命稻草,瞬间有了神采,拼命向她眨眼。

林戏水当做什么都没发生,走到一旁的石桌边,端起茶壶倒了一杯茶,施施然喝了一口,便听到貂新月身后的黄一汉问:"新月,这小偷我们算是给你抓到了,她也招了放古董的地儿,这事算过去了,至于这人,你打算怎么处置?"

好半晌,貂新月没言语。

林戏水凝神听着。

良久,貂新月冷哼一声:"杀了。"

话音刚落,便有士兵举起枪,对准惊雀。

所有人都吃了一惊。

林戏水喝茶的手顿了一顿,正要上前,却被人抢先一步。

"你不可以杀她。"柳放动作甚快,两三步欺到惊雀身前,伸开双手挡住她。

惊雀甚诧异，眼中含着泪光："柳放……"

"你这是做什么？"貂新月目光凌厉地看着柳放，脸色铁青，像是要滴出墨来。

柳放凛然道："惊雀是我喜欢的人，你不能杀她。"

天上一只画眉鸟略略飞过。林戏水不动声色地喝了口茶，又打了个哈欠。眼下的这个光景，她已经理顺了。以前惊雀提起过她钓到一条大鱼，没想到这条鱼竟是柳放，能让他念念不忘，惊雀也不容小觑。只不过她有胆子偷貂新月的古董就罢了，还敢跟她抢男人，林戏水不禁打了个寒战，方才还计划好了，觉得救她不过小事一件，如今只怕是神仙也难救她。

果然，貂新月看惊雀的眼神比之前还要恐怖，里面犹如藏了一把剑。她面色苍白，却柔和地笑着，对柳放道："我偏要杀她，你又能怎样？"

柳放怔了一怔，涩然道："你又何苦为难我，她不过是一个普通人。"

貂新月冷笑一声："普通人？她偷了我所有珍贵的东西，你还让我放过她。柳放，我们这么多年的感情，你居然为了这样一个不起眼的人，跟我闹翻？"

柳放眼神黯了黯，面色有些凄凉，薄唇掀了掀，却没有说出话来。

"真是找死。"貂新月飞快地转身，在身后的侍从腰上拔出枪，瞄准惊雀，扣动扳机。

在众人诧异的目光中，"砰"的一声，子弹射中惊雀的右臂，她惊呼一声倒地，痛苦至极。

"惊雀！"柳放双目赤红，猛地扶起她，用手捂住她流血不止的右臂。

"快滚。"貂新月再未看二人一眼，转身进了貂宅。

这一番让天灵盖发麻的剑拔弩张的气氛终于松缓下来，幸好惊雀的伤在手臂上，并无大碍，算是虚惊一场。只不过林戏水没料到貂新月竟然会如此轻易便放了手，这委实不是她的作风。

林戏水默默无语地望着他俩，原以为貂新月对柳放只是青梅竹马的感情，如今看来是错了。貂新月这么狠的人,若不是看在柳放的面上,惊雀这次,必死无疑。

柳放叫了车,林戏水与降雪帮忙把惊雀扶到车上去。车子正要启动,只见貂宅大门突然又猛地被打开来,貂新月面色苍白,带着众人从里面急匆匆地走出来。

林戏水心上咔嗒一声,眼看这大阵仗,莫不是貂新月还不肯罢手?

林戏水与车里众人皆屏住呼吸,然貂新月看也没看这边,便绕过车子,大步离开了。

见状,降雪下车拉住一个士兵问:"发生什么事了?"

那士兵面色煞白,颤抖道:"是……貂……貂司令遇刺,身亡了……"

"什么,貂司令?貂焰时!"

……

貂系军阀总司令貂焰时在"大都会"酒店看戏时遇刺,身中数枪不幸身亡。原是手下的得力副官林豹叛变,一手安排了这场完美的刺杀。一夕之间,整个貂系军阀的控制权,瞬间转移到貂焰时的副官林豹手中,更新换代如此迅速,让整个上海滩震惊不已。

是夜,冬风催冻,蛰虫入眠,鱼藏冰湖之下。无月的寒夜里,四处冰冷而黑暗,只有那秦系军阀总司令秦力的大宅里,灯火通明。

大厅墙脚的麒麟端炉里,燃着袅袅的清朝的名香"积雪",暴而烈的香味四处蔓延,像是一只张着血盆大口的猛兽,等着被蛊惑的猎物送上门来。秦力独自坐在大厅中央的明黄花梨圈椅上,刚点燃一支雪茄,便听到门"咔嗒"一声,林豹推门而入。

"秦司令,您吩咐的事情我已经照办了,"林豹边说边走上前来,在秦力的桌旁放下一枚玉制玺印,微笑着说,"这是貂系军阀的玺印。"

香烟袅袅中,秦力抽了一口雪茄,拿起那枚玺印看了看,笑道:"这次多亏有你,要不然我不会这么容易扳倒貂焰时。"

林豹摆了摆手,笑着说:"这是哪里的话,若没有秦司令你,我只能永远跟在貂焰时的身后，永无出头之日。"

"如今貂系军阀就是你的了，那现在我可要恭喜你了，"秦力站起来，看着林豹，一字一句道，"林司令。"

林豹狂喜，眼中一抹骄狂："不敢当，跟秦司令您相比，我还差得远。"

秦力笑了两声，靠近林豹，突然抱住他，在他后背上拍了拍，凑近他的耳边，道："这倒是实话，你跟我比，差远了。"

话音刚落，便是"砰"的一声枪响，林豹的表情瞬间变得惊恐又痛苦。他猛地推开秦力，一手摸了摸后腰，手掌里竟全是血。林豹看着秦力手中的枪，跌跌撞撞往后一退，难以置信道："你……"

一句话还没说话，秦力瞄准林豹，又是"砰砰砰"三枪。子弹射进林豹的胸膛，他猛地倒在地上，瞪大着双眼，一动不动地死去。

"还林司令，就凭你？我呸！"秦力把貂系军阀的玺印拿在手中把玩，对着地上林豹的尸体，冷哼一声。

"不愧是秦司令，做起事来快准狠，佩服佩服！"

这时，大门又被推开，突然进来两个人，皆穿着军装。走在前面的是段崇林，身披一件全身无袖深色呢质黑大氅，整个人显得气势凌人，他身后跟着的段白，却显得温文尔雅。

秦力见到段崇林，灰白脸色立马换了，笑着迎上去："段军长，大驾光临有失远迎啊！"

"秦司令这是哪里的话，"段崇林说，"鄙人来到贵府，已是打扰，岂敢要秦司令相迎？"

秦力一笑，便和颜悦色地指着一旁的椅子说："客气客气，两位快请坐。"说完便让一旁的仆人倒茶。又有两个士兵跑进来，连忙把大厅中央的林豹的尸体抬走了。

段崇林和段白依次坐下来。

秦力道："这么晚了，不知段军长有什么事？"

段崇林微笑着对他说："小事没有，大事倒有一件。"

第十六章　肃肃凉风生卷雾，移几度秋

"哦？大事，什么大事？"

"如今你解决了貂焰时，貂系军阀占领的华中地区，共九个省，也归你所有，"段崇林顿了顿，"整个南方，除了段三思，就属你手下势力最为庞大。"

秦力端起缠丝玛瑙茶杯，用茶盖拨了拨水面上的浮叶："你的意思是？"

段白站起来，慢条斯理地说："想必当下的局势，秦军长有所耳闻，各地军阀割据一方，独裁专制，拥兵扩军，称雄一方，便是为了争夺中央统领政权。眼下除了北平的焉系军阀，以及北边的王系军阀，就是南方段三思统领的段系军阀，是最为庞大的军阀之一。如今他不断扩充势力，羽翼逐渐丰满，相信不出时日，你我都会被他吞并。"

"不错，"段崇林皱着眉，"再加上段三思近月来一直在准备攻打乌什，若他打下这个地盘，我们在他眼里就不过是一只苍蝇，随时都可以被捏死。如今我们已身在危城，朝不保夕，只有相互合作，才能阻止段三思，我们才有活路。"

这一番话，算是说到了重点上。秦力心里一紧，其实段三思一直是他的心病，只要有他一天在，秦力就睡不好觉。如果没有段三思，这南方势力就是自己的了，只可惜他实在不好对付，也不好惹，要真打起来，秦力必败无疑。也因段三思一直顾着外扩势力，暂时没顾到秦力这儿来，因此秦力只能当个缩在墙角的蘑菇，祈祷段三思不要转移注意力。

只是"躲"终究不是长久之计。段崇林是段系军阀的元老，手中还是掌握一部分实权的，若是跟他合作，以后除掉了段三思还能分一杯羹。

秦力左思右想，觉得有利可图，便道："段军长言之有理，段三思一而再地扩充势力，完全没把我们放在眼里，如果我们合作，他一定不是我们的对手。"

这话一出，让段崇林和段白都有点吃惊，没想到他这么快就答应了。

段崇林笑道："秦司令如此识大局，眼光谋略非凡人能比，相信你我二人结盟，不久就可以除掉段三思！"

"不错，"秦力一副胜利在握的表情，"到时候这南方势力就是我们

的了！"

月挂西山，夜色越加浓郁，一切阴暗的计划，都在夜空中开始肆意蔓延开来。

……

一日三秋，岁月如流，瞬息之间，转眼便是一月过去。同是梅花红松，同属冰天雪地，在南方是雪里寻梅，遥看红松，残雪未消；而在北方是梅花沉香，红松抽绿，春暖花开。

已临近期末，圣约翰大学的古文观止课，上到最后一节，则是结业考试。

对于考试这件事，委实让林戏水非常头疼，因她打娘胎以来，最讨厌的便是考试。须知这大半年来，一周一次的课没一次是听懂了的，古文晦涩又难懂，卫夫子授课又爱讲大道理，这两点重叠起来，堪比催眠利器，每次课上到一半，林戏水便打起了瞌睡。

原本计划着这次考试抄段三思的，可这大半月来，因军事繁忙，他一直在临时政府忙碌，一次都没回过小白宫，临到考试了，他还不见人影。希望落空，林戏水有些萧索地咬了咬笔头，皱着眉头不知所措。

正前方柳放的位置也空着，他正忙着照顾枪伤的惊雀，自然有理由请假不来考试。

而左前方的貂新月，她父亲遇刺身亡，至亲去世不仅伤心至极，还要处理貂系军阀的一切军务，自然也有理由不来考试。

眼看在场的熟人都不在，作弊是不可能了。

这次考试，林戏水大抵是要拿鸭蛋了。

正走神中，身旁的椅子被拉开，一阵清冷的气息幽幽袭来，林戏水疑惑地转头，便对上一双冷月覆积雪的眼睛。

半月不见，脸还是这么好看，白衬衫也好看，挽起的袖口下修长的手也很好看，宽肩，长腿，浓眉，薄唇……

"看够了没？"段三思气定神闲地望着林戏水，挑了挑眉。

林戏水一愣，缓过神来，不料自己竟激动到了这个地步。但她向来没脸没皮，在看美人与帅哥的时候，不仅要有堂堂正正的做法，更要有"他奶奶的，我就看了，怎么样"的气魄。于是林戏水兴致勃勃地朝段三思凑过去，呵呵笑道："一日不见如隔四秋啊！"

段三思怔了怔，非常难得的含蓄一笑，又冷冷瞟了林戏水一眼，面无表情道："是三秋。"

"啊？"究竟是三秋还是四秋来着，林戏水抚额沉思了一会儿，意识到自己记错了，干笑了两声道，"我当然知道是三秋，只不过故意说成四秋，加深那层意思而已。"

段三思又凉凉地瞟了林戏水一眼，一副懒得搭理你的神情，正脱下身上的黑色大衣，没半点瑕疵的脸英气逼人。他微微斜靠在椅子上，双手插在西裤口袋里，云淡风轻地朝林戏水递了一个眼神。

"什么？"林戏水正对他那个眼神不解，身旁却传来"砰"的一声，把她吓了一大跳。林戏水诧异地转头，却看见卫夫子不知何时站在她桌前，手里的书本猛地在她桌子上一敲，脸色铁青道："林同学，我叫了你三次还不应答，有没有把为师放在眼里！"

"学生不敢！"林戏水呆了一呆，连忙站起来，岂料美色当前，自己居然走神到了这个地步。

卫夫子依然生气道："你来回答一下这个问题。"

"问题？什么问题？"林戏水皱眉问。

卫夫子不耐烦道："你来解释一下'江山如画，一时多少豪杰'这句词的含义。"

林戏水在心中略略思考了一番，一本正经道："江山这个少年太美了，一时吸引了多少豪杰。"

话音刚落，课室里发出一阵哄堂大笑，同学个个皆笑得捶胸顿足。

"你……"卫夫子雷打了黄鼠狼般，震惊之极，吹鼻子瞪眼地望着林戏水："孺子不可教，朽木不可雕，粪土！粪土！"

说完一阵叹气摇头,走上讲台,对着课室里所有大笑的人怒道:"不准笑,开始考试!"

林戏水甚委屈地坐下来,埋着头一声不吭。

"你也是个人才。"段三思看了她一眼,眼角有隐隐的笑意。

林戏水哭丧着一张脸,没好气地对他道:"哦,多谢夸奖。"

……

第十七章　月沉雁尽梦落花，
　　　　　此会何年

　　试卷发下来，林戏水只略略瞥了一眼，便觉得太阳穴隐隐发疼。这场考试要让她及格，简直比让她徒手劈菠萝，生吃带皮橘子，手抄《山海经》，还难。

　　心里挣扎了个把分钟，林戏水咬了咬嘴唇，凑到段三思身旁，小心翼翼地问："那个……我可不可以求你一件事？"

　　正握着钢笔在试卷上行云流水的段三思，转头朝她斜斜一瞟："不可以。"

　　"你……"林戏水犹如吃了一记闷棍，脸色憋得白绿白绿的。林戏水原本想与他商议商议作弊这事，岂料还未开口便被拒绝，真真是一个丁点儿人情味都没有的冰山。林戏水冷哼一声："成绩好就了不起吗？你求我抄我也不抄！"

　　须知林戏水是一个有始有终的人，自己挖好的坑，无论如何也不能跳。

　　当考试快结束，段三思把答好的试卷放到林戏水眼前时，林戏水依然端着一副"打死我也不抄"的模样，对段三思冷冷一哼，低头奋笔疾书。

　　直到出了考场，林戏水甚惆怅地望了一回天，心中悔恨的泪水源源不绝。

　　自制永远是悲哀又高贵的品格，这话是哪个古人说的来着，简直太对了。

然考试拿鸭蛋成绩垫底其实也没什么，不过是有些丢脸罢了，丢脸这种事，丢着丢着也就习惯了。

初春的时节，昨夜下了一夜的雨，都已到下午，水汽却还未干透。圣约翰大学校门处两旁种满了一排排的白檀，这种树的枝叶是白色的，微风一拂，远远看上去，白茫茫一片，犹如下雪。

"真美，若以后我有房子了，就在院子里种满白檀。"林戏水感叹了一番。

段三思在旁边盯着她瞧了一会儿，凛然道："这种树太伤感，不太适合你。"

林戏水皱眉道："那什么适合我？"

段三思转身离开，幽幽地留下一句："狗尾巴草。"

下午的街道正是热闹的时分，叮叮当当的有轨电车从街道缓缓驶来，街上的行人络绎不绝：西装革履金发碧眼的洋人，身穿银色旗袍的摩登女郎，卖白兰花的阿婆，走街串巷的黄包车夫……

林戏水怕跟丢，紧紧地跟在段三思身后，见他转身进了一家"马术俱乐部"，便连忙跑了进去。

大门口的侍卫见着段三思，连忙"啪"的一声立正行礼，却又对想要冲进来的林戏水，猛地举起枪，不让她进。

段三思闻声，转头见是她，示意侍卫放她进来，一边往前走，一边问："你跟着我做什么？"

林戏水道："现在整个上海滩都知道我是个假冒的林戏水，你说过会帮我解决身份的问题，让我留在上海，如今已过了一个月，你打算怎么帮？"

段三思在马厩里牵了一匹浑身洁白的马，翻身一跃便上了马，拉住缰绳，高高在上道："你不必担心，我自有安排。"

说完一甩缰绳，马儿箭一般地冲了出去。

林戏水站在原地，无语凝噎。

初春的天气，雨水正盛，方才还是万里无云的天空，眼下说变就变。乌云聚集在眉峰，天色更是暗得像是要滴出墨来，凉风越刮越大，满树幽香的海棠花被刮落，横泄一地。

林戏水坐在露天马场的观看席上，见段三思骑着马跑了一圈又一圈，丝毫没有要停下来的意思。这天色也越发暗，迟早要下雨，不知怎么，每次一遇到这种即将要下暴雨的天气，她都有点害怕。

正出神，不经意一转头，却发现旁边不知何时坐了一个身穿黑色大衣，头戴礼帽的陌生男人。他正拿着一份报纸聚精会神地看着，头埋在里面看不清脸。

在马场看报纸？林戏水正觉得他有些奇怪，那男人却猛地掏出一把枪，瞄准了正要下马的段三思。

林戏水心中一窒，只觉得"轰"的一声，整个人犹如被闪电击中，站起来一把推开男人正要扣动扳机的手，大呼道："小心！"

"砰"的一声，子弹射偏，打中了段三思身旁的白马，马儿吃痛，嘶叫一声倒地。段三思见状，在杀手再次举起枪之际，以迅雷不及掩耳的速度藏匿到一根大柱子后。

"砰砰砰！"

这时马场周围突然出现了一群带枪杀手，皆朝着段三思躲避的位置，集中火力开枪，来势汹汹，势要把他置于死地。

林戏水第一次经历这种刺杀现场，整个人像是被扔到了海底，手脚发麻，全身不能动弹，站在原地不知东南西北，脑子里更是乱成一团麻。就在以为自己要死在这儿时，林戏水突然觉得手上一紧，灼热的温度传来，她诧异地转头，便见段三思正拉住她的手，担忧道："快跟我走！"

话毕便拉住她往外跑，耳边以及身后持续不断掠过的子弹和枪声，犹如翻涌的海啸，快要把林戏水吞没。

跑出马场，段三思猛地把她推进街旁的黑色小轿车里，随即发动车子，一踩油门，汽车箭一般冲了出去。

就在这种恐怖的氛围中，林戏水不知自己是怎么得救的，只记得段三思开着车躲避紧追不舍的杀手。天空刹那间下起暴雨，车子轮胎被子弹打中，从山道里翻入湖中，车子被湖水吞噬，林戏水几乎失去知觉，缓缓沉入湖底……

清晨。

连续几日的风雨，已让满地落红与树叶堆积。渌水轻起波纹，山中绿树绕絮，太阳初升，鸟儿欢叫，这天气终是晴了。

林戏水醒过来时，大概是上午10点的光景。林戏水一睁眼便见自己躺在一张简陋的木床上，身上着一身农妇的衣服，仔细打量屋中摆设，似是山中农民的房子。

林戏水正纳闷自己怎么会在这儿时，门被一把推开，进来一个40岁上下农妇打扮的女人。

"姑娘你终于醒了！快起来吃点东西吧！"农妇说着，把手里端的粥和几个包子放在桌上。

林戏水从床上起来，诧异地问："我怎么会在这儿，你看见段三思了吗？"

"段三思？哦，你说的是你夫君吧？"农妇笑道，"他昨晚背着你借宿在我这家客栈，没想到你们都没带钱，我丈夫带着他去抵账了。"

"抵账？"林戏水更加糊涂，"我记得昨晚自己明明掉进了湖中……"

"哎哟……"农妇皱眉道，"你可没见着昨晚他背着你来的样子，天下着大雨，你们俩浑身湿透，我让他先去洗个热水澡，先休息，我来照顾昏迷的你，可他偏不听，硬是在你床前守了一夜。"

林戏水心中跳了两跳，大为震惊："他真的守了我一夜？"

"那还有假？你昨晚又是发烧又是胡言乱语的，"农妇笑道，"把你夫君折腾得够呛！"

林戏水干笑了两声，咳了一咳道："他不是我夫君……"

"一看你们就是新婚的夫妇，这有什么好害羞的！"农妇打趣道。

看来无论怎么解释也是浪费口舌，林戏水索性不再解释，问："那他现在在哪儿？"

"插秧啊。"

林戏水愣了一下："插秧？"

直到跟着农妇来到田野，当林戏水亲眼看到段三思一副农夫打扮，挽着裤腿，拿着秧苗在田中劳作时，林戏水懵了一懵，好半天没反应过来。

在大上海叱咤风云霸气四溢的小王爷，堂堂的两广总司令，有生之年竟会沦落到这个地步，靠插秧抵账？委实不可思议。

昨夜西风凋了一晚上的碧树，橘红晨曦拍打山脊，在薄荷绿般的微风中，林戏水突觉心情大好，分外热血地调侃道："桃李花开，松柏抽枝，再加上小王爷插秧，真乃一道美景也。"

段三思抬头见是她，阴着一张脸懒得搭理她，低着头继续一本正经地插秧。

林戏水笑了一会儿，见他没有反应，也觉得有些无趣，又看段三思神情疲惫又憔悴，一张英俊的脸像一张薄纸青里泛白，想起昨夜他照顾了自己一夜，顿时有些不忍，便挽了袖子又撩起裤脚，猛地跳进满是淤泥的田中，朝他走过去道："你这样插得插到什么时候，我来帮你吧。"

说完正要拿段三思手中的秧苗，却被他一个眼神制止住："不用你帮，上去。"

林戏水颤了一颤，又一把夺过秧苗，"哼"了一声："我偏要帮。"

段三思沉默了一会儿，瞥了她一眼，凛然道："你的感冒才刚好，若你不担心自己的身体，那随便你。"话毕，不再搭理她，弯腰把手中的秧苗插进田中。

林戏水拢了拢袖子，淡淡道："我小时候雨打风吹惯了，这点小感冒算什么……"林戏水顿了顿继续说道，"只不过，昨晚……你不但救了我，还守了我一晚上，我要谢谢你。"

原本她就是一个懒到极致的人，要不是看在他是救命恩人的分上，这大

163

冷天的，别提让她下田插秧了，即使田里铺满了金币，她也懒得去捡。知恩图报，这成语的意思林戏水还是懂的。

听她这么说，段三思插秧的手明显一顿，眼角微微上挑："不用谢我，我只是不想你葬身在荒郊野岭，以后连个祭拜的人都没有，怪可怜的。"

"你……"林戏水僵了一僵，顿时没好气道，"长得挺像人的，怎么张嘴就喷粪。"

段三思脸色白了绿了一会儿，突然站直了，伸出白皙的手指，指着林戏水身后，颤颤巍巍道："你……你身后有只老鼠……"

"老鼠！？"林戏水一惊，连忙回头，见果真有只老鼠在她身后，顿时吓得脸色铁青，一时没站稳，尖叫一声跌倒在田中，整个人浑身都是淤泥，甚是狼狈。

见状，段三思眼角眉梢都是笑意，薄唇一挑道："以前有人说，若是见到一个愚蠢的人，也不要去嘲笑她，而是去欣赏她的愚蠢，因一个人能蠢到这样也不容易，你说对不对？"

林戏水正在气头上，抓起一团淤泥便朝他脸上砸过去："对个头啊对！"

淤泥糊了段三思一脸，即使在黝黑的淤泥下，也能知他的脸色定是煞白。

以前林戏水认为自己的性子极为善变，若是当皇帝的话，便是那种上朝的时候，爱卿啊你真是朕的好臣子赏黄金万两，退朝的时候，不赏了，拖出去砍了。

可自从遇到了段三思，她才知道什么是魔高一尺，道高一丈，段三思变起脸来是极为恐怖的，譬如现在。他一动不动地站在田中盯着林戏水，眼中燃着熊熊烈火，对于这个敢扔自己一脸淤泥的林戏水，定是非常想拖出去杖毙的。果然，他咬牙对她道："林戏水，有本事你再扔一次。"

虽说眼前这人是个权可遮天可怕的人，然这也不是在上海，一个荒郊野岭的小山村，他有权也不能把自己怎么样。这么一想，林戏水的胆子瞬间之内狂飙，斜嘴笑了几声，猛地又抓起一团淤泥，朝他扔过去："你以为我不敢吗？"

"啪"的一声，淤泥再次命中段三思的脸。

"哈哈哈……"林戏水再也忍不住，指着他大笑起来，岂料笑得太欢，嘴没来得及合上，从天而降的一团淤泥，恰巧扔进了她嘴里。

"段三思！"林戏水猛地站起来，连吐了几口唾沫，依然满口淤泥，见段三思一脸嚣张的笑意，顿时火冒三丈，弯腰猛地捧起一大团淤泥朝他扔过去。

段三思一愣，见她又要把手中的淤泥砸过来，连忙抓起淤泥回击。

在岸上看田中的二人正沉浸在淤泥大战中的农妇，摇了摇身旁农夫的手，笑道："老伴儿，你看这对新婚的夫妇感情就是好，羡煞旁人啊！"

农民也轻笑几声："这可不，我们走，别打扰人家小两口恩爱。"

……

飞雁南翔，空林幽色。

天色渐渐暗了下来，夕阳映照重峦，霞光倾斜万山，将白云染成昏黄色，青山染成昏黄色，野外戍楼上的缕缕荒烟，渐渐蔓延在云间。田野上的一棵梨花树，混合着夕阳的光线，远远看上去，像是开着镶了金边的梨花。

"为什么马场里会出现这么多杀手，而且全是针对你而来的，"林戏水看着身边的段三思，不解地问，"是谁要置你于死地？"

段三思面容苍白，表情冷峻："整个大上海看我不顺眼的人，多如天上的繁星，除掉我就如同得到半个上海，不足为奇。"

林戏水看他表情云淡风轻，细想他的话不无道理，段三思这样厉害的人物，一定是很多人的眼中钉，这个世界总是充满了欲望，若哪一天世界突然和平了，倒不正常了。

微风一拂，朵朵梨花摇摇欲坠。

林戏水抬起头，看着满天的梨花，伸出手正要接住一朵花瓣，岂料眼睛里突然进了泥沙，顿时难受地揉了起来。

"你怎么了？"在一旁坐着的段三思见她眼眶通红，皱眉问。

"眼睛里进沙子了。"林戏水正用力地揉着眼眶，却感觉耳边一热，下意识诧异地抬头，正对上段三思一双深邃的眼睛，他正双手捧着自己的脑袋，薄唇向她缓缓靠近。

林戏水一惊，连忙挣扎着要推开他，却又被他一把拽进怀里。林戏水原本便靠着梨花树，这下整个人都被段三思牢牢锁住，被他紧压在梨花树上。

"你……你要做什么？"林戏水整个人都懵了。

段三思再次捧起她的脑袋，挑眉道："别动。"话毕，便朝她眼睛里轻轻地吹气。

这么近的距离，林戏水睁大着双眼，一动不敢动地盯着眼前这个人。浓眉下一双冷月覆积雪的眼睛，睫毛长得离谱，无论怎么看，这张脸都好看得无可挑剔。

鼻尖溢满了白檀香清冷的香味，似森林中的薄雾。

心里突然一热，就像是被夏日傍晚的微风轻轻吹拂着一样。不知怎么，林戏水只觉自己万年不动的心，此刻竟跳得似擂鼓，像是瞬间之内，心里面翻起一场巨型海啸，整个人都有些眩晕，脸也有些发烫。

"好了。"良久，段三思放开了她，低头见她一张脸红得不可思议，顿时嘴角浮起一抹笑意，"你以为我要对你做什么？"

林戏水也没料到自己的脸会红成这样子，顿时有些尴尬，干咳了几声："没……没什么。"

这时，段三思似被她的反应撩拨得很有兴味，又突然朝她压过去，双手撑住梨花树，把林戏水锁在怀里，直直看着她的眼睛。

"你，你又要做什么？"林戏水愣了一下，愁着一张脸，扯出个十分痛苦的干笑来。

段三思撩起她一缕头发，薄唇斜斜一挑，俯身在林戏水耳边轻轻地说："你要不要猜猜看，昨晚你叫了多少次我的名字？"

林戏水一愣，心中更是猛地一抽，脸一路红到耳根子，茫然了半晌，连忙一把推开他，慌忙站起来，转过身不敢再看他，干笑了几声支支吾吾道："做梦而已……我……我叫你，是因为太害怕了！"

段三思似笑非笑地看了她一眼，站起来拍了拍衣服上落的梨花，转身往前走："走吧。"

梨花落尽，薄云日暮。

林戏水看着他被染上落日余晖的顾长背影发愣。

这……她这是被他调戏了吗？

此番突然醒悟过来，方才自己这么怂，委实有些狼狈。

第十八章　君定不负相思意，
　　　　　　绝无别离

夜幕侵袭而来，林戏水拖着疲惫的双腿，跟着段三思有气无力地回到小农屋，还未走到门口，远远便见着一群士兵围在门口。他们一见着段三思，连忙飞奔而来，林戏水才发现带头的是段三思的副官赵无。

"司令，属下救驾来迟，身体可否有碍？"赵无一走到段三思身旁，便猛地弯腰行礼。

段三思面无表情道："我不在这几天，一切可好？"

赵无一怔，立即凑到他耳边，轻身细语了什么，段三思的眼神略有波澜，正色道："备车，回上海。"

天本已黑尽，告别了农妇二人，一路赶回上海，已是夜里10点钟的光景。

一回到小白宫，降雪见到活泼乱跳的林戏水，立马红了眼眶，抱着她号啕大哭。林戏水安慰了她好一会儿，哄好已是午夜。

而段三思一回到上海，便火急火燎去了临时政府，定是他不在的这几天，堆积了非他处理不可的军务，估摸着他又要熬通宵了。

这么一想，林戏水竟有些心疼他的身体，立即让降雪熬了碗参汤差人送了过去。

降雪笑着打趣："小姐，我发现经过这几天后，你们的关系发生了质的变化啊，你居然开始担心小王爷了！快给我说说，你们这几天到底发生了什么?"

林戏水咳了一咳,额头青筋跳得异常欢快。

此番,林戏水也觉得委实不可思议,大抵是他救了自个儿才会担心他。

定是这样,没有别的想法。

……

寒夜的天幕,银白色的冷月斜挂在树梢之上,淡淡的月光洒在临时政府长长的走廊里,显得越发空旷与安静。赵无紧紧跟在段三思身后道:"今日焉少帅在办公厅等候多时,最后见你没有回来,让我带话给你。攻打乌什,他愿意借十万军队给我们。"

段三思一怔,停下脚步:"当真?"

"不错,"赵无点点头,又皱眉道,"只不过,貂新月小姐也来过,她说她父亲貂焰时,死前曾秘密转移了一只五万精锐部队在她名下,她也想参与到这次攻打乌什的计划之中,她要报仇,除掉秦力与段崇林。"

段三思抬头望了望夜空中的冷月,神色平淡道:"我知道了。"

话毕,正要走进办公厅,赵无又叫住他:"还有一件事,林戏水小姐刚刚让人送来一碗参汤,放在你桌上了,说是……让我必须让你喝下。"

段三思一副修长的背影突然僵了僵,嘴角微微一挑,亦踏进了办公厅。

翌日,阳光从层层叠叠的枝叶脉络间折射下来,在"仙浮别墅"区的山道上印满大大小小的郯郯光斑。降雪手捧着一束百合,跟在林戏水身后,气喘吁吁道:"小姐,你是不是有病啊?有车你偏不坐,非要爬着山去柳少爷家。"

降雪这小丫头片子,跟着自己大半年,如今是性子越来越泼了,胆敢咒骂她家小姐有病。林戏水转身凉凉地瞟了她一眼:"你看你一个寒冬长了多少肉,壮得跟头熊似的,有道是春大不减肥,夏天徒伤悲。"

"我这哪儿叫壮啊,顶多算健康!"

"得,你最健康。"

降雪讪讪一笑，又皱着眉幽怨道："话说回来，小姐你这一回来，就惦记着去看那受伤的惊雀小姐，你这么担心她，好像认识很久了？"

　　林戏水一怔："我失踪这两年偶然与她相识，她帮了我不少。"

　　降雪点了点头，又道："我原以为柳少爷与貂小姐是一对，可突然又冒出一个惊雀来，这下子，貂小姐一定很伤心。"

　　"如今一切都难说，"林戏水心中悲叹一声，"只怕眼下柳放自己也还没弄清楚到底喜欢的是谁吧。他那般风流的人物，喜欢总是短暂的，惊雀决不是那个能降住他的人。"

　　刚来到柳宅，远远便听见阵阵嬉笑，待走近，便见惊雀与柳放正在花园里放风筝，二人你侬我侬，正情到浓时，委实让人羡慕。

　　"啧啧啧，这光天化日的，你们便打情骂俏，也不怕人泼硫酸。"林戏水走上前，把降雪手中的百合递给惊雀，问："看来伤全好了？"

　　惊雀笑着接过百合："托你的福，我一看到你送我的百合，当然伤便痊愈了。"

　　"你们以前认识？"在一旁的柳放，有些诧异地问。

　　林戏水轻描淡写地笑："偶然相识而已，恰巧她又成了你女朋友，我当然要来看看她。"

　　话刚说完，惊雀脸一白，连忙把林戏水拉到一旁，对柳放道："我们这么久没见，要去叙叙旧，风筝一会儿再放吧。"惊雀又转头对林戏水道："跟我走吧，戏水。"

　　降雪见二人往另一个花园走去，连忙喊道："小姐，什么时候回来啊？"

　　林戏水朝她摆了摆手："不用等我了，你先回去吧。"

　　二人来到花园角落，见柳放没有跟上来，惊雀立即道："你可千万不要对柳放胡言乱语。"

　　林戏水笑了笑："如今他对你欢喜得紧，怕是我说什么，他也不信。"顿了顿，林戏水又道："不过，看在相识一场的份上，我劝你还是不要再做什么嫁入豪门的春秋大梦了，柳放不是你的良人，早日脱身离开吧。"

第十八章　君定不负相思意，绝无别离

惊雀一愣，冷笑一声："我的事不用你管。"

林戏水深沉道："偷谁的东西不好，你偏去偷貂新月的，此番你得罪了她，她定不会放过你。"

"她算什么？只不过仗着家世好猖狂而已，如今他父亲已死，要真斗起来，她未必是我对手。"惊雀顿了顿，似乎想起什么问道，"不过你倒是真狠，竟然除掉了貂焰时？"

林戏水抹了把额头的冷汗："我来上海快一年了，却从未计划过复仇，我有什么本事去杀貂焰时。"

惊雀微微一怔："既然你没打算复仇，那还留在上海做什么？"

这一问，林戏水愣了一下，好半天没回答上来。以前她发誓要报仇，可眼下仇人少了几个，她心中也未有什么悲喜，来上海之前，她母亲便让她放下，如今，她的仇恨难道已被时间抹平了吗？

见林戏水半天没反应，惊雀思索良久，笑道："其实我早便看透你不是一个复仇的料，你天性善良，心中早已放下了仇恨，只不过是执念在折磨你而已，"顿了顿，惊雀又沉吟道，"若我没猜错，你既然不是为了报仇而留下来，应该是为了段三思吧，你喜欢他？"

林戏水猛地一愣，心中轰的一声，她僵住了。

"果然不出我所料，你真的喜欢他。"惊雀抬眼见林戏水，脸色不是发红却是发白，认为她的反应有些奇怪，大抵是自个儿也没反应过来自个儿喜欢段三思，反应得过惊了。惊雀便意味深长地说了一声"好好保重"，转身离开了。

不多时，花园已寂无人声，只林戏水独自还站在一簇月季前，抬头忽然见柳宅前多出了几棵新种的白檀，觉得诧异，然想起从仙浮入口山道一直走上来，那里也多出了好多白檀。微风一拂，白檀树投下一些零碎的树影，林戏水忽有些晕，也有些犯糊涂，记不清自己倒是什么时候喜欢上段三思的。

想了一会儿，没理清思绪，林戏水便觉得这定是错觉罢了，遂转身下山。

夜里 10 点钟的光景，林戏水才刚踏进院子，不经意一抬头，便见段三思

房间的灯亮着，觉得有些不可思议。走进大厅，望见摆在柜子上的黛青色竹叶瓶里的兰花"银边墨兰"开了，桃红相间的浅色花瓣团团簇开，每片叶子的两边都是银色的，整个空气里都是淡淡的幽香。

降雪正拿着花洒给客厅里的绿植浇水，见到林戏水，连忙笑着迎上去："小姐，你回来了？"

"段三思什么时候回来的？"林戏水脱下外套，递给降雪，不经意地问。

降雪接过外套，脸色却是一沉："小王爷也是才回来一会儿，不过……"

"不过什么？"林戏水问。

降雪支支吾吾道："那个有名的影星吴亚丽，也是一起回来的，二人……二人一同在房间里……有些时刻了。"

林戏水微微一怔，只觉心中有什么东西跳了跳，茫然了半晌，突有些感慨又怪异。虽说住在小白宫有一阵了，但林戏水却从未见着段三思带女人回来，依他那种高高在上般的人物，要什么女人没有？纨绔子弟自然是香车宝马，夜夜风流的，不足为奇。若是给了林戏水这么一个开挂的身份，估计她更加可怕，会拐来天下间一等一的美男，纷纷让他们做男宠。

这么想，林戏水便有些理解段三思了，只不过，心中却有些堵，略略有些发酸，莫名戾气十足，还很想找人打架。林戏水有些难以理解，自己此番是作甚？

降雪正端了两盏茶从林戏水眼前经过，却被她一把拦住："给我。"

还没反应过来，降雪便见自己手上的填漆编竹花卉图托盘被林戏水一把夺过，她更是以飞快的速度上了楼。

夜色渐浓，林戏水端着浅绛彩博古纹茶盏在门外敲了敲，见里面寂静无声，又无人应答，便轻轻一推，门便开了。

房间里只开了一盏松石绿釉粉彩雕瓷台灯，烟纱罩布下灯影朦胧。

林戏水诧异地抬头，便见着段三思正斜靠在沙发上，身上的白衬衫已被扯开好几颗纽扣，露出白皙而泛红的胸膛。而吴亚丽也是衣衫凌乱，正叠坐在他身上，修长的双腿盘着他的腰，二人姿势惹火。

第十八章　君定不负相思意，绝无别离

因开门的声响打断了二人，他们不约而同地转头来，直直地盯着门口僵住的林戏水。

林戏水茫然了良久，耳根灼热发烫。近日来接二连三地碰着别人的闺房之乐，林戏水觉得自己委实倒霉。稳了稳心神，终觉得这样有些不太道德，遂咳了一咳，当作什么也没发生，干笑两声道："不好意思打扰了，你们继续……继续。"

林戏水说完猛地把门关上，转身溜之大吉。

凉月已升到半空中了，周围绕着一片淡青色的墨云，花园里梅花的枝叶上已覆了一层薄薄的霜，初春的夜晚还是有些发冷。

降雪拿着一瓶红酒走进花园，见林戏水依然站在梅花树下发愣，委实觉得奇怪，便把手中的酒递给林戏水问："小姐，你是不是看到什么不该看的了，怎么一下楼就一言不发，换了个人似的，是不开心吗？"

林戏水接过酒，仰头喝了一口，叹道："开心，当然开心，所以想喝酒。"

降雪皱眉道："那为何你在这梅花树下站了快一个时辰，我叫你也没反应，魂不守舍的？"

林戏水咳了一咳，转移话题问："那个谁……走了吗？"

"吴亚丽？"降雪一愣，"你下楼不过才前几步，她便离开了，走之前还问我你到底是谁，跟小王爷什么关系呢？"

林戏水微微一怔，这问题倒把她自己也问倒了，她和段三思是什么关系呢？就连她自己也弄不清楚。

降雪看她没有答话，若有所思了片刻，眼睛亮了一亮，揶揄地笑道："小姐，我看你这番黯然伤神，明明就是为情所困啊！该不会是，吃醋了吧？"

林戏水心中一抽，天灵盖像是被闪电击中，她整个人都愣住了。怪不得最近几日，她做什么都提不起精神，心中老是莫名其妙发闷，总盼着见段三思，直到今晚撞见他和吴亚丽在一起，心中更是像是被一团麻花堵在胸口，闷得慌，看什么都不顺眼。原来她这是……这竟然是吃醋了？

不不不，为什么她连自个儿吃醋也不知道！？

"你喜欢小王爷吧？"降雪看她没有反应，捂着嘴痴痴地笑。

手中的酒瓶"砰"的一声掉在地上，破成碎片，酒水撒了一地。

降雪看着流了一地的酒，捂着下巴抬头望月，啧啧叹道："你果然喜欢小王爷。"

心中一颤，林戏水猛地抬头，震惊道："不……不可能，我喜欢他我自个儿会不知道？"

"以前不知道，但……"降雪又笑，"你现在知道了啊！"

林戏水哑然，额头青筋跳了一跳。

莫非，莫非自己真的喜欢上了段三思？这可如何是好。林戏水微微蹙眉，心中顿时堵得更慌。细想他们之间的差距不是一点两点，况且对方又是一个难以捉摸的人，至今林戏水也无法确认，段三思是否对自己有一丝的好感。

喜欢这样的人太辛苦，到头来折磨的只有自己罢了，既然知道了自己喜欢段三思，也没什么不好的，一切才刚开始，只要克制住这份喜欢就好了，现在林戏水要做的就是断绝这份念想。

活到这么大岁数，林戏水已经怕了，不是不想爱，只是不敢爱，伤疤是早好了，但那疼她还记得，光想想都令人颤抖，挺要命的。

她如今已懂得，最先动了情，起了心思的人，往往容易一败涂地。

"不早了，去睡吧。"林戏水转身，和降雪一起进了大厅。

夜半三更，林戏水仍然翻来覆去睡不着，叹了一口气又叹了一口气。

喜欢上一个不该喜欢的人，这委实让她有些伤感。

林戏水想若是活在古代就好了，不需要为儿女情长所累，渴了就用耳环换壶女儿红，饿了就烤野鸡野兔野鱼，不想动就躺在草地里看白云移形换影，无聊时跟和尚念念经，摆个卦摊帮过路人卜卦，去妓院给被拐卖来的小姑娘赎身，只学轻功，能救着可怜的人儿逃跑就行。

这么一想，林戏水竟有些想离开了。

只不过世间之大，她又该去哪里？

第十九章　明年花开复谁在，可怜黄昏

初春的天空，月淡风轻，傍晚挤压出一抹黛色的暮霭。临时政府的大门外，有几个戎装士兵手拿着枪笔直地站着，面容肃穆极了。

段三思走进了办公厅，顺着长长的走廊打开会议室的门，便看见貂新月迎了上来。貂新月道："段大司令，您可真是个忙人，一个月也见不了您几次。"

段三思神色淡然道："你不是说焉少帅也来了？他人在哪儿？"

话音刚落，便从门外传来一个声音。

"抱歉啊，我来晚了！"

闻言，段三思转头，便看见一个身穿军装、面容英俊的年轻男子走了进来，正是焉少帅。段三思对他微微一笑道："好久不见。"

焉少帅眯着眼睛打量了段三思半晌，突然长胳膊一伸，勾住他的肩膀，笑道："你小子倒是越长越帅啊！这么久不见，想我了没？"

貂新月正喝着一杯茶，这时扑哧一口全喷了出来，意味深长地打量眼前两个英气逼人的男人，啧啧叹道："可不可以不要这么肉麻？"

"你羡慕？"焉少帅一斜嘴，把段三思搂得更紧。

段三思颇为嫌弃地推开他，在肩上拂了拂。

焉少帅字子衿，是北平大帅焉时迹的二公子。焉系军阀是当下势力最大的三大军阀之一，其影响力令日本人都闻风丧胆。焉子衿从小聪明异常，尤其擅长军事作战，自从10岁那年以"瞒天过海"之计，靠7 000人军队击败敌方的10万人军队大获全胜后声名远扬，与段系军阀的段三思、王系军阀的王薄念，并称民国三少帅。

焉子衿从小与段三思、貂新月和柳放在同一个学堂念书，很是要好，后来焉系军阀势力越发庞大，已占据整个东北方，焉家便搬到了北平。因此，几个人见面便少了。

貂新月朝焉少帅翻了一个巨大的白眼："我说你小时候明明一个好少年，如今怎么变得越来越油嘴滑舌，没个正形？"

焉少帅哭笑不得："那请问貂大女王，怎么才算个正形？我又怎么不正形了？"

"你这算正形？"貂新月调侃道，"你最多就是个歪脖子树上的乌鸦，还是吓人一跳的那种。"

焉少帅干笑了一声，欲哭无泪地说："本少帅好歹也是个风流人物，在北平迷倒了多少少女，没想到在你这里，却是个乌鸦……"

段三思本坐在红木嵌影意大利式沙发上，单手支颐十分悠闲地看二人斗嘴，眼下觉得二人并没有要停下来的意思，便咳了一声，正色道："一周后，我便出兵攻打乌什。"

这话一出，让正斗嘴的二人都吃了一惊。焉少帅诧异地问："这么快？"

段三思点了点头，没什么情绪的眼里像是有一汪静夜里的深潭："我得到密报，如今秦力已与段崇林结盟，他们若抢在我们之前攻打乌什，乌什被他们得到，事情就变得棘手了。"

"可是时间这么紧……"貂新月转着耀州落花流水茶盏道，"乌什在素有'暴虎'之称的赵虎手中，极难攻下，虽说我手里有五万精锐部队，子衿也有十万军队，再加上你手上的十万，一共不过二十五万，这暴虎手下可有三十万军队，多出我们五万不说，而且此人残暴又狡猾，我怕万一有个不备……"

"我说貂新月……"焉少帅打断她，"兄弟你什么时候变得婆婆妈妈了？暴虎虽说有几把刷子，但不过一个绿林大盗出身的莽夫，对行军作战之事并不擅长。俗话说兵不厌诈，这次我们的计划万无一失，再加上有三思在，他的军队堪称'掠夺军团'，比我的都还厉害，这次我们不胜都不行。"

段三思不紧不慢地喝着一杯冷茶，云淡风轻地道："虽说如此，但这次我还是需要你，同我一道去。"

"这是自然，咱们这关系，我不帮你帮谁？"焉少帅又一把勾住段三思的脖子，笑得败絮尽现。

貂新月眼观这二人行为举止活像一对断袖，还是一对这么养眼的断袖，不由得脸色一红，找了个借口就要走。

焉少帅突然想起了什么，在她身后叫住她："对了，新月，柳放呢？"

貂新月的背影一僵，愣了一愣，头也不回地离开了。

"怎么回事？"焉少帅见她举止奇怪，又转头问段三思。

段三思垂了垂眼，一本正经道："他们小两口，大抵是闹别扭了。"

这话像是勾起了焉少帅的兴致，他若有所思地笑道："果然不出我所料，我早就便知他们之间有猫腻。"话毕，突然焉少帅又兴致勃勃地朝段三思凑过去，不怀好意地问："那你呢，快三年了，难道还放不下她？"

段三思端茶的手一顿，抬头肃然道："她已经回来了。"说完，便起身，大步走出了会议室。

"你说什么？林戏水还活着？"

焉少帅一头雾水，看着段三思的背影，如被雷劈。

……

时光如白驹过隙，转眼便是几日过去。阳光穿过白梅枝丫，微风一拂，小湖里便起了花纹。

段三思近日忙着处理军务，每次回到小白宫都是半夜了。这日中午段三思刚踏进客厅，正见着林戏水趴在桌子上吃午饭，抬脚正要走过去，却见林戏水一抬头，犹如被雷打了的鸭子般，飞快地扒光碗里的饭，对旁边的降雪说了句"我吃完了"，便低头迅速跑出了客厅，又叮叮咚咚跑上楼，锁上了门。

林戏水整个过程行云流水，犹如计划好了一般，一眼也未看过段三思，俨然已把他当成了个透明人。

不只这次，还有前几次她在湖边发呆，以及在花园里发呆，再加上在沙发上发呆，一见着段三思便躲。她这般怪异的举止，让段三思十分诧异。

他看了看空荡荡的楼梯口，走到降雪旁边，皱了皱眉问："她这几天都吃了什么？"

降雪一怔，仔细思索了一番，斟酌着答："有年糕，有湖州粽子，还有京沪小菜、呛虾、贵妃鸡……"

"没吃错什么东西，那她为何见我就逃？"段三思屏眉道。

"这个……"降雪一番思量，摇头道，"小王爷，我也不知道小姐这是为何，这几天你不在，小姐总在大门口晃悠徘徊，我以为她是在等你回来，没想到一等你回来了，她便飞快地跑回房间，然后闭门不出，我也不知道她这是怎么了。"

段三思怔了一怔，眼神有些高深莫测，脸色也有些灰白，对降雪淡淡道："你告诉林戏水，这几日不用躲我了，我几日后回来一次，便会去乌什。"

降雪愣了愣，连忙点头："是。"

"还有。"段三思垂眼，面上凉凉的，"好好照顾她，若她有个什么闪失，我不会放过你。"

降雪一惊："是，小王爷！"

见段三思转身离开了客厅，林戏水从楼梯上面蹑手蹑脚地下来。降雪看见她，朝她叹了口气道："小姐，你都听见了吧？"

林戏水点了点头，有些茫然道："他要去乌什？"

"是啊。"降雪甚含蓄地笑了笑，而后不解道，"方才小王爷还叫你不用再躲他了，我看你这阵子心不在焉的，明明非常想见小王爷，却硬要躲，我真弄不懂你了。"

林戏水一怔，恹恹地垂了眼，顿了良久，才道："你不懂。"

如今，林戏水觉得自己的心情，就如独自一人向大海掷下一块石头，却得不到回音。

她的运气一向有些差，因为通常非常开心的时候，紧随而来的便是难过，有多开心，就有多难过，所以每次很开心的时候，就会逼自己收敛一些。

这一点，对于喜欢的人也同样如此。她怕一旦喜欢上一个人，接着便是受伤。仔细一想，她也觉得自己有些可悲，现在喜欢一个人，先想到的不是怎么得到，而是怎么放弃。

曾在话本儿上看过一句话，男女之间，最难的不是情的发生，而是能将这烈火隐忍成清明的星光，照耀各自一生或繁华或寂寥的长夜。

这句话林戏水甚认同，觉得自个儿对段三思的喜欢便应如此。

林戏水叹了一口气，又叹了一口气，此番觉得自己最近也太萧索了，再这样下去，就该变成一棵墙脚掉光树叶的枯树，毫无生机。

这么一想，林戏水便有些想开了。

这几日过得甚为逍遥，日上三竿而起，半夜三更而睡，带着降雪四处溜达，什么赌场舞厅，就差女扮男装去秦楼楚馆泡妹子了。这么过了几日，竟也觉得有些无聊，寻欢作乐不过如此。

这一夜，林戏水做了一个梦。梦中有茫茫白云，遍地红梅，半空却下起大雪，眼界里天地连成一片，四处都是白。河边的红梅下，有一个模糊的人影。

林戏水想离他近一些，仔细辨认他的模样，却无论如何也看不清，也靠近不了他。

后来大雪越下越大，眼看那人就要湮没于天地之间，她的心蓦地绞痛，朝他声嘶力竭地大喊："三思，不要走！"

大雪纷飞，段三思的脸蓦然消失在半空中，突然整个世界开始陷落，她惊慌失措地逃跑，直到跌进深渊之中。

林戏水吃了一惊，猛地坐起来，摆脱了梦境。

一个人在半夜醒来，对着窗外的月光，她伸手抹了抹额头，竟全是汗。林戏水嗓子发干，想着让降雪给自己倒杯水，但又觉得眼下正三更半夜，她睡得正酣，便独自下床，开了灯，下楼心不在焉地摸索到客厅。

"啪"的一声拧开台灯，见段三思正斜倚在海蓝黄花梨木镶嵌象牙丝绒沙发上，正一手支颐，垂着眼皮，神色却有几分苍白，就那么一动不动地盯着自己。

林戏水吓了一跳，愣了半晌，反应过来是自己开灯的声音吵醒了他。林戏水原本想转身上楼，却又觉得不能做得这么明显，于是硬着头皮在他的目光中，缓缓走到旁边的桌前，端起黑釉点蓝茶盏倒了一杯冷茶。猛灌了几口，又放下茶盏，转身想立刻上楼时，她的手腕被他一把拽住。

刚刚做了那个令人胆战心惊的梦，林戏水原本便有些难受，此番见到段三思，心竟然接二连三地颤动，像是失而复得，甚至有些控制不住想冲上前去抱住他。

越发觉得自己今晚有些不太正常，便使劲地挣脱，但段三思力气非常大，林戏水挣了半天没挣脱开，一没留神，他一个反转，站起来猛地锁住她的身体，将她紧紧压在沙发上。

"你躲我要躲到什么时候？"段三思薄唇紧抿着，眼中一派汹涌的烈火。

林戏水一惊，脸先白了下，支支吾吾道："你……你先放开我……"

鼻尖全是他身上的酒气，林戏水发现他是喝醉了，便立即要推开他，腰却被他一把扣住。一愣神，毫无征兆地，唇被他封住。

林戏水脑中"轰——"的一声。

林戏水睁大着双眼震惊地看着咫尺之隔的段三思，双手不断地挣扎，转瞬间却是整个人都被他揽进怀中，压倒在沙发上，不忍拒绝的吻，霸道而强烈。

林戏水已经怔住了，想挣扎却被他紧紧压住动弹不得，只能紧紧闭着嘴唇，没想到却被他单手捏住了下巴，不得不张开嘴。他如愿以偿轻易便扣开她的牙关，舌尖探进，缠绕辗转，舔舐吸吮。

林戏水心惊，已招架不住，索性腿一抬，想要踢开他。

可哪里敌得过他的力气？

他一用力，整个人已紧紧贴在她的身上，左腿抵在她的双腿之间，另一只手稳稳攥在她挣扎间衣衫凌乱的腰上，缓缓游离而上，轻易便挑开了她衣服上的盘扣。

林戏水惊慌失措，用尽全力推拒，整张沙发都在抖动。她猛地推开了段三思，从他的身下逃也似的跳离沙发，刚站起来便又被他一把抱住，扔在沙发上。他眼里燃起熊熊火焰，俯身狠狠地压住她，之前解了一半的盘扣，此刻被他霸道地一把扯开。

林戏水身上穿着的黑色法式系带胸衣，带子轻易便被挑开，他的右手从腰间缓缓上移，带起她一阵阵的战栗。林戏水剧烈的起伏映入眼帘，诱着他低头，薄唇在她细嫩的脖颈间游离亲吻，用力吮着，灼热的吻仿佛要融入彼此的血液之中。

寂静的黑夜中没有任何声音，他倾身上前，再次吻住她的唇。

心中的震惊与抗拒已变成酥麻自腰间传至四肢，林戏水的思绪已一片模糊，不知不觉间，热烈的吻顺着林戏水的唇蔓延到耳边，鼻尖儿，胸口……

段三思衬衫半褪，微微俯身继续进攻她弯曲的双腿之间。

林戏水猛地一怔，恍如神智被泼了一盆冰水，瞬间清醒，用力抽出一只手来后，朝着段三思的脸上扇了一巴掌。

"啪——"的一声。

段三思微微一怔。林戏水推开他，慌忙站起身，穿上早已滑落于腰间的裙子，正要焦急地逃离，回头一看，见段三思已躺在沙发上，紧闭着双眼，睡着了。

清冷的月光从窗外洒进来，犹如在他的侧脸上镶了一道银色的边，这是一张无论怎么看都是一样好看的脸。

林戏水胸腔里瞬间淌过一阵又一阵暖流，不由自主地靠近他，在他身旁蹲下来，仔细打量他的眉眼。

他穿着的白衬衫领口微微敞着，脖颈间一片白皙的肌肤有些泛红。段三思衬衣的领口上系的领带早已拉扯开，苍白的面容微微泛红，五官精雕细琢英气逼人，浓眉下的双眼紧闭着，睫毛长得离谱。

不知不觉间，林戏水伸出手，覆上他的脸，他竟没什么反应，仔细斟酌了一番，林戏水低下头，正要轻轻吻上他的唇。突然，段三思紧闭的双眼突然睁开，深邃的双眼就那么盯着林戏水。

林戏水吃了一惊，脸更是一红，猛地收回手，站起来就要走，手腕却是一紧，一瞬间天旋地转，她被一股巨大的力气拉扯回来，整个人重心不稳扑倒在段三思身上。

段三思长长的胳膊拉她入怀，又吻住了林戏水。

半晌，林戏水猛地从他怀里站起来，整个人都傻了。看段三思半闭着双眼昏昏沉沉，林戏水一张脸红了红，在心中掂量一遭，觉得他这是醉得不清，又茫然了一会儿，好容易从先前的惶恐震惊中喘上一口气来，不敢再逗留，逃似的离开了客厅。

月上柳梢头。

林戏水在床上翻来覆去睡不着，身上被子上全沾染了段三思白檀香清冷的味道，她一颗心早已七上八下，颤动个不停。林戏水仔细思索了一番，若今晚她再迟疑一步，便把持不住与段三思一夜风流了。

活了这么大岁数，话本儿看了那么多，里面千篇一律写着主人公们打得热火时，通常女子们都是矜持又矜持，发乎情止乎礼，古人们教导女子要"孝恭遵妇道，容止顺其猷"。

诚然林戏水也想做一个矜持的姑娘，但她千千年才遇到一朵桃花，万万年才遇到一个心尖尖上的人，若还要克制自己，委实有些像自虐的神经病。

有道是春风十里，不如睡你。

虽说她喜欢段三思，也很想跟他一夜风流，但对于跟他的床笫之事，着实还是有些没做好准备。

眼下是他喝醉了，唔，绝不是她怂，是决不能趁他喝醉占他半点便宜。

此番，林戏水觉得自个儿是个有操守有气节的好姑娘。

第二十章　月照花林藏海雾，思君氤氲

夜色渐浓，墨黑的天空原是凉月绕树，到了后半夜，竟下起一场磅礴的大雨来，处处都蔓延着浩浩荡荡的雨雾，像是要把整个世界湮没。

点着白玫瑰熏香的房间里，貂新月穿着那一身蝉翼纱的素白睡裙，躺在玻璃镶苏绣的欧式沙发上，伸着白皙的手指，好几个下人正围着她，用"蔻丹除皮油"——去除她指甲上的"死皮"，再以"蔻丹洁甲油"，清理指甲内部，最后涂上暗蓝色的蔻丹。

这时，外面一阵骚动，接着便是"砰"的一声，房间门被人一把推开。貂新月原闭目养神，这一惊响扰动了她，她皱了皱眉，起身准备动怒。岂料一抬头，便望见柳放失魂落魄地站在门口，眼神冰冷，全身被雨淋湿，头发像是海藻般塌着，整个人甚是狼狈。

貂新月正要开口问他这是怎么了，嘴唇动了动，还未张口，柳放却已跑过来，猛地抱住了她，声音像是寒潭里的薄冰般渗透着深深寒意："新月，惊雀……惊雀她……"

听到这个名字，貂新月便想起她跟柳放已因为这个人冷战了一个月，顿时便冷着一张脸，正要赶他出去，却又听到柳放说："惊雀她死了……"

窗外突然一声惊雷混合着柳放的声音，猛地向貂新月打来，把她劈愣在原地，好半晌才反应过来，难以置信地问："你说什么？"

……

林戏水自从听闻惊雀的死讯，已过了三日之后。

阳光透过法国梧桐细密的枝叶，铺天盖地般洒下来，花坛里的梅花与茶花开得正盛，林戏水拿着剪刀，正给一株白茶花修剪枝丫。

降雪静静地站在一旁，煞是心疼地看她剪了一株又一株的茶花。自从惊雀死去这几日来，林戏水便一直待在花坛里修剪花枝，平时活泼的性子，一分钟不说话便憋得难受，可这已过去三天，无论降雪怎么跟她搭话，她都不理。

花坛里原本开得茂盛的茶花，已被林戏水剪掉了一半，整个花坛显得格外荒凉。

看着天上飘着茫茫白云，降雪叹了一口气，不免感叹一夜便是沧海桑田。惊雀与柳放在一起后，情愫渐浓，二人皆离不开彼此，不过才相识半个月，便要商议着结婚，柳放也挑好了良辰带惊雀去见他父亲。

岂料一个夜晚，柳放跟朋友一起来到大都会，竟撞见惊雀挽着他父亲柳占熊的手，一起进了酒店2楼的房间。

他不愿相信自己亲眼撞见的事实，选择欺骗自己，接下来没再去找惊雀。谁知没过几日，这事竟然被他才回国的母亲知道，她勃然大怒，派了杀手暗中刺杀了惊雀。

在这繁华的大都会，小人物的命运总是犹如蜉蝣一般渺小。

一开始，林戏水懊悔自己没有逼迫惊雀离开，不然她也不会死，可是细想来，自己接二连三地劝她离开这个地方，她却从来没有放在心上过。

"小姐，你别难过了。"降雪走到林戏水身旁，抢走了她手中的剪刀，"惊雀死得虽冤，但一切都是她作茧自缚。"

林戏水愣了一下，垂下眼帘，淡淡地说："她心地不坏，只是欲望太大，一心想往上爬，结果害死了自己。"

降雪点点头："可能一切都是命中注定……"说完，突然想起了什么，降雪仰起头兴奋地说："对了，小姐，我忘了告诉你，刚刚我接到电话，小王爷他们已一路顺利攻打到北方了，再过几日，便要攻打乌什，与赵虎作战了！"

"当真？！"林戏水心惊，眼睛亮了一亮，顿时喜笑颜开。

林戏水这才想起，段三思已离开小白宫快半月有余，自从他走后，自个儿像是被抽空了力气，做什么都没有兴致，天天数着日子，盼望他回来，这几日被惊雀的死讯打击，一时忘了时间。

乌什之战就在眼前，林戏水闭上双眼双手合十默默祈祷，只希望一切顺利，他能够凯旋。

"小姐，我听说北边有个庙宇特别灵验，"降雪见她的举动，忍不住问，"要不我们明天也去拜拜吧？"

林戏水点点头："好。"

"那我现在去准备东西！"

降雪看林戏水已恢复了往日的神采，笑着连忙往外面跑去了。

翌日清晨，林戏水醒来已是10点整，竟觉得空气十分冰冷。这已是初春的时分了，天气却一点转暖的迹象也没有，感觉今年的冬天无比漫长，好像已持续了小半年。

她裹着被子，赤脚踩在法式雕花绒毛地毯上，跳了几步去拉开窗帘，瞧见窗外的景象，却是一愣。

外面竟然下雪了。

整个天地间白茫茫一片，松树的针叶上被层层叠叠的白雪覆盖，皇冠山茶，香气馥郁的半透明鄢陵蜡梅，白中藏青的单瓣梅花，还有抽绿的杂草，皆凝着一层厚厚的雪。

"已经春天了，怎么还下雪？"林戏水皱眉看着窗外的雪景，惆怅了一会儿。

降雪开门进来，对她道："小姐，原本我们今天去寺庙祈福的，可是这大雪天的，外面不免太冷了，要不然我们改天吧？"

"不用改天了。"林戏水蹙了蹙眉，说，"乌什之战就在眼前，这样的天气竟然下雪，这么反常，只希望不要是什么不吉之兆才好。"

降雪一怔，瞳孔骤然缩紧："不会的不会的……一定会没事的！"

"嗯，"林戏水垂下眼皮，肃然道，"你快去准备东西，我们出发吧。"

"好，我这就去。"

……

这样的寒冷天气，冻得街道两旁的白檀都在瑟瑟发抖，枝叶被凛冽的凉风拂得蜷缩起来。原本是热闹喧哗的市中心，此刻寂静不已，行人渐少。山顶硕大的寺庙内，更是噤若寒蝉，万籁无声。

只有林戏水和降雪二人在大堂内跪拜，烟雾缭绕的温暖的火烛，终于显得空气不那么寒冷。

眼看林戏水在殿内双手合十，闭眼跪拜了快半个时辰，降雪担心她的膝盖，忍不住道："小姐，我们该走了，要是等会儿又下雪，山路就不好走了。"

林戏水睁开双眼，朝她点了点头，在降雪的搀扶下两腿发麻地站了起来。

正当她们踏出大门时，身后突然一个疏离的声音传来："玉龙。"

听到这个名字，林戏水愣住了，难以置信地转过身，看清眼前的人是段白时，如被电击，脑海里闪过空白。良久，她努力让自己镇定下来，当做什么都没有发生，拉住降雪就要离开，却被奔上前来的段白一把拉住："玉龙，先别走，能跟我聊聊吗？"

林戏水屏住呼吸，猛地甩开他，眼神似深深的潭水透着无边凉意："我跟你之间，还有什么话可说？"

段白愣了愣，脸色白了白："你依然不肯原谅我。"

"原谅你？呵呵。"林戏水目光毫无波澜，只眉头一凛，"你未免也太自作多情，我根本不认识你。"

"对不起，"段白略略低着头，不敢迎上她寒气逼人的视线，眼中似乎有愧疚，吞吞吐吐道："我知道以前对你做那些事情，伤了你的心，这也是我这辈子，做的最后悔的事。自从你离开玉河镇以后，我才明白，原来我一直爱的人是你，因此跟王玉墨离了婚，来上海找你。"

这番话，让林戏水冷冷一笑，好一个做的最后悔的事，当年不留余地地伤人，如今倒是一句对不起就完事了。

然这世上，最没用的就是这"对不起"三字。

林戏水"呵呵"干笑两声，神色无波无澜："好聚好散吧。"

段白脸色一僵，半晌，表情微怒，冷冷一笑："你还是和以前一样，对我依旧是若有若无的态度，若你当初不这么对我，我也不会伤你那么深。"

这话让林戏水的身体猛地一震，脸顿时白了起来，那些尘封的往事又像是海啸般席卷而来，唇咬得雪白："你未免也太看得起自己了，抱歉，那些事我早已忘记，并不会放在心上。"

"不可能，"段白惊愕地抬起眼睛，难以置信地说："我不信你对我一丝感觉也没有了！"顿了顿，段白像是突然想到什么，目光犹如毒蛇般往她身上四处打量，扯了扯嘴角，戏谑地问："还是说，你来上海这些日子，一直跟那小王爷住在一起，该不会爱上他了吧？"

这一刻，林戏水突觉心中已无悲喜，看来她终究是释然了，淡淡看他一眼，嘴唇边噙了丝笑，漫不经心道："没错。"

这话，让段白和降雪同时愣住。

但一个人的脸色是雪白，另一个人的脸色却流光溢彩。降雪激动异常，拉着林戏水笑道："小姐，你终于承认自己喜欢小王爷了，太好了！"

段白仿佛被一道闪电劈中天灵盖，身子一下僵住，瞳孔剧烈颤动。他沉默良久，冷漠的眼中闪过一丝决绝，表情却依旧沉静，不禁冷笑着说："那你未免也太可怜，竟喜欢上一个快要死的人不说，人家还是以前杀过你的人。"

这话让林戏水再也忍不住，心脏犹如被雷劈了般，突突跳得异常快，火气萦绕全身，对他再也没有好脸色："无论你怎么说我都可以，但你不可以这么说三思。"

"如果你不信，就等着看吧，乌什之战，他必死无疑。"顿了顿，看林戏水一脸铁青，段白皮笑肉不笑地说，"你可别难过，他以前亲手把毒药端给你，这也是他罪有应得，与他相比，我对你做的那些事根本不值一提，不过你失忆了，爱上他也不奇怪。"

"你到底在说什么？"林戏水瞪他一眼，目光冷淡深沉，不信对方的说辞，怒目道："我劝你别再说这些挑拨离间的话，也别想做什么去伤害三思，无论如何，我也不会再看你一眼，喜欢你一分。"

话毕，林戏水便头也不回地和降雪大步离开。

"只有我知道你的从前，总有一天你会来找我！"段白一张脸已如白雪般毫无血色，他侧脸看着她渐行渐远的背影，薄唇动了动没有再说出话来，表情如夜空中愁浓的墨云甚是凝重。

时间过得飞快，一晃便是半月过去。

是夜，微明的星光如萤火般洒在半山腰的仙浮别墅区，举目望去，树梢顶像镶了道金边，整座山里落满了光辉，光影沉浮，在这静谧的夜里，显得无比萧索。

刚看完午夜场电影回家来的貂新月，一推开房间门，便是一阵刺鼻的烟味袭来，只见没开灯漆黑的房间里，有一点烟头的星光。貂新月"啪"的一声拧开头顶上的复古水晶大吊灯，便见到柳放一声不吭地坐在沙发上，下巴上一圈青色的胡楂，凹陷的眼眶里一双眼睛犹如干涸的湖泊，丝毫没有生命的迹象，他整个人憔悴得就像是一棵快要枯死的树。

这已经过去半个月了，柳放日日醉生梦死，一喝醉了就跑到貂新月这儿来，只沉默地在沙发上睡觉，什么也不做，赶也赶不走。

貂新月抚了抚额头，觉得甚是头疼。

此番，她已忍了他半个月，眼下实在忍不住了，走过去抢走了柳放手中的烟，冷冷道："出去。"

柳放无动于衷，只是抬起了头，一张脸如白纸般毫无血色，就那么直直地看着貂新月："你回来了？"

貂新月表情冷峻："你一喝醉了酒就往我这儿跑，把我家当什么了？"

柳放默不作声，神情在天花板上悬挂的水晶灯的照射下，显得冷峻而苍白。半晌，他伸出手，突然抱住了貂新月，头埋在她腰间，有气无力地说："我心里难过，新月，别赶我走。"

从小到大，从未见到柳放这个样子，就一个小小的惊雀，竟把风流成性的柳放伤成这个样子？真是让人大开眼界。貂新月不禁冷笑两声，一把推开他："你这番要死要活的有何用？人家惊雀根本不爱你，醒醒吧。"

见柳放不发一言，貂新月又续道："她要是爱你，怎会与你父亲搞在一起？"貂新月冷冷瞟了他一眼："真是可怜。"

柳放心中一颤，一双瞳孔颤抖着，有些凄凉地笑着说："她爱不爱我，我根本不在乎。"他的嘴唇颤了颤，好半晌，才抬起头，一字一句道："是，我可怜。新月，你知道吗，从小到大，没人管我的死活。你还记得我很小的时候生病了，发烧很严重那夜吗，我父亲母亲都有事在外，下人们也睡了。我自己躺在床上，如果不是你睡不着，突然跑来找我，可能我早就死了。"

貂新月略微一怔，表情不知怎么有些不自然："当然记得。"

"在我心里，没有人比你更重要。"柳放一双雪亮的眼盯着她，轻笑了两声，"在这上海滩，什么都不缺，只缺一颗真心，我原以为惊雀对我至少是真心的，可她转眼便与我父亲在一起。我这份真心摊在你眼前，你既嫌弃，也不要。我这才发现，原来我活得如此失败，连个把我放在心上的人，都没有。"

这番话，让貂新月极为触动，她看着柳放一双通红的眼睛，有些不忍，上前一步，抱住了他，在他耳边温柔地说："你还有我。"

柳放愣住了，只觉得胸腔里瞬间被塞满了暖流，蔓延至全身，犹如斜阳瓦解了寒冰般的温暖。再也抑制不住脑海里的欲望，他拽住貂新月的手，把她一把推在沙发上，俯身吻住了她的唇。

他温柔地捧起她的脸，唇压着她，轻轻地撬开她的嘴唇，反复地轻咬厮磨，手揉着她的腰，缓缓地盘旋而上，恨不得把她嵌入自己的身体里。

貂新月怔住了，些许的抗拒却抵不过体内的迎合，她只能被动地回应着，双手勾住他的脖子，贴近他的身体，与他唇舌相缠。

窗外一阵微风刮来，带着蔷薇甜甜的花香。

他的身体压着她，一起陷进沙发中，貂新月被他吻得快要透不过气了，只能微微咬了咬他的下唇，待他的唇转移到她耳边，她便大口地喘着气。柳放用力地吮吸、啃咬，温热的气息在她耳边游离，一只手猛地撕开了她的裙子，从下探进去，在她身上抚摸，从大腿蜿蜒至腰间。

她大口喘着气，胸部剧烈地起伏着。他的嘴唇舔吸着她的脖颈，一路下行，缓缓地亲吻着她的锁骨。貂新月的丝质花边衬衫被他推高，露出法式细带胸衣。他轻轻便解开，低头轻轻含住顶尖白皙的柔软，引发她的轻颤，情不自禁闭上双眼，身体里荡起一阵阵的热流。

貂新月只觉得骨头像是要碎了，全身没有一处不疼的，柔软处更是酥痒刺麻，却有一种难以描述的舒服。她已经彻底沉沦了，迷失在淫靡的气氛之中，身体既热又烫，急于宣泄，便不由自主抬腿圈住了柳放的腰，主动迎合着。

突然，她眼中像是有烟花在炸开，觉得自己犹如被抛向半空中，最后被快感吞噬，一丝清明渐渐模糊起来，累得睡了过去……

第二十一章 衔花经冬犹绿林，
纷开且落

清晨，林戏水是被降雪的呼喊声吵醒的，她掀了掀眼皮，见降雪一张脸面无血色，像是即将被捕杀的麋鹿般，瞳孔颤抖个不停："小姐，大事不好了……"

林戏水突然有些慌张起来，脸色乍青乍白地问："怎么了？"

"乌什之战败了，"降雪脸色铁青，"小王爷他们……他们……"

天空中像是突然有道惊雷炸开般，瞬间往林戏水劈来。她整个人都呆住了，脑子突然嗡嗡作响，她尽量让自己的声音平稳而冷静："三思怎么了，你快说！"

"小王爷跟焉少帅……"降雪的声音突然哽咽起来，"还剩五万军队，被敌军困于乌什城之中，是生是死，杳无音信。"

"为什么会这样……"林戏水的眼神如同寒冰一样没有任何温度，冷酷到了极致，"明明之前一切都很顺利，不可能在最后关头出差错，是不是发生了什么变故？"

降雪缓和了情绪，点点头说："小王爷率军队到了乌什，原本把赵虎的军队一举击败，轻而易举便取下赵虎的头颅占领了乌什。可谁知小王爷他们到了乌什城中，却发现这是一座空城，别说人，就连一只飞禽走兽都没有，城中也突然下起了白色的大雪，诡异到可怕。一向警惕的小王爷认为有诈，刚反应过来要撤退，岂料早已埋伏好的段崇林与段白父子，以及秦力，带着几十万军队包围了小王爷。后来焉少帅前来营救，与小王爷共同反击，本来已经要赢了，岂料小王爷的副官赵无叛变了，把所有的枪支子弹都偷偷换成了劣质的哑弹。小王爷和焉少帅完全不能抵抗，所以只能逃，因此，退到了没有粮草的乌什城中。"

好一个狼心狗肺的赵无，段三思待他如亲人一般，他却反咬一口。林戏水替段三思感到不值，心中掠过一阵阵犹如焚心般的痛，她微微蹙眉思索了一会儿，道："他们被困在乌什城中多久了？"

"已经三天了。"降雪心急火燎地说，"只怕再这么下去，他们就撑不住了，小姐你要想想办法！"

一阵风拂来，凉飕飕的，冷得林戏水打了好几个冷战。她突然想起之前段白在寺庙里说的那些话，原是他早早便算计好了一切，或许也已算好了，自己会因为这件事去求他。如此，林戏水心中突然蹿起一阵阵的厌恶感，对这个人的憎恨又多了一分。

见林戏水沉默许久不言语，降雪越发心急，摇了摇她的手说："小姐，这可怎么办才好？"

林戏水思忖片刻，道："我自己一人的力量微不足道，眼下只能去找柳放跟貂新月帮忙了。"

"他们二人如今谈恋爱，正如火如荼，能想出好的办法来吗？"降雪皱着眉头，焦心地说。

林戏水微微一怔："他们俩谈恋爱了？这是什么时候的事，我怎么不知道？"

"小姐你不知道？"降雪道，"他们半月前就在一起了，这事让整个上海滩都闻之哗然。貂小姐和柳少爷在一起后，简直羡煞旁人，据说昨天柳少爷开了一架飞机，用彩色烟雾在空中划出貂小姐的名字和我爱你三个字呢。"

林戏水虽有些诧异，但老早便从骨子里认为这二人是天造地设的一对，迟早会在一起，只不过是时间的问题而已。眼下也只能打扰他俩的恩爱了，林戏水思忖片刻，正想开口让降雪和自己去找他们，岂料门外一个熟悉的声

第二十一章　衔花经冬犹绿林，纷开且落

音传来："林戏水，快出来！"

闻声，林戏水和降雪同时一怔，一转头便见到柳放和貂新月正站在门口。

"你们怎么来了？"林戏水问。

柳放扬了扬眉梢，肃然道："你快收拾东西，跟我一同去乌什救三思吧。"

"什么，你们要去乌什？"降雪大吃一惊，看了看柳放和貂新月，担忧地说："这可不行，小王爷走之前，嘱咐过我，无论发生什么事，都不能让小姐去乌什。"

"降雪，你先出去。"林戏水皱眉打断了她。

"小姐，你可千万别去，要是你再出了什么事，我……"降雪哽咽地说。

"你先出去吧，"柳放拍了拍降雪的肩膀，安慰她说，"我们这是去救命，又不是送命。"

这话让原本紧张的气氛，瞬间松弛下来，降雪只能点点头，开门离开。

"你们有办法了吗？"林戏水连忙问。

柳放与貂新月彼此对视一眼，都沉默着没有说话，良久，终是貂新月开口道："我们讨论了一整晚，只想出一个办法。"

"什么办法？"

貂新月凛然道："乌什城眼下已被段崇林和秦力的军队重重包围，就连一只苍蝇都难以飞进去，更别提从里面逃出来。我们只能从敌军入手，想办法去炸掉他们的军火，趁乱救出三思。"

"这个办法虽然可行，但是……"林戏水面色一沉，"敌军的军火一定守卫森严，我们要怎么才能混进去？"

柳放和貂新月同时看向她，异口同声地说："你。"

"我？"林戏水惊愕地抬起眼睛。

"不错。"柳放屏眉说，"我听降雪说，你认识段崇林的儿子段白，他一定会让你进去，到时候，我跟你一同混进去，你想办法拖延时间，我去炸掉

军火，新月去乌什城中把三思救出来。"

　　自从踏出玉河镇那一刻起，林戏水原以为此生都不会再跟段白有交集，造化弄人，她万万没想到，会再去见他，这让她又想起以前那些伤心的事情。林戏水的面色像是褶皱的白纸般毫无血色，她思忖片刻，咬了咬嘴唇，说："好，什么时候出发？"

　　貂新月和柳放都没料到她竟然这么快就决定了，都有些吃惊。

　　天空中突然响起一记惊雷，轰的一声，貂新月抬头看了看乌云翻滚将要下暴雨的天空，皱了皱眉，道："晚上就出发。"

　　院中的红梅已凋尽，水中的月色已褪尽。

　　春风十里，雨水泛滥，什么都将开始，什么都将结束。

　　黑暗侵袭，已是蠢蠢欲动。

　　良人罢远征，一夜披战袍。

　　恩恩怨怨在心底滋长成参天大树，像是张着血盆大口的巨大猛兽，要把有关联的每一个人都撕碎，并四分五裂，吞噬进死亡的黑色大河中。

　　暴雨将至。

　　从上海到乌什原本需要5天的长途跋涉，但林戏水等人一路快马加鞭，只用2天便到了。一下车，便分开行动，林戏水去段崇林的军营找段白，柳放跟着她想办法混进去炸掉他们的军火。貂新月则动用了她的人脉层层贿赂，终于偷偷进了乌什城中，去找段三思。

　　山顶上覆盖着的层层积雪还未消散，阵阵凉风刮来，刺入骨髓般的凉。林戏水看着山脚下气势恢宏的军营，心中像是有上千只蚂蚁在撕咬般，惴惴不安。

　　如今，她似乎全然忘记了与段白那些心结，虽说眼下再看他一眼，心里只会持续不断地犯恶心，但只暗暗祈祷他能答应见自己一面，只有这样才能拖延时间，救出三思。

"走吧？"柳放在身后打量了林戏水好一会儿，见她脸色苍白，虽有不忍，但时间紧迫，他也顾不得那么多。

林戏水冷漠的眼中闪过一丝决绝，沉吟道："柳放，如果我出了什么事，你答应我，不要告诉三思，你就说，我走了，让他不要找我。"

柳放身子一下僵住，恍恍惚惚抬眼不解地看着她："你这是什么话，不会有事的，相信我。"

刺骨的寒冷夹杂着凄凄的雪花，在群峰绵亘起伏中，随着枯叶缓缓坠落。风突然吹得凶猛，狂飙怒吼，呼啸而过，仿佛要刮倒整座山。

林戏水沉默良久，半晌，抬起头，眼睛似当下的千层寒冰，融不开的冰冷。她转身往山脚下走去，对柳放道："嗯，走吧。"

柳放看了看她孤寂的背影，暗暗地想，依她刚烈的性子，怕是要跟段白发生点什么了，只希望不要出什么事才好。他叹了口气，快速跟了上去。

此时已近黄昏，天空之上没有血色的彤云和暖黄的斜阳，而是暗淡低沉的乌云，悬挂在天际，犹如随时要掉下来一般，黑得吓人。

貂新月在乌什城中找了许久，才找到焉少帅。

暗淡的光线中，一座茶楼的门口，围了一群熙熙攘攘的士兵，有的在呐喊助威，有的在下注，有的彼此推搡，差点争执起来。

貂新月拨开人群，好不容易挤进去，看清眼前的一幕时，大吃一惊，愣了好半天没反应过来。

只见茶楼大堂中央摆了一张赌桌，旁边分别对坐了二人，其中一个身穿军装，披着一件黑色的披风，手拿骰子摇得正起劲儿，这人便是那焉少帅。

须知现在整个段系军阀被困于乌什城中，就要全军覆没，这种紧要关头，是个人都绷紧了神经，六神无主。可这焉少帅可好，不但一点儿事都没有，火都快烧到眉毛了,还有心思赌,真正是一个人才。

貂新月两三步走过去,一把夺走焉少帅手中的竹筒,在胸腔里冷笑几声,拿眼斜他:"我不吃不喝,一路快马加鞭赶过来救你,你倒挺有闲情逸致,都这个时候了,还有心情赌?"

屋子里瞬间安静下来,所有人都盯着貂新月。

焉少帅的表情先是犹如吃了一条死鱼,而后在看清她的脸时,又像赢了几百块钱似的,一把抱住貂新月,喜笑颜开道:"新月,你终于来了!"

貂新月推开他,皱着眉头说:"什么叫我终于来了?你怎么知道我要来?"

"这不是废话吗。"焉少帅端起桌上的酒盏,递到她眼前,眯着眼笑,"你的两个青梅竹马被敌军包围,你能忍心见死不救?"

"所以你才什么都不做,在这儿赌?"貂新月接过他的酒盏,放到桌上,缓缓看了他一眼,"焉大少爷,你这算盘打得太好了吧?我本事再大,你们这么多人,我倒是全把你们变成苍蝇救走?"

"哈哈哈……"焉少帅笑得败絮尽现,"逗你玩呢,我父亲派来的救兵快到了,到时候我们便冲出去,杀他个片甲不留!"

听这话,貂新月一直紧绷着的神经,这才缓缓舒展开来,吁了一口气,道:"那我就放心了,对了,三思呢?"

"楼上书房里,你去找他吧,我都输了,得再玩两把,把赌注赢回来。"焉少帅把目光又放回赌桌,肃然道。

看他的样子,貂新月以为他输了什么不得了的赌注,便有些好奇地问:"什么赌注?"

焉少帅头也没抬,一本正经地摇着骰子,说:"大黄,我家的看门狗。"

貂新月白了他一眼,没再搭理他,径直上了楼,去找段三思。可才上了楼梯,便听到一个焦急的声音传来:"不好了,少帅!"

她转过身,见一个士兵跌跌撞撞地闯进来,惊慌失措道:"大帅派来的十万救兵遇伏，山里突发洪水，他们被堵在外面，进不来了！"

此言一出，茶楼内瞬间鸦雀无声，犹如墓穴般死寂。

就当所有人皆还未反应过来时，又一个士兵冲进来，脸色铁青道："敌军……敌军进攻了！"

夜幕降临，暮色像是混合着墨汁，洋洋洒洒地泼在天地之间。

林戏水和柳放在军营外等了快半个小时，才有士兵前来领他们进去。到了僻静处，柳放打晕了士兵，穿了他的军装，佯装成士兵的模样，与林戏水事先约定好的分头行动。

分别了柳放，林戏水很是有些忐忑，这倒是她第一次进军营，有道是梦里挑灯看剑，梦回吹角连营，若是往常，她必定会兴奋不已，但眼下她心中如塞了个炸弹般急促不安，像是要随时爆炸。

没错，她害怕，怕极了，手心里持续不断地冒汗，还有些头晕。她此行的目的，便是拖延时间，让段白不要发现柳放，他能成功炸掉军营，若失败了……林戏水不敢去想后果，只能深深吸了一口气，又吸了一口气。

俄顷，终于到了段白的军营外，她站了好一会儿，才鼓起勇气，握紧拳头，走了进去。

撩开帷幕，便是头顶一柱光刺来，林戏水眯起双眼打量四周，入口处的一个铜鎏金画珐琅台上，摆着的紫砂瑞兽香炉里，燃着袅袅的檀香，整个鼻尖都是浓郁的香味。

眼前挡着一块黑漆木镶嵌仕女图屏风，线条挺拔，与屏扇融为一体。屏风上眉板以拐子纹攒框，下裙板采用落堂镶板，全器雕饰精湛，颇有富丽堂皇之感，一看便是段白喜好的品位。

屏风后不时传来男女嬉笑的打闹声，林戏水咬了咬嘴唇，屏息凝神地往前走去。

第二十二章　夜寂白露凉风发，
　　　　　　月下沉吟

当林戏水绕过屏风，看清眼前的人时，犹如被雷劈，愣住了。

只见旁边的宝蓝色黄花梨木镶嵌象牙丝绒沙发上，段白抱着一个女子，那女子衣衫半褪，露出纤细的大腿，段白一边抚摸着她的腿，一边亲吻着她的唇。

意识到旁边有人进来，二人停止了动作，不约而同地转头，见到门口的林戏水，皆愣住了。

"玉龙？！"段白吃了一惊，连忙放开那女子，由于速度太快，那女子还未站稳，摔倒在地。

林戏水看清这女子的长相，瞬间像是吃了一只苍蝇般，直犯恶心。

王玉墨皱着眉头从地上站起来，一边理着自己的衣服，一边瞪着段白说："你这是想摔死我吗？"

段白未理会她，两三步跨过来，对林戏水眉开眼笑道："玉龙，你怎么来了？"

此话一出，一旁的王玉墨僵住了，她这才回过头来，直直地盯着林戏水，从胸腔里冷笑了两声，道："哟，我还以为看错了呢，还真是你？"

往事突然像轰塌的大山般，向林戏水压来，让林戏水感到一种喘不过气的沉重。只是如今，她跟以前已不同，心中再没有丝毫难过，只有绵延不绝的厌恶。

林戏水的目光毫无波澜，没有搭理她，而是淡淡地对段白道："我有事要单独对你说。"

闻言，段白欣喜若狂："当真？"

话毕便朝王玉墨做了个手势，示意她离开。

王玉墨一怔，虽不想走，但也不敢违抗段白的命令，只能狠狠瞪了一眼林戏水，转身大步离开。

门被大力关上，段白便上前，一把抱住林戏水，颇为深情地说："玉龙，你来找我，是不是想与我在一起？"

这话让林戏水差点笑出声，好一个故作深情的渣男，不久前才在寺庙里告诉自己，他跟王玉墨已结束，眼下便撞见这二人翻云覆雨。如此，林戏水便悟出一个道理来，宁愿去听一条狗乱吠，也不要相信段白说的话，作出的承诺。

想当初，这人伤自己这么深，那自个儿也来陪他演一场戏吧。林戏水推开他，目光冷淡深沉："若你杀了王玉墨，我便与你在一起。"

这话像是半夜三更乌云密布的狂风暴雨，段白一张脸瞬间没有血色，他彻底愣住了，没有言语。

"不敢？"林戏水不屑地看着他，笑道，"我就知道你舍不得吧。"

这么一出棒打鸳鸯的戏，林戏水真真觉得过瘾，果然演反派比演活受罪的好人来得痛快。

刹那间，阴云布满了段白的脸，他沉默良久，这才抬起眼来，对林戏水道："只要你肯与我在一起，杀一个人算得了什么。"

林戏水气定神闲地坐在红木西式蕉叶纹沙发上，拿了个铜胎掐丝珐琅盘里的糕点塞进嘴里。她忍不住笑了，根本不信段白的说辞："你以为我还跟以前一样，你说什么我都信？段白，我不傻，以前与你的恩怨，我早就不计较了，你又何必在我眼前装深情？"

段白的脸从苍白变成煞白，他突然抽出腰间的枪，眼中的决绝一闪而过，径直走到门口,背对着林戏水道:"既然你不信,那我便做给你看。"

话毕,段白拉开门大步走了出去。

良久,门外传来一阵枪响和尖叫声。林戏水吃了一惊,诧异地走到门口,便见前方的花园里,王玉墨一动不动地躺在血泊中,死去。

林戏水心头巨震,惊愕地抬起眼睛,见段白正朝自己走过来,那张苍白的脸无比冷酷,目光凌厉,如深潭般无半点情绪,整个人带着股森然的肃杀气。

林戏水原本只是刺激一下他而已,凭自己对他的了解,段白这种在温室里长大的公子哥,别说杀人了,就连只鸡都不敢杀,没想到他竟然真的开枪打死了王玉墨。林戏水目瞪口呆地看着眼前发生的一切,心脏上像是插了一把匕首般,紧张到快要窒息。

好歹王玉墨曾是他的妻子,上一秒还水深火热,下一秒便六亲不认,赶尽杀绝。林戏水只觉毛骨悚然,几年前,他对自己何尝又不是这样?谁能想到他温润如玉的好看面皮下,却有如此一颗残忍而凶狠的心,真真用人面兽心来形容也不为过。

"你现在相信,在这世上,我只爱你一人了吗?"段白扔掉手中沾上血的枪,残暴的双眼如同捕猎中的狮子般,打量着林戏水。

眼下林戏水已不敢再激怒他,瞳孔陡然缩紧,唇咬得雪白,正在思忖如何脱身时,不远处突然一阵爆炸声传来,火光冲天,军营里顿时乱成一团。

看来是柳放成功了!林戏水暗自窃喜。

持续不断的爆炸声响在耳廓,段白早已惊慌失措。

就在这时,一个士兵跑来,对着段白面色惊恐道:"不好了,军营的弹药库着火了!"

段白如五雷轰顶,整个人都僵住了,没有再顾及林戏水,便与士兵如离弦的箭般冲了出去。

林戏水喜不自禁,正要离开这个厌恶至极的地方,岂料才走了一步,身旁的军营赫然爆炸开来,挡住了去路。她愣在原地,看着眼前的熊熊烈火,不知所措。

夜半凄风苦雨，寒烟灯冷，风雨中又卷着小雪，漫天的雪虐风饕，煞是荒凉。段三思独自站在城楼之上，面无表情地看着前方段崇林的军营，一片火海。

"三思。"

貂新月与柳放一前一后地走到他身旁。

见到柳放，段三思怔住了："你怎么在这儿？"

柳放心情甚好，无比自豪地笑道："你不会还不知道，是我炸掉了段崇林的军营吧？"

"你炸的？"段三思皱了皱眉，"我以为是焉少帅刚刚带军队去毁了对方的军营。"

"当然是我啊，这次我们炸掉了他们的军营，没有了弹药，看段崇林这个老狐狸还怎么造次，以后这乌什便是你的地盘了！"柳放笑道。

一旁的貂新月有些好奇道："我倒是好奇你怎么做到的？"

柳放嘿嘿笑了两声："若不是有戏水帮忙拖延时间，我一个人是没有那本事的。"

听到林戏水的名字，段三思的背脊僵了一僵，连忙问道："戏水也来了？她在哪儿？"

柳放答道："她看见我放火的信号，应该便想办法撤退了，我跟她事先约好，到时候来找你跟新月汇合，怎么，她还没有来？"

"没有。"貂新月蹙眉道，"她会不会还在敌军的军营里，出什么事了？"

闻言，段三思没有情绪的眼睛，瞬间像是座轰塌的山，颤抖不已。他看了看不远处依旧在爆炸的军营，突然像是飓风般朝楼下跑了去。

火光熊熊，浓烟滚滚中，林戏水一边用手捂住嘴，大声地咳嗽着，一边跟跟跄跄地躲着汹涌的大火，往出口跑去。

眼看就要跑到大门口，岂料轰隆一声，一个帐篷在大火中塌了下来，天地间便是一震，木头和各种各样的碎片，滚得满地都是。

狭窄的道路上，已经有好几具被烧死的士兵尸体，甚至还有身上起火的士兵在四处声嘶力竭地尖叫着逃窜。浓浓的黑烟，把四周渲染得阴森森，这样的场景，像极了凄惨恐怖的炼狱。

林戏水看着眼前被堵住的路口，绝望排山倒海地袭来。她一时六神无主，不知道该怎么办，也不知该往哪里逃。刺眼的烟呛得她呼吸困难，熏得她眼泪也持续不断地往下掉。

眼看前方高悬的柱子摇摇欲坠又要倒下来，她连忙跌跌撞撞地往后退，哪知脚下踢到根木头，一时重心不稳，猛地摔倒在一个破碎的酒瓶上。玻璃碴刺破了林戏水的膝盖，顿时血流不止，林戏水疼得龇牙咧嘴，眼泪像是决堤的河岸般，哗哗往下掉。

绝望像是死神巨大的手掌，紧攥住她的心脏，阵阵的恐惧快要把她吞噬。

虽然她不想死，可如今怕是要葬身火海了。这样死虽有些惨，但据说惨死的人，下辈子投胎能投个好人家，享清福，想到这儿，林戏水突然变得不那么害怕了，因这一生，她过得实在是不那么幸福。

只是，自己唯有遗憾，死了便再也见不到小王爷了。直到现在，她才发现自己竟然已经这么喜欢他，却也晚了，不免难过，眼睛快要被浓烟熏得失明般，又一颗滚烫的泪水掉在地上。

三更半夜之时，天上竟然下起了大雪，风很大，刮在脸上，像是刀割般的疼。

段三思在火海中奔跑了许久，身上披的大氅披风被火烧得破烂不堪，一双修长的手上满是伤口，额头上还被方才一根大柱子砸出了血，他只能用皮开肉绽的手捂住额头，在大火中艰难地前行。

他身后跟着的柳放，全身也是伤痕累累，对段三思惊慌道："都快翻遍了，依然什么都没有，我们回去吧！"

段三思心里升起一阵冰凉的刺痛，他绝对不能放弃："你先出去，我自己找。"

"砰"的一声,前方又一根柱子倒了下来,吓得柳放面色苍白,他再也忍不住了,一把拉住正要往火里冲的段三思,想要把他拽出去:"你疯了不成?!难道你想被大火活活烧死吗?"

"别管我!"段三思猛地推开他,狂暴的怒吼,"我一定要找到她。"

话毕,他便冲进大火中,无奈前方被一根巨大的房梁挡住。段三思不管木头烫手的火焰,便握住房梁,一使劲,手指上的皮被刮掉一大块,高温狠狠地灼伤了他的手心。鲜红的血液渗透出来,一滴滴掉在地上。

柳放不忍直视,叹了口气,无可奈何想要转身离开。

耳边却传来一阵熟悉的声音。

段三思似乎也听到了,停止了动作,屏息凝神地听着,那个无比熟悉而又渴求了很久的声音,就在耳边!

他那英气逼人的脸上,是焦急而忐忑的神情,缓缓地朝着那个声音走去。

黑烟滚滚中,段三思发现了一个石坑,上面已被辆烧到一半的马车挡住。

当头顶的木板被掀开时,一阵凉风混合着烟味灌来,林戏水头痛欲裂地睁开眼睛,便见到一张英俊而苍白的脸,那双原是冷月覆积雪的眼睛,此刻像是晃动着一池温暖的湖水。林戏水觉得自己那颗被寒冷包裹的心脏,瞬间暖了起来。

她被段三思拉了上去,被他一把紧紧抱在怀里,低沉的声音有些沙哑:"戏水!"

林戏水难以置信,以为是梦境,从他怀中挣脱开来,揉了揉眼睛道:"小王爷,你怎么会在这儿?我是不是已经死了,这是我的幻觉?"

段三思怔了怔,见她全身是伤,瞳孔剧烈地颤抖着,红了眼眶,疼惜地揉着她的头发,安慰道:"你没事,我来救你了。"话毕,低头便吻住了她的唇。

一个霸道而热烈的吻,让林戏水更觉得像是身处于梦境之中。

在缺氧的大火中待了太久太久,林戏水已有些神志不清,只觉呼吸都困难。她听不太清段三思又说了什么,只知道自己被他抱了出去,他在自己耳边温柔地说:"我失去了你一次,绝不会再失去你第二次。"

第二十三章　武陵桃花笑杀人，与君相定

林戏水在床上躺了快7天，觉得骨头都快躺碎了伤才好。她原想下床出去蹦跶蹦跶，岂料段三思一声令下"不可以"，让她还要再躺两天，直到他忙完军务为止。

她不知这人是否派了个奸细躲在房间里，无时无刻不在监视自己，否则为何自个儿想什么他都知道？

林戏水叹了一口气，百无聊赖地躺在床上，整个人呈大字形，盯着天花板发呆。

她被段三思救出来，已经过了好几天了，自己也不敢相信眼下发生的一切。因为，段三思，竟对自个儿……表白了……

表白了……

当时，林戏水在病房里，才醒过来，便见着段三思一张英气逼人的脸，线条干净利落的五官，格外地棱角分明，灼灼的目光，就那么盯着林戏水，一双修长的手握住她的手，甚为痴情地说："戏水，你终于醒了。"

须知这是林戏水神智清晰的时刻，倒是有生之年第一次听见这高冷的小王爷，竟亲昵地称呼自己为"戏水"？

这就罢了，还握着自己的手？？

这是什么情况？！

莫非他这是中邪了？

林戏水一颗小心脏被刺激到不行，已经临近崩溃的边缘。

段三思见她飞快地躲到床角去，一张嘴张成了苹果形，像只受惊的小兽，他嘴角微挑，一张薄唇动了动，笑道："你过来，我有事要跟你谈谈。"

林戏水脸上划过一丝奇特的表情，诧异地问："谈什么？"

段三思朝她走过去，坐在床上，把她拖进怀里，感觉到她的身子一颤时，嘴角勾起一抹邪笑："谈恋爱。"

话毕，不管林戏水一副犹如被雷劈的模样，捧起她的脸蛋，便深深地吻了下去。

良久，他才放开她。

林戏水一脸通红，愣了许久才反应过来，抬眼疑惑地瞧他，问："为……为什么？"

"什么为什么？"段三思看着她。

"你为什么……喜欢我？"林戏水沉默了一会儿，仰起头直视着他，鼓起勇气问，"我一直以为你讨厌我，才会对我这么冷淡，而我又这么平凡，没有显赫的家世，没有惊人的才华，更没有大胸……"说到这儿，她突然想到什么，瑟瑟发抖地看着段三思，支支吾吾道："你……你该不会要对我做什么吧？这是不是你设下的骗局？！"

"你到底在想什么？"段三思淡淡看她一眼，唇边噙了丝笑，"我喜欢你，你不信？"

"我……"有道是幸福来得太突然，林戏水一时有些难以接受，很是混乱地揉了揉太阳穴，"你给我点时间消化一下，我觉得这太不真实了。"

话毕，一阵天旋地转，林戏水突然被段三思压在床上。他闪动着那长得离谱的眼睫毛，专注地看着她，极为长情地说："虽然我也不清楚我这种身处食物链顶端，极为优秀的男人为什么会喜欢上这么平凡的你，但你放心，如果你答应跟我在一起，我会等你好好改造，因为你是我的人。"

林戏水呆住了，整个人呈短路模式，自己被压在他身下，惊慌失措，兵荒马乱。

第二十三章 武陵桃花笑杀人，与君相定

接着，段三思又是一个霸道而不容抗拒的吻，二人唇舌不停地纠缠，舔舐吸吮。

一路辗转，吻至胸前，他便轻轻吸咬住林戏水的脖子，在上面留下了印记，一只手轻轻挑开了她领口上的纽扣……

滚烫的凸起就顶在她的小腹处，林戏水的脸已烧红，身体里电流直窜。第一次未免很是紧张，林戏水浑身便开始发抖。

感觉到她的异常，段三思表情一凛，停下了动作，温柔地揉着她的头发，翘起嘴角笑了笑："虽然我快忍不住了，但你身体才康复，我不能这样就要了你。"话毕低头又咬了咬她的下嘴唇，翻身而起，站起来理了理衣服。

段三思走之前，又是抱着林戏水亲了一回两回三四回，最后真要离开时，林戏水舍不得他走，没忍住又抱着他亲了一回两回三四回。

二人翻来覆去，房间里乱成一团，直到天黑了有士兵来敲门让段三思处理军务，他才依依不舍地离开。

想到这儿，林戏水忍不住傻笑，激动得一连在床上打了好几个滚儿，直到不小心"砰"的一声，栽倒在床底下。

即使疼得她龇牙咧嘴，也傻乐着狠狠掐了掐自己的脸蛋，确定这不是梦时，笑得更加欢快了。

一向把段三思的命令当作耳旁风的林戏水，岂会乖乖听话在床上躺着，便是在某个中午，摆脱了所有看门的，从窗户悄悄溜了出去。她在乌什城中潇洒地当了大半天吃货，直到把最后一块肉塞进嘴里，甚满足地打了个饱嗝，便觉得人生圆满了。

她原计划半夜再偷溜回去，达到人鬼不知的高超境界，岂知一踏进房间，屋子里十几个士兵齐刷刷地冲过来，将她五花大绑，随后把窗户堵得死死的，将她锁在房间里，不再让她踏出一步。

林戏水吃喝拉撒都在这个套房里，简直像一只被圈养的猪。

林戏水觉得甚委屈，原极度思恋段三思，简直有想去找他，抱着他亲的

冲动，然眼下她怒了，在心里足足骂了他一个下午。

时光飞逝，转眼便是3日过去。

这日上午，林戏水躺在床上，对着一话本儿看得津津有味，正沉浸在男女主人公的爱情中不可自拔时，突然，门被打开，进来几个丫鬟，一言不发地把她从床上拖下来，又一言不发地把她拖进浴室，洗了个干净。随后丫鬟们又对着她梳妆打扮了一番，最后把她带出了房间，塞进了一辆黑色小轿车。

整个过程行云流水，只用了一个时辰，期间无论林戏水怎么问话，那些丫鬟一个个就跟哑了似的，半句废话不说，让林戏水极为恼火。

车子行驶了许久，最终在海边停了下来。

司机下车，打开车门，对林戏水颔首道："林小姐，到了，请您下车。"

"这是哪儿？"林戏水跳下车，打量了四周一圈，发现前面的海面上，停着一艘相当豪华的船。

"段司令吩咐我们，让您在船上先等他，他忙完便来找您。"说完这话，那司机没再搭理林戏水，便开车走了。

林戏水一头雾水地上了船，发现里面一个人都没有，只有一台布伦斯瑞克柜式留声机在咿咿呀呀地唱着曲儿。她打量四周，舱内是欧式风格的装扮，左边摆放着金漆提花丝绒沙发，旁边放着一个拿破仑三世布尔小单门柜，黑色果木贴片，铜鎏金纹饰，上面摆放着一个铜胎掐丝满蓝珐琅钟，蓝钢雕花的指针，在寂静的船舱内滴答滴答地走着。

地上铺着真丝花卉纹波斯地毯，其他便是白色的椅子，白色的窗帘，白色的天青釉双耳香炉，白花花一片，不用猜便知是那段小王爷的杰作。

她在红木嵌影木半圆桌旁坐了一会儿，快把蓝釉长条托盘里的糕点，唖吧唖吧都吃光了，看外面的天已黑尽，便有些无聊，起身去甲板上，抬头对着天际的星辰发呆。

就在这时，突然察觉到腰上一紧，鼻尖袭来一股清冷的白檀香，林戏水有些疑惑地转头，便见到一双微风细琢桃花般温柔的眼睛。

第二十三章 武陵桃花笑杀人，与君相定

段三思朝她挑眉一笑，极为自然地拥她入怀中，在她耳边缓缓道："想我了吗？"

林戏水呆住了，连忙从他怀中挣扎开来，一颗心狂跳不已，不敢直视他，只能略微低着头，支支吾吾道："你……你什么时候来的？"

"你还未回答我的问题。"段三思上前一步，双手把林戏水围在栏杆上，让她无处可逃，然后低下头直视着她。

这番动作，让林戏水彻底懵了。

虽说已清楚他对自己的心意，但一时还不能适应这么火热的小王爷，顿时很是羞涩，缩在他怀中，一张脸通红。

见她半天没回应，段三思托起她的下巴，斜嘴一笑："这阵子，我无时无刻不在想你。"

闻言，林戏水心中像是灌入了枫糖浆般，甜得要化了，心跳得似几千只野蜂在飞舞。她不好意思地咳了一咳："我……我也想你……可……"

林戏水一句话还未说完，唇便被他封住。

这是一个热烈而漫长的吻。段三思捧着她的脸，轻轻地咬着她的下嘴唇，一只手在她腰间游移，缓缓下移到裙角，在那抚摸片刻，手指轻轻探了进去。

林戏水被他按在栏杆上，被吻得快透不过气来，微微挣扎，段三思这才放开了她，将唇转移到她耳边，咬着她的耳垂，轻轻地说："你今天真美。"

她愣了愣，低头看自己身上的白色小提花软缎薄纱高叉短旗袍，已被他撩至腰间，露出了纤细的大腿，就快被他扒光了，顿时脸色发烫。

突然，段三思一把抱起她，便往舱内走去，一边吻着她，一边把她放在柔软的地毯上，炙热的呼吸喷在她脖颈间。

段三思脱掉身上的军装外套，便压在她身上，开始狂暴地侵占林戏水的一切。他咬着她的耳朵，沿着纤细的脖子，啃咬她白皙的皮肤，最后移到她的胸前。他没有耐心去解旗袍上的簪花盘扣，猛地撕开了领口。

林戏水虽是第一次经历男女之事，但身体却敏感无比，全身燥热，又痒

得难受。林戏水感觉到他的手在自己身上所触之处，皆像是点燃了星星之火，令她颤抖无比，于是她极为难受地呻吟了一声。

段三思看她这么难受，在自己身下蜷缩着，抗拒他进去，便有些不忍，动作缓缓温柔起来。段三思捧着她的脸，把她当成小猫般亲吻着她的唇，亲吻着她白皙柔软的肌肤，指尖滑过的地方，像是温玉般细腻，令他爱不释手。

欲望横流，林戏水被他牢牢压在身下，像是要融入他的身体里，体内的灼热在叫嚣，仿佛电流在直窜，这种亲密的感觉，舒服到快要窒息，她希望永远别停下来。

见她身体这么敏感，段三思斜嘴一笑，伏在她耳边，咬了咬她的耳朵，温柔的声音充满了前所未有的蛊惑："看来你喜欢这样，嗯？"

然而林戏水已疲倦地沉沉睡去，段三思无奈地笑了笑，关掉了一旁的水绿景泰蓝玻璃小台灯，把她紧紧抱在怀里，甚满足地闭上了双眼。

第二十四章　南风一扫迷花醉，
　　　　　　　意乱情迷

段家宅6号公馆，位于外滩寸金寸土地段上的淞西南路上，俯瞰黄浦江，是座3层的仿欧式建筑。整个建筑檐牙高耸，大门口筑有两座石狮子，巨大的石柱上雕着一条垂首衔珠的金龙，煞是威风。

段家宅外面看是金碧辉煌，里面却恐怖森然，充斥着一种剑拔弩张的气氛。

段家客厅的大堂里，左边置着透雕金漆沙发，红木西式蕉叶纹桌上摆放着两盏红茶，秦军长才端起来喝了一口，便听着"啪"的一声，蓦然抬头，见段崇林突然扬手给了段白狠狠一巴掌，勃然大怒道："废物，好端端到手的鸽子，都被你放跑了！"

段白低着头，脸色铁青，解释道："父亲，对不起，我万万没想到玉龙来找我，竟然带着目的，我待她情深义重……"说到这儿，段白握紧了拳头，脸泛青筋："她却对我下毒手！"

段崇林一脸恨铁不成钢的神情，愤懑道："我说了你多少次了，大男人应以国事为重，不要天天想着儿女私情，现在如何，我什么时候害过你？"

"父亲，我知道错了。"段白眼睛像是毒蜘蛛般源源不断地喷吐毒液，"这次我们的军火库被炸，失去乌什这块重要的地盘，一切都怪我，怪我相信了玉龙，父亲，你放心，我一定会把乌什夺回来。"

"如今段三思羽翼丰满,势力庞大,我和秦军长也无可奈何,你有什么本事能夺回来?"

听到段崇林说的话,在一旁一直沉默不语的秦力,放下手中的龙泉窑青瓷茶盏,笑道:"段军长,你这就错了,我们不仅能夺回乌什,还能把段三思一网打尽。"

闻言,段崇林有些吃惊:"此话怎讲?"

"因为……"秦力势在必得的地笑了笑,"有段大雨段司令在,谁也不是他的对手。"

此话一出,段崇林和段白的脸色刷一下便白了,二人异口同声道:"段大雨?他不是死了吗?"

"若当初我的线报没错,"段崇林有条不紊地理了理记忆,道,"是貂焰时派人来杀了他?"

"没错,"秦力道,"当时我得到貂焰时想要除掉段大雨的密报,便与段大雨合谋演了一出双簧戏。当时死的根本不是段大雨本人,而是他的替身。"

"我不明白,"段白问,"若段大雨没死,他本人又在哪里?为何会把所有军权全部转移给段三思?"

"因为这也是计划的一部分而已……"这时,一个声音赫然从门外传来,三人不约而同地回头,便见到一身军装的段大雨冷若冰霜地走来。

段崇林与段白见到他,皆如被块巨石压住般僵住了。

露深夜重,貂新月从乌什回到上海已月半有余,这半月来,日日都与柳放在一起。这夜因百乐门里的生意太好,来了个重要的客人,柳放不得不赶去处理,因此,硕大的房间里只剩貂新月一人,什么声音都没有,寂静一片。自从父亲死后,这幢房子里便剩她一人,貂新月心中突然闪过一个想法来,若是没了柳放,她不知该怎么办。

窗外一阵微风刮来,凉飕飕的,让貂新月打了一个喷嚏,便起身去关窗户,谁知这时嗓子突然发痒,她咳了几声,竟引起了连锁反应,嗓子痒得更难受,顿时咳嗽个不停。犹如蚂蚁在爬般的异物感,让她趴在床上剧烈地咳嗽，呛得眼泪都溢出眼角，咳嗽还是不能停下来。

这时，有丫鬟听见她的异常，连忙端了杯水和几粒药丸闯进去，扶起貂新月，连忙喂她吃下药丸。

貂新月为了止住咳嗽，猛地灌下一大杯水，岂料嗓子更痒，像是有蚂蚁在爬。她忍不住张嘴将水都咳了出来，不小心全喷在丫鬟的脸上。

这时，那丫鬟突然尖叫一声，貂新月气喘吁吁地抬头，见自己喷丫鬟脸上的不是水，而是血。

她愣住了，绝望地闭上双眼，看来自己这病，越发严重了。

"小姐。"丫鬟战战兢兢地开口问，"你这个月以来，已经吐了好几次血了，这可怎么办才好，你还是告诉柳少爷吧！"

"不行，"貂新月没有思考便对她道，"一定不能让柳放知道，听清楚了吗？"

丫鬟愣了愣，低眉顺眼道："是……"

青釉双凤耳玉壶春瓶座台灯旁的花瓶里，插着一大捧白玫瑰，颤颤巍巍地谢下一片花瓣。

五月十六日是乌什的灯会，每年到这个节日，家家户户都会拿着自家制作的灯，在城中游玩。

此时，十里长街灯光熠熠，人声鼎沸，犹如变成了星光闪耀的银河。

林戏水跟着段三思漫步在这万盏灯火中，她打量着各种各样的花灯，一会儿跑去看栩栩如生的金鱼灯，一会儿看古朴典雅的宫灯，一会儿又买来一只形象逼真的荷花灯，四处乱窜，直到手上拿不下。她这才想起段三思来，回头一看，却找不到他的身影。

林戏水突然有些害怕起来，她独自站在沸反盈天的人群里，不认识任何人。茫茫人海中，与一个人走失，竟然是件那么容易的事。

段三思找到她时，已是午夜，人群散去，大街上安静下来，他一路焦急地寻找着，怕她出什么意外，大汗淋漓地跑到河边，见她独自一人蹲在岸边，往河里放着一盏荷花灯。

他两三步跨过去，突然有些生气地拽住她："你怎么不回家？"

"三思！"林戏水见是他，内心一阵激荡，不过几个时辰未见，妈呀这人怎么眼睛如此好看，睫毛如此长，鼻子如此挑拨，啊……

她一时没忍住，扑了上去，一把抱住段三思，把头埋在他柔软的怀抱里，委屈道："你怎么现在才来找我？"

段三思背脊一僵，这一晚，他都快把整座城都掀了，明明是她如此蠢走失不说，还埋怨他来得太迟，瞬间有些哭笑不得，低头伸出手捏她的脸，道："你是我的小祖宗，知道我找了你多久吗？"

林戏水嘿嘿笑了两声："我不是你的小祖宗，我是你的小心肝。"

这一番肉麻的话，她也不知自个儿是怎么好意思说出来的。这大半月来，她与段三思天天都对着彼此说这些酸倒牙的情话，就连焉少帅也受不住他们二人时时刻刻在眼皮子底下撒狗粮，回了北平。

听这话，段三思眼角眉梢都是笑意，看她抱了自己这么久，一挑眉毛，轻飘飘道："小心肝，你还要抱我抱多久？"

林戏水依然嘿嘿地笑道："我还没抱够呢，不放。"

"外面夜深露重，怕你冷，回家我随你怎么抱。"

"我不。"

"放开。"

"我不要！"

段三思早已摸清她的脾性，甚为典型的不吃软就吃硬。于是，他低下头，抬起了她的下巴，坏笑道："我看你这是找睡？"话毕，一只手甚为流氓地在她臀上揉了一把。

林戏水怔住了，脸一红，吓得连忙放开了他："流氓！"

段三思看她这般反应，甚满足地笑了笑，突然来了兴致，上前搂住她的腰，灼热的呼吸就喷在她的耳边："我们来点刺激的如何？"

闻言，林戏水抖了一抖，一张脸红得快要冒烟。这半月来，段三思每天都想着这种事情，一夜好几次还不够，她被他蹂躏得不成样子。

虽很累，但林戏水又受不住他的蛊惑，次次拜倒在他身下。见她没有回答，以为是默许了，段三思便拉她进了旁边两幢高楼之间的小巷里。林戏水这才反应过来，想拒绝，下巴已被捏住，整个人都被段三思逼到了墙上。他低下头吻住了她，双手已经滑进她的上衣里。

林戏水僵住了，脸色泛红，胸口也随着呼吸上下起伏。这时，外面有小汽车驶过，林戏水一怔，拉住段三思，有些忐忑地说："我们还是回家吧？"

……

林戏水还沉浸在极致的快感中，一双眼睛很是迷离，这才清醒过来，脸一红，连忙推开他，迅速穿好衣服，有些不好意思地走到河边。见刚刚那盏荷花灯，已渐渐驶向远方，她连忙闭上眼睛许了个愿。

愿望很简单，林戏水希望永远能跟段三思这样幸福下去。

林戏水睁开双眼，见段三思一张英气逼人的脸就在眼前。他笑着问她："许了什么愿？"

"你猜？"林戏水笑得含蓄。

"我猜……"段三思沉默片刻，揶揄她道，"你一定许了让你那平坦的身材变好的愿望。"

"你滚！"林戏水给了他一个白眼，拭了拭额头上的汗。果然啊果然，之前她偷偷去问丫鬟有没有丰胸的药方，被他知道了。

段三思浓眉下的深邃双眼浮起笑意："不要再担心你身体缺陷的问题，以后你的平胸，我来养大。"

天呐……

林戏水只觉自个儿一张脸红得快要变成红烧烤乳猪了，真真受不住这人衣冠楚楚之下，却是如此的"衣冠禽兽"。

但林戏水不得不承认，这种长得干干净净的"斯文败类"，尤其"衣冠禽兽"那种，深得她心，甚为喜欢。

"你知道我的愿望是什么吗？"这时，段三思从后怀抱着她，把下巴放在她头顶上，看着河面上的花灯，声音充满着前所未有的温柔，"我想和你一起生活，每天睁眼就看见你，陪你初春赏花，浓夏纳凉，深秋听雨，冷冬看雪，我希望以后我的孩子，有你的模样。"

林戏水只觉心中颤了一颤，阵阵悸动，转头在他脸上亲了一口，嘿嘿笑了一声，装作云淡风轻地转移话题道："咳……我快被蚊子咬死了。"

段三思一愣，斜嘴笑道："蚊子也喝猪血？"话毕，他便转身往前走去。

"你！"林戏水气得吹胡子瞪眼，见他跑得飞快，便连忙追了上去，"你给我等着，别跑！"

段三思转头见她追了上来，又加快了速度。

二人你追我赶的身影，融进了沉沉的夜色之中，似一副良人美景。

翌日。

林戏水还在睡梦中时，却被人摇醒。她睡眼惺忪地掀了掀眼皮，便看见段三思一双眼睛似冬日寒冰包裹下的黑钻石，融不开的冰冷："上海那边出事了，你快起来，跟我一同回去。"

林戏水一惊，一头雾水地起了床，连行李都没来得及收，就被段三思塞进了一辆车，直到上了船。他们赶回上海只用了一天不到的时间。

而这中间，段三思一直在跟随从的军官处理军务，连口水都没来得及喝，更无暇顾及林戏水。

如此，林戏水只能问段三思身边一个得力的士兵，才得知，原是段系军阀被突然"起死回生"的段大雨控制垄断。原来他的死不过是场阴谋，他才是一直藏在暗中操控一切的幕后黑手，把所有人都视为棋子，见段三思渐渐收复了南方势力，他这才凭空冒出来，想坐收渔翁之利。

他甚至还用大权逼迫段崇林交出了军权，还让秦力也听命于他。不过一夕之间，段大雨已成为了统领南方最大的军阀。

眼下段系军阀的大部分实权已掌握在他手中，段三思手里只有一小部分。

第二十四章 南风一扫迷花醉，意乱情迷

不仅如此，段大雨还以迅雷不及掩耳之势的速度，处理一切对他有威胁的人，先是刺杀了段三思的得力干将，后又杀掉了北边王总督的二姨太，嫁祸给段三思，让二人关系决裂，拉拢了王总督的势力。

段三思之所以心急火燎地赶回上海，则是因段系军阀中有一个元老名叫段夫，是他的师父，并且手握 10 万精锐部队，段大雨这么阴险毒辣的人，必定下一步便要对段夫出手。若连段夫的势力也被段大雨收复，那么后果将不堪设想。眼下段三思只能赶回去保护他师父，把他的实权稳固在手中，才能与段大雨抗衡。

如今局势变幻莫测，翻云覆雨，林戏水不免忧心起来。

到了上海，段三思便连忙赶去见段夫，事先安排了柳放来接林戏水回去。

林戏水恋恋不舍地与段三思分开，嘱咐了他快 10 遍小心还不罢休。

段三思宠溺地揉了揉她的头发，笑道："没事的，乖，在家等我回来。"

第二十五章　竹外疏花吹尽也，
　　　　　　幽诗吊月

估摸是下午两三点钟的光景，临近黄昏，街头行人渐少，寂寂风吹尽，道路两侧呈阔伞形树冠的白玉兰，枝头香紫，高柳垂絮。

小汽车在酒馆"醉生梦死"门口停了下来，车门打开，柳放把林戏水拉下来，嬉皮笑脸地对她道："你若是不进去，那就先在这地儿等我，我去喝几杯就来。"

须知一刻钟以前，段三思才让柳放护送林戏水回家，然而车开到一半，他就要去喝酒。林戏水从乌什赶回上海，疲乏得不行，哪有精神跟他去喝酒，于是朝他翻了个巨大的白眼，道："我说柳大少爷，您能为我着想么，姐姐我困得不行，还喝什么酒啊，快上车。"话毕便一个劲儿地拉他上车。

"别啊，姐姐……"柳放挣脱了她，愁眉苦脸地说，"我这可是有苦衷的，自从跟新月在一起后，别说我的日常行踪要向她汇报，就连穿什么吃什么她都要管，更别提喝酒了。这次我好不容易趁机可以喝两口，你若不帮我，林戏水，我就跟你绝交！"

"你……"

林戏水额头渗出几滴汗，只能甚无奈地跟他上了楼。

酒馆内客人很少，一进门便有侍从领二人进了靠窗的雅间。柳放一坐下，便叫人端上了顶尖的好酒，细细地品着。

不一会儿，进来个歌女，弹着古筝哼着小曲，唱功了得。

后来,这歌女竟坐到柳放旁边,跟他嬉笑打闹起来。

林戏水抬眼打量了柳放两眼,见他目不转睛地盯着那歌女,眼中意味深长,顿时明白过来这人此行的真实目的,情不自禁啧啧了两声。

"你干吗?"柳放听见她的不屑声,转头问,"这么阴阳怪气作甚?"

林戏水拿起黑釉贴花酒盏,假装在手中把玩道:"哎,有些人啊就是喜欢三心二意,为何偏偏做不到一心一意呢?"

"说谁呢?"柳放斟酒的手颤了一颤,斜了她两眼,"谁三心二意了?"

"你啊。"林戏水似笑非笑地揶揄道:"都有了大美人还不满足,跑来跟歌女鬼混!"

柳放笑了笑,顿时明白了她口中所说的"大美人"是谁,便推开正要往他身上靠的歌女,说:"你不懂,像我这般清新脱俗的雅致之人,虽表面上看着三心二意,但从始至终,我只中意新月一人,其他的皆是过客。"

不愧是拔尖儿的风流人物,说情话的功力是炉火纯青级别的。林戏水忍住想呕吐的举动,朝他翻了个快突破后脑勺的白眼,转头打量屋子四周。

这都是民国了,可这酒馆却还是清朝的装饰,角落里的钧窑蓝釉紫斑香炉中燃着的香味太浓烈,熏得林戏水头有些晕,她实在受不了,便开了门,出去透透气。

走廊尽头有个天台,她在那里靠着栏杆吹了半天风,觉得神清气爽,但傍晚来临,天际飘着昏黄色的云朵,落日的光晕聚集在天际尽头,像是悬挂在半空中的巨大宣纸,霞光轻描淡写地勾勒出水墨画般的天空。

气温降低,微风刮在身上有些冷,林戏水打了个喷嚏,揉了揉鼻子便离开了天台,岂料回去时迷路了,找不到柳放在哪间房。

很好,这也能迷路,林戏水不得不服了自己是个智障路痴这件事实。

林戏水找了几圈,一路看过去,便觉得就是眼前这雅间了。于是,她伸出手轻轻推开红木雕夔龙门,打了个哈欠,揉了揉眼睛,很是有些困倦地道:"柳大少爷,什么时候走啊?"

说完,对方却没有反应,感觉雅间里安静得出奇,林戏水有些疑惑,这才抬眼，直到看清眼前的人是段白时，仿佛突然一个耳光，狠狠地打在她脸上。

段白也好不到哪儿去，脸惨白得跟张被揉成无数条褶皱的白纸一样，凉凉地看着她，冷笑一声，问："你怎么在这儿？"

打量了屋子一圈，发现原是自己走错了，林戏水突然有些好奇这世界是有多小，这样都能撞见最不想撞见的人，人生真是好大一碗狗血啊，不免叹了口气，便对他道了个歉："不好意思，走错了。"

林戏水刚想转身退出去，岂料才踏出一步，手臂便被段白拉住。

"这次你又想玩什么花样？"段白冷眼打量她。

林戏水只觉莫名其妙，一把甩开他："什么花样？"

段白一张脸苍白而冷漠，犹如蛰伏在黑暗峡谷中的食人花般，低沉着声音说："林玉龙，别以为上次在乌什，你与段三思合谋炸掉了我的弹药库，就可以为所欲为。你骗得了我一次，骗不了我第二次，亏我之前真心再想与你在一起，可你却这样骗我，你把我当什么，傻子吗？"

这一番话说得情真意切，林戏水差点就被他蛊惑，产生了负罪感。须知几年前，眼前这人曾把自己伤得体无完肤，如今竟好意思说他真心？林戏水不耐烦冷冰冰地拿眼斜他："你老师有教你个成语叫睚眦必报吗？我这不过是以牙还牙而已。"

刹那间，阴云布满了段白的脸，他像是被冰雪冻住了一般，青筋暴跳，但却咬紧了牙关，忍住萦绕全身的火气问："你这次来找我，又是什么阴谋？"

这人未免也太看得起自己了，她不过是走错了而已，该不会他以为自己是一天到晚闲得慌，存心跟踪他吧？林戏水突然便怒了，不屑地说："今儿在这遇见你，就是个意外，你放心，从今以后我跟你就是陌生人，我保证以后见着你倒着走，即使撞见了我也装作没看见你。因为，你不值得再占据我眼里的一分位置。"

段白僵住了，一双手止不住地颤抖，他手中原本端着盏青白玉螭龙纹酒

第二十五章 竹外疏花吹尽也，幽诗吊月

杯，没拿稳，"砰"地摔在地上，碎成几片。

未再理会他，林戏水便推开门想离开，岂料听见他在身后揶揄道："你该不会以为段三思真心喜欢你吧？"

见林戏水停住脚步，段白轻蔑地扯了扯嘴角冷笑一声："我派人查了你的真实身份，你果然不叫林玉龙，而是叫林戏水，竟然还是那个林太太失踪了两年的女儿。"

林戏水仿佛被一道闪电劈中天灵盖，身子一下僵住，恍恍惚惚抬眼不解地看着他："你说什么？"

"你不是没有去玉河镇之前的记忆吗？"段白皮笑肉不笑道，"知道这是为何吗？"

很久以前，母亲告诉林戏水，她之所以没有以前的记忆，则是因她生了一场大病，把所有的事情都忘光了，但直觉告诉林戏水，真相并不是这样。因无数次，她在半夜被心脏的剧痛惊醒，甚至总是做同一个坠落到悬崖的梦。

林戏水瞳孔剧烈颤动，但表情依旧沉静："为什么？"

"因为……"段白冷冷笑道，"你以前跟段三思在一起过，但他爱上了另外一个名叫周荷雨的女人，你受不了打击，在周荷雨的车上做了手脚并害死了她，据说她肚子里还有了段三思的孩子。后来，段三思为了报仇，亲手把毒药端给了你，你伤心欲绝地喝下，所有人都以为你死了，但不知为何你又被秘密送到了玉河镇……"

林戏水犹如被雷劈了般怔住了，心头巨震，仿佛瞬间有几千把锋利的刀子向她飞来，被割得全身都疼。

不可能。

段白这番话若是放在两年前，自个儿可能会傻傻地相信，因那时的自己是何其脓包，爱段白是爱得何其死心塌地，即使他说怕五百里之外的小树林里有孤魂野鬼，自己便会拿了符咒去驱鬼。

但爱一个人，通常智商都是呈负数的，这很正常。

只可惜眼下林戏水对他没有一丝好感，也累了他处心积虑编这些谎话来

坑自己，她虽有些蠢，但不至于蠢得无可救药。

于是，林戏水淡淡看他一眼，嘴唇边噙了丝笑，漫不经心道："你这些话哄哄三岁小丫头还可以，我不信。"

段白像是早预料到了她的反应，黑色琥珀般的眼睛如捕猎中的狼一样，怜悯地看着林戏水："若你不信，何不亲自去问问段三思，看究竟是我骗了你，还是他骗了你？"

"不用问也知道，"林戏水怒视着段白，冷冷道，"他不像你那么道貌岸然，不会对我做那些事情。"

"啧啧啧，你真是傻得可怜。"段白瞟了她一眼，拿起茶盖拨了拨水面的浮叶，嘲笑了几声，"如今段系军阀已被段大雨控制，过一阵子我和父亲便会离开上海，回玉河镇。你我之间算是两清了，看在以前的情分上，我再劝你一句，离开段三思。他杀了你一次，就会再杀你第二次。"

林戏水一张脸就像是寒冰一般，冒着冰冷的白气，她咬了咬雪白的唇："不用你管。"

遂转身离开。

只是刚关上门，她心中却突然升起一阵冰凉的刺痛，像是被一道冰锥猛地刺穿了身体，致命的疼痛袭来，大脑瞬间空白。她捂住心脏，蹲下身靠着墙壁缓了好一阵，那疼痛才消失。

林戏水虽不想相信段白说的话，但若他说的全是假的，为何那些场景这么熟悉，为何每次自己一回忆以前的事情，心中便会剧痛？

明明就像自己亲身经历过，可却什么都想不起来。

"戏水，你怎么了？"柳放见她这么久没回来，担心是出了什么事情，便出来看看，岂料一推开门，便见她一动不动地蹲在墙脚，于是飞奔过去扶起她，却见她毫无血色的一张脸，吓一跳，"你脸色怎么这么白，身体不舒服？"

林戏水抬头，痛苦万分地道："柳放，你能告诉我，两年前，段三思为什么会杀我吗？"

第二十五章 竹外疏花吹尽也，幽诗吊月

柳放蓦然一怔，眼睛深得像是一潭幽黑的湖水，表情甚是凝重。他沉默着没有言语，好半晌，才嘴角微启道："我先送你回小白宫，再告诉你一切吧。"

天已渐渐黑了，夕阳洒下来，像是在安静的小白宫里镶了一件朦胧的薄纱。

房间内左边的柜子上，放着个意大利式座钟，金色车轮形表盘搭配宝玑式蓝钢指针，阿拉伯数字珐琅时标。底座上是一幅精美的浮雕，太阳神驾车带领着凯旋的队伍穿梭于云间，众神之首的荣耀赢得一切爱戴和赞美，天使拿着月桂花环为他们开道，穆斯则将所有的一切载入史册，万古流芳。整座钟极富动感，气势非凡。

这是段三思费了好些力气才买来的，送给林戏水，据说昂贵得出奇，能在外滩买下一大幢宅子了。

房间里安静得出奇，只有秒针在嘀嗒嘀嗒地游走。

柳放脑海里时间的指针拨回两年前，他看着林戏水，开口道："两年前……"

两年前，段三思与林戏水在一起，二人的感情如火如荼，很是炙热，难舍难分。

但当时，段大雨想要栽培段三思，觉得如果他和林戏水在一起，便浪费了根好苗子，自古红颜多祸水，因此打算除掉林戏水。段三思得知消息，为了保护林戏水周全，便与歌女周荷雨演了一出好戏，好让林戏水以为自己不爱她，能死心离开上海。

后来，段大雨以为段三思与周荷雨真的在一起，便派人除掉了周荷雨。段三思怕他再对林戏水下手，为了混淆段大雨的视线，故意相信是林戏水杀了周荷雨。

林戏水以为自己喝下的是毒药，但她不知道，她喝的其实是西方的安眠药。

后来，段三思让副官赵无秘密护送林戏水出上海，结果在途中被段大雨

的人埋伏，林戏水被劫走，从此下落不明。

当时，段三思恳求段大雨交出林戏水，段大雨却说林戏水已经被他杀了。

段三思一时接受不了这巨大的打击，当场摸出枪，便打中段大雨的右腿。段大雨大怒，一气之下收掉段三思手下的所有军权，还把他囚禁在骊山，囚了半年。

说到这儿，柳放顿了顿，微微皱了皱眉思索了一会儿，看着林戏水，忽地极为怜悯道："那半年，你知道段三思是怎么活过来的吗？他日日酗酒，把自己灌醉，整个人瘦得不成样子。我记得有天晚上，他发高烧，要不是我恰巧去探望，可能他的命都已经没了。"

天边的残阳从窗外刺进来，林戏水一张苍白的脸被染上微黄的夕阳，十分萧索。她心中掠过一阵阵犹如焚心般的痛，快要不能呼吸。

柳放续道："他为你做了那么多，但所有人都以为是他杀了你，所有人都以为他是个残暴的小王爷。"

林戏水深深吸了一口气，道："柳放，我不是真正的林戏水，我只是一个假冒她的人。"

"这个，我早便知道了，"柳放坐直了身子，眼尾含了点笑意，对着她道，"但你不是林戏水，你又是谁呢？一开始，我和新月都以为你是假冒的，可有些时候，你又那么像林戏水，恐怕段三思也分不清你到底是不是林戏水了。"

闻言，林戏水如五雷轰顶，僵住了。

一瞬间，好像所有人都说自己是林戏水，可她明明叫林玉龙，她的父亲是总督，母亲名叫王思雨，自己怎么可能是真正的林戏水？

可为什么，心中竟然那么难过。

原来，段三思曾那样爱过一个人。

难道是因为，曾经被他那样爱过的人，却不是自己。还是说，他之所以与自己在一起，恰巧因为自己跟他最爱的人，长了同一副相貌？

都过这么久了，他依然还是忘不她吧。

第二十六章　三分春色二分愁，一分风雨

岁月流逝，天气逐渐炎热起来。

这日下午，段夫于大国院看完一出戏，坐车回家，行至树林，忽前面突窜出数个大汉来，彪形虎躯，状极凶悍，朝着他的车便是"砰砰砰"好几枪。

司机被打中，顿时汽车失去控制，朝座小山丘撞去，段夫临危不乱，急忙上前握住方向盘，一个急刹车，汽车在被撞时，终于停下来。

忽车前又闪出数人，段夫不动声色，抽出腰间的枪，打中数个刺客。他打开车门，走到一个中了枪，却依旧想要逃跑的杀手身前，毫不费力地便擒住了他。

那杀手跪地求饶，具言受段大雨密令，来刺杀段夫，不得已而为之。

段夫冷笑一声："饶你也可，但你须转告段大雨，此后勿再行此鬼蜮手段。"

话毕，突然一声枪响，不知从哪个方向射来的子弹，打中那刺客的太阳穴，刺客倒地死去。

段夫怔了怔，一抬头，便见段大雨从竹林掩映中走出来，他面色阴冷道："这人好大的胆子，竟敢刺杀段护军使，幸好我路过此地，抢先杀了他。"

好一个路过，段夫突觉得此人阴险狡诈之极，不禁怒道："你别再装好人，这人不就是你派来刺杀我的？"

段大雨愣了愣，狞笑道："那我可就有话直说了。你我相识多年，我自认平日待你不薄，与你称兄道弟，如今在我称霸南方的危急关头，若你肯将手中的十万精锐部队交于我，今后你有任何需求，尽管来找我。只要我段大雨活着，便不会亏待你。"

这番话，让段夫微哂道："若是真的兄弟，你怎会派人来杀我？我手上的势力，早就交给段三思了。段大雨，你别再痴心妄想！"

段大雨被他一驳，不觉怒气上冲，便道："你蔑我太甚，即使你与段三思结盟，也不是我的对手！"

这时，周围突然窜出一群士兵来，团团围住了段夫，举着枪指着他。

段大雨威胁他道："肯不肯把十万军队给我？"

"做你的春秋大梦！"段夫冷哼一声。

闻言，段大雨盛怒，无名火窜起三丈，他做了个手势，士兵们便同时开枪。

一阵枪响，从四面八方窜来的子弹，让段夫连中数枪，倒地不起。

良久，见段夫一动不动已死去，段大雨便走过去狠狠踢了他的尸体一脚，怒目鹰视道："我呸！敬酒不吃吃罚酒！"

话毕，拂袖转身而去。

夜深露重。

冷白色的月光铺洒在寂静无声的树林里，一辆小轿车驶来，惊动了树梢上的乌鸦，凄然鸣叫了一声，扑打着翅膀飞走。

段三思赶到时，地上段夫的尸体，已像块冰般僵硬无比。

"师父，对不起，我来晚了。"

段三思一双眼睛通红，月光把他的脸衬得雪白。他双手握拳，指甲掐进了手心，血星星点点地渗透出来。

他双腿跪在地上。

顿时，他身后的士兵也跪倒一片。

第二十六章　三分春色二分愁，一分风雨

远方的乌鸦又传来一声凄惨的尖叫，这声音仿佛撕开白纸般，把寂静的夜空撕碎成明晃晃的两半。

清晨八九点钟的光景，晓色云开，春光凝绿，正是一年当中最好的时节。

林戏水醒来时，睁眼便见降雪伫立在一旁，扶自己起来洗漱。过一会儿，她又端来早餐，海棠形青白玉托盘里，放着牛奶、吐司等西式早餐。

往常也未见爱偷懒的降雪这般服务周到过，林戏水顿时有些诧异道："你怎么把早餐送到我房里来了？"

降雪笑道："是小王爷吩咐我这么做的，说一定要让我好好照顾你呢。"

"三思回来了？"林戏水有些惊诧，这阵子，他一直都在临时政府处理军务，忙得不可开交，仔细一掂量，自己有大半个月未见着他了。

降雪点点头，脸色变得有些怜悯："小王爷的师父去世那晚，他跪了整整一夜，这段时间，对外他要提防段大雨，对内又要处理一些叛变的下属。昨日我照你的吩咐，把你亲自炖的参汤送给小王爷，见他整个人都消瘦了一大圈。"

听到这些，林戏水不由得怔住了。原来，发生了这么多事，自己竟然什么都不知道。

林戏水顿时，极为心疼，很是自责："他在哪儿？"

降雪道："小王爷去大国院了，据说最近上了一出戏剧，那女主角演技了得，票都售罄了。小王爷原想等你醒了一同去看的，但凭我对你的了解，平常最不喜欢这些东西，就说你已经看过了。"

"你……"天知道林戏水有多想见到他，没想到被降雪这厮给阻碍了，忍不住抬手朝她额头扔了个爆栗，"谁告诉你我不喜欢看戏剧的？！"

降雪吃痛，委屈道："你忘了上次我陪你去看，你看到一半就睡着了吗？"

"这当然要看跟谁一同去看啊，"林戏水额头青筋跳了一跳，"跟三思看，

我怎会睡着!"

"啧啧啧……"降雪揶揄道,"果然我不能跟小王爷比。"

林戏水朝她翻了一个白眼:"快去备车,我要去找三思。"

"是……"

位于城郊的大国院,是大上海鼎鼎有名的剧场,也是达官显贵最喜欢去的地方之一,里面排演的戏剧通常一票难求,没有点权势的人根本别想进去。

林戏水与降雪本担心买不到票,岂料降雪才说出"小王爷"三个字,那检票的人便把二人放了进去,什么都没问。

这让林戏水极为咋舌,顿时发现原来小王爷的名号,竟然有这么大的用处。

以后就大可用他在大上海蹭吃蹭喝了,一想到这儿,林戏水不自觉笑出了声。

"小姐,你不进去,傻笑什么呢?"降雪在她身后疑惑地问。

林戏水拍了拍她的脑门,嘿嘿笑了几声:"以后,咱俩都是有小王爷罩的人了。"

"你才知道啊?"降雪用看智障一样的表情看她,"你是小王爷心尖尖上的人,以后谁敢动你一分一毫?"

闻言,林戏水笑得含蓄,伸出手指朝降雪不要脸地比了个"耶"。

过了一会儿,林戏水和降雪走进剧场,发现里面竟然一个人都没有,舞台下的几百个座位空空如也,整个空间显得异常安静。

"降雪,我们是不是走错了,怎么一个人都没有?"林戏水打量四周,有些惊讶地看着降雪说。

降雪也疑惑地揉了揉后脑勺:"这……我也不知道呀!会不会是戏剧结束啦,表演完了?也没看见小王爷……"

"唉,算了,回家吧,白跑一趟。"林戏水十分惆怅地说完,转身正要离开，突然察觉肩膀上好像有什么东西，于是伸出手拂了拂，一片玫瑰花瓣随之摇摇欲坠，"哪儿来的玫瑰？"

就在这一瞬间，她突然发现，头发上，身上，衣服上全是玫瑰花瓣。林戏水诧异地抬头，发现空中竟然下起了玫瑰花瓣雨。

花瓣层层叠叠，微微下坠，整个世界犹如被红色的烟雾笼罩。

"小姐，好多玫瑰花瓣啊！美爆了！"降雪震惊至极，犹如只鸭子般旋转跳跃地接着花瓣。

这时，舞台之上，有个颀长的身影渐渐从阴影里走来，林戏水十分疑惑地打量他，却怎么也看不清他的脸。一柱银白色的灯光打在他身上，像是蒙着白雾般，铺天盖地地在他挺拔的身影周围，镶了道熠熠生辉的白边，那双狭长的眼睛被笼罩在眉毛的阴影里，正深情款款地盯着林戏水。

见段三思那张英俊的脸轮廓越发清楚了，林戏水顿时犹如只饿狼般，十分欢快地往台上扑了过去。

红色烟霞般的玫瑰花瓣中，舞台上的段三思眉开眼笑地朝林戏水伸开了双臂。林戏水一个狂奔，猛地扑到段三思怀中，双腿盘在他的腰上，抱着他的头便十分豪放地往他嘴上舔了一口，颇为兴奋道："三思，我想死你了！"

段三思挑眉一笑，薄唇贴近了林戏水的脸颊，也舔了她一口："我也是。"

"有多想？"林戏水眼中神色微动，嘿嘿笑了两声。

"对你何止一句想念而已，"段三思修长的手指覆上她的脸，深情的眼神里像是晃动着一潭温暖的湖水，用前所未有的长情道，"完全是想把风雨云月全部献给你的痴情。"

这一番情话，让林戏水怔了怔，瞳孔剧烈地颤抖着，她非常不好意思地捂着脸偷笑了几声，又捧着段三思的脸，一连吧唧亲了好几口，看着空中依然摇摇欲坠的花瓣，问："这些花瓣是你准备的吗？"

段三思点点头，眼尾含了点笑意："喜欢吗？"

"喜欢。"林戏水笑得更加欢快了，只觉得一颗心瞬间被塞满了暖流，炙热得像是夏日徐徐的微风。

在一旁全程像透明空气般存在的降雪，实在受不了这二人喂的黄金狗粮了，咳了一声，岂料这二人没搭理自己，她便又咳了一声，谁知依然被忽略……她只能低头叹了口气，颇为羡慕嫉妒地转身，打算轻轻地离开，不带走一片云彩。

可她一转身，便赫然发现后排的出口闪过一抹黑影，那速度堪比闪电，她还未来得及思忖这人是谁，对方便如头疯狼般冲过来。降雪见这人穿着一身黑衣服，一只手在口袋里摸索着什么，她正要开口问他是谁，便见对方突然掏出一把枪，子弹上膛瞄准了台上的段三思和林戏水，扣动扳机。

"砰"的一声！

降雪如五雷轰顶，容不得她思考，便下意识跑上前，替二人挡下了子弹。

撕心裂肺的疼，犹如海啸般翻滚着袭来，降雪捂着中了枪血流不止的胸口，一阵阵撕裂般的疼痛，让她快不能呼吸。降雪的大脑瞬间一片晕眩，身体支撑不住，一头栽倒在地。

"降雪！"

林戏水见她被枪打中，像是被雷击，奔过去扶起晕倒在地上的她。

就在这时，剧场里瞬间涌入了一群杀手，集中火力地开枪。

段三思为了掩护林戏水，让她把降雪带走，好不容易跑到大门口，掏出腰间的枪，一连打中了外面好几个杀手，然寡不敌众，他肩膀上也中了一枪，眼看杀手越来越多，再不逃走便必死无疑。

"小姐……"震耳欲聋的枪声中，降雪推开拉住自己手的林戏水，有气无力地说，"我给你们掩护，你们走吧，不用管我了。"

"你说什么？"林戏水愣住了，脸刷的一下变得雪白，"不行，快跟我们走！"话毕，便要去拉她。

岂料降雪后退一步，挣脱开她，朝林戏水笑了笑："小姐，能认识你和小王爷，是我这一生当中最幸运的事情，你们一定要幸福，再见了。"说完，她猛地把林戏水推到门外去，然后又用尽全身的力气，"砰"的一声，关上了门。

"降雪！不要！"林戏水怒吼着，拼命地砸门。

突然，她身后冲出来两个杀手，朝着她后脑勺便是用力一击。林戏水眼前突然一片漆黑，她失去了知觉，闭上眼睛，滚烫的眼泪流下来滴在地上。

夜幕降临。

虽是初夏，天气寒肃，还微微泛着凉意，暮色掩映的残阳里，云淡寥廓，孤雁嘹唳。黄浦江畔，有一画舫，每当一到夏夜，暮霭将沉，十里荷花三面柳，便万声齐沸，来吃饭的人络绎不绝，也是个休闲寻乐的好去处。

因这画舫中是名噪沪上的饭庄——林贤堂，一年当中只有夏天才开放，因此，每逢湖水荡漾，新荷当户，高柳摇窗之际，林贤堂画舫前便车水马龙，食客云集。这里的名菜则是鱼翅席、海参席等，深受官僚豪门、文人墨客的青睐，通常一位难求，要提前预订。

柳放三月前便定了位置，昨日才通知他画舫内终于有了位置。因此，今晚他便领了貂新月来吃饭。

这是一幢2层洋楼，里面的花园旁有一座喷水池，从东侧边门进去，一楼是餐厅，环境十分典雅，还有钢琴师演奏肖邦的名曲。

"新月，你要吃什么？"柳放把菜单递到貂新月面前，笑着问，"这里的炙鲥鱼、冰蚕蛾、橙子冰激淋、澳大利亚翠鸟鸡、白浪布丁、熏鱼都很受欢迎，据说味道不错。"

"这些菜就想打发我？"貂新月把菜单斜扔回给柳放，双手环胸，冷冷地道，"我要吃醉蟹、燕窝、满汉全席。"

不知为何，半月前柳放跟林戏水去酒馆喝酒的事情，被她知道了，她大发脾气，足足两天没有理会自己。柳放没辙，只能变着法儿地哄她来吃饭。

他一向了解貂新月，一到初夏便喜欢吃醉蟹，但要在这么有名的餐厅里吩咐厨师做醉蟹，委实很艰难。因此，费了好大劲儿才买通厨师，提早把醉蟹交给服务员。

不一会儿，服务员便上了菜，貂新月原本想故意为难柳放，这一下子，她看着桌上的醉蟹，吃了一惊。

柳放睁大双眼兴致勃勃看她的反应，嘴角微微上挑："世间好物，利在孤行，蟹之鲜而肥，甘而腻，白似玉而黄似金，已造色香味三者之至极，更无一物可以上之。我认为蟹最好的做法，是将全蟹蒸熟，贮以洁白如冰的大盘之中，而且必须亲自剥着吃，让别人代劳，味同嚼蜡……"说到这儿，柳放夹了一只醉蟹放进貂新月的餐盘中，笑了笑："要是自己从蟹的腿、螯乃至躯壳一点一点剥着吃，仔细品尝，其乐无穷。"

早知柳放不仅仅是一个吃货，还是一个很讲究的吃货，貂新月对于他对蟹的吃法知道这么多，也不为奇，但他竟然猜到了自己想要怎么为难他，顿时，十分不悦。就在这时，服务员又端来燕窝，于是她眼珠一转，故意想让他在自己面前出丑，便冷笑了一声，说："那燕窝最好的做法是什么？"

柳放似乎早已习惯了她的刻薄，于是拿起桌上一个精致的白瓷戬耳酒盅，在手中把玩，含着笑意，道："燕窝贵物，原不轻用，如用之，每碗必须二两，先用天泉滚水泡之，将银针挑去黑丝，再用嫩鸡汤、火腿汤、新蘑菇三样滚之，看燕窝变成玉色为度。"

貂新月愣了愣，面无表情道："没想到你竟然深谙各种食材的做法，对吃的如此了然。"

"那是自然，我从小吃遍山珍海味。"柳放荡出一个不要脸的笑来，"在这上海滩，我敢说没有人比我对吃的更为在行。"

貂新月抬眼瞥了他一眼，又想出一个法子来为难他，高深一笑道："我就不信考不倒你，那你知道满汉全席的菜名是什么？"

"这就想考倒我？听好了。"柳放眉梢微微一挑，胸有成竹地说，"头号五簋，有燕窝鸡丝汤、鲍鱼烩猪筋、鲜蛏萝卜丝汤、海带猪肚丝羹、鲍鱼烩珍珠菜、淡菜虾子汤、鱼翅螃蟹羹、蘑菇煨鸡、辘辘锤……"

"行了行了别背了，"貂新月打断他，颇为佩服地说，"算你厉害，我甘拜

第二十六章 三分春色二分愁，一分风雨

下风。"

"新月，你这算是第一次夸我？"柳放浓眉下的眼睛浮着笑意，仿佛很是高兴，他站起来，俯下身，抬起貂新月的下巴，便吻上了她的唇。

良久，柳放吻得她快透不过气来，才放开了她，突目色变得沉重起来，极为长情地说："每个人心里都有一团火，路过的人只能看到烟，但总有一个人能看到这团火，然后走过来，与我在一起。新月，你就是那个人。"

貂新月翘起嘴角，声音前所未有的温柔："佛说，与你无缘的人，你与她说话再多也是废话。与你有缘的人，你的存在就能惊醒她所有的感觉。而你，就是那个人。"

柳放坐下来，笑得含蓄："那你嫁给我吧？"

"你别想这就求婚，"貂新月白了他一眼，"我可没这么好打发。"

"当然，你可是大上海鼎鼎有名的貂大小姐，"柳放无可奈何地笑了笑，宠溺地说，"求婚怎能如此草率，我定会给你一场轰动的求婚惊喜，让你心满意足地嫁给我。"

貂新月难得地笑了，用汤匙舀了一口燕窝，喂到柳放嘴边，眼神略微有些不同，很是专注地看着他："上天派你来到我身边，已是足够轰动的惊喜。"

这番话让柳放怔住了，他的眼神止不住地颤抖，良久，才吃下貂新月喂到自己嘴边的燕窝，知道她的气算消了，自己终于算哄好了她，顿时像个领到礼物般的小孩子般，心满意足嘿嘿笑了几声，也喂了貂新月一口燕窝："你也快尝尝，这个味道不错。"

话毕，柳放突然感到一片晕眩，只觉眼前一阵天旋地转，他用力地眨了眨眼。

"怎么了？"看出他的异常，貂新月疑惑地问。

"我……我的头突然好晕……"柳放见貂新月不停地摇晃，又揉了揉眼睛，心上一阵绞痛，他眼前一黑，顿时晕倒在桌上。

"柳放！"貂新月吃了一惊，连忙起身去摇他，抑或是起来太猛，她眼前

233

也一片晕眩，身子也站不稳，瞬间栽倒在地。她挣扎着想要爬起来，却浑身无力，这种像是中毒的迹象，她才发现是食物有问题。

在失去意识前，貂新月似乎感觉有个人影走了进来，把自己和柳放扛走，她费力地想要睁开眼睛看清那人是谁，无奈眼皮无比沉重，她彻底睡了过去。

第二十七章　何时缱绻何时仇，一场大梦

林戏水只觉自己做了好长一场梦。

梦中是铺天盖地的大雪，天地冻得连成白茫茫一片，世界仿佛变成了一个巨大的被凝结的冰湖。林戏水独自站在冰面上，她焦急地想要寻找出口，无奈怎么跑，也跑不出这片天地。

忽然，脚下的冰面哗啦一声裂开来，她重心不稳，猛地掉进巨大的冰河中。从四面八方蔓延而来的水，混合着刺入骨髓的凉意，犹如猛兽般席卷了她。

她这一掉，瞬间想起了许多以前的事情。

原来3年前，她便和段三思在一起，原来自己竟然是真正的林戏水。

没想到自己竟被个歌女周荷雨劈了腿，对方怀了段三思的骨肉不说，自己竟然还那么能忍，待在小白宫不走，相信段三思能回心转意。最后不想，竟等来他亲自送来的一碗毒药。

然前阵子虽从柳放口中弄清楚了那不是毒药，而是安眠药，还有段三思这么做，一切都是为了自己好，但林戏水依然觉得，心中仿佛压了块巨石，堵得难受。

什么为自己好的狗屁烂道理，林戏水根本不想听，她只清晰地记得当初自己在小白宫，心境是何其的悲惨，接过段三思递来的药时，是何等的

绝望。

虽说一切是误会，但那些遭遇却是真的。

若段三思当初真的爱她，真的为自己着想，就不会这么对待自己，这么故意伤害自己，让自己离开，一定会选择跟她一起离开。

他爱的不是自己，恐怕只是放不下军权而已。

如今，林戏水总算明白过来，段三思一遇到自己，便要把她留在小白宫的原因，明白他对自己说的那句："我明明那么在意你，却要装作不那么在意你。"

这并不是她的幻听，而是千真万确的事实，因为段三思觉得对不住自己，所以把自己留在身边，想让失忆的自己重新爱上他，弥补过去的一切。

过往如海啸般袭来，3年前爱他爱得死去活来，3年后又被他迷得一往情深，两次情动，都爱上同一个人。

林戏水此番觉得自己委实悲情。

爱一个人，虽不由自己，但只要一想起3年前在小白宫，他冷淡地质问自己："你为什么要这么做？"然后，他又居高临下地说："你以为把她杀了，我就会回到你身边，不是吗？"

这些被他一点点抹杀的绝望，自己无论如何也忘不了。

自己曾那么爱过的一个人，却亲手推自己进了地狱。

如今自己这颗心依然爱他爱得那么浓烈，但过往就像一根卡在喉咙的刺，她咽不下去又吐不出来，难受至极。

瞬间明白过来，自己终究是原谅不了他。

就在这时，从天而降的一盆冰水淋来，林戏水猛地惊醒过来，她疲倦地掀了掀眼皮，看清眼前的人时，犹如被惊雷劈中，愣住了。

这是一间密不透风的暗室，硕大的空间里，什么摆设都没有，只有正前方的一把剔红双龙戏珠图椅子上，坐着面无表情的段大雨。

他正在把玩手中的一只蜥蜴，见林戏水醒了，他笑了笑，这笑容却让人感到森然："你醒了？"

原来大国院里的杀手竟是他派来的，想到死去的降雪，林戏水便心如绞痛。

3年前，若不是段大雨逼得段三思走投无路，他也不会对自己做那些事。

顿时林戏水便对段大雨恨之入骨，她咬牙切齿道："段大雨，三年前，你就喜欢暗箭伤人，没想到三年后，你依然狗改不了吃屎，算什么男人？"

段大雨愣了愣，不屑地笑了声："看来给你吃的日本药不怎么管用，这么快就想起来了？"

"什么药？"林戏水瞪了他一眼，这才发现自己被绑在一把椅子上，动弹不得。

段大雨逗了逗手中的蜥蜴，轻描淡写地说："你知道自己是怎么失忆的吗？"

林戏水怔了怔，便听见他道："三年前，段三思派人送你离开上海时，我派人劫走了你，并告诉段三思你死了，但其实……你被我交给日本人做实验了。当时，你吃了过量的迷幻剂，神志不清，差点成为植物人，因此忘了过去。与此同时，你作为我的一颗棋子，还被我灌输了错误的记忆，认为你是替父报仇的林玉龙。但我没料到，你天性善良，完全不是复仇的料。"

听得这话，林戏水的脸颊顿时煞白，不免颤抖着问："所以你故意骗我，好让我替你除掉貂焰时那些人？"

段大雨狞笑着说："不错，当初我看局势渐渐失去控制，便故意使出金蝉脱壳之计假死，等段三思逐渐替我收复南方势力，我才趁机出现，无奈段三思的翅膀竟然硬了，他不过跟你一样是我的一颗棋子罢了，还想跟我抢地盘！既然他不肯乖乖让位，我只能抓住他最重要的人，逼他交出军权。"

没想到这人才是真正的老奸巨猾，林戏水顿时难以置信，不知他接下来还会做出什么可怕的事情来，顿时心急火燎，额头上渗出一片细密的汗来。

赫然，门突然被打开，有几个士兵扶着两个昏迷的人进来，然后把他们绑在林戏水旁边的两把椅子上，随后离开。

林戏水诧异地转头，当见到旁边昏迷的人居然是貂新月和柳放时，仿佛被一道闪电劈中天灵盖，从头到脚地僵住了。

　　"看来万事俱备，只欠段三思这场东风到来了。"段大雨从座位上起身，端了一碗水，走来猛地泼在貂新月和柳放的脸上。

　　二人相继醒来，却愣了一会儿，直到林戏水焦急地问他们有没有事，这才渐渐恢复神智，明白眼前发生的一切。

　　柳放怒目道："段大雨，你最好快放了我们，不然我绝不会放过你！"

　　段大雨轻飘飘地斜了三人一眼，揶揄着说："等段三思来，就有好戏可看了，我让他选择你们其中一人杀掉，便会放人，你们猜，他会杀了谁？"

　　这话一出，三人都愣住了，林戏水脸色铁青。

　　柳放一张脸，更是刷的一下变为雪白。

　　只有貂新月面色镇定地道："段大雨，我告诉你，今天你最好把我杀了，要不然等我出去，明天就是你的死期。"

　　段大雨冷笑一声，怒视着她："你果然跟貂焰时那个老狐狸一模一样，都死到临头了还嘴硬！"

　　"你这种十恶不赦的人，即使杀了我又如何？"貂新月不屑地看着他，"我根本不怕，有什么你全部冲着我来。"

　　就在这时，突然传来"砰"的一声，门被人一脚踢开，段三思拿着枪面色从容地走进来，便瞄准了段大雨，声音前所未有的冰冷："放了他们。"

　　见是他，林戏水心中一阵阵的颤动，忍不住热泪盈眶，但却忍住了想叫他的冲动，注意到他看着自己灼灼的视线，漠然地撇开了头。

　　"三思你怎么来了？"柳放面色惨白地看着他，"难道你不知道这是陷阱吗？你快走！"

　　段三思肃然道："你们是我最重要的人，我怎会弃你们于不顾？"

　　"那你想怎么救我们？"貂新月担忧地说，"你别为了我们，犯傻把军权交给段大雨这种小人。"

　　"啧啧啧……"在一旁冷眼漠视众人的段大雨，忍不住鼓起了掌，笑道，

第二十七章 何时缱绻何时仇，一场大梦

"真是让人感动落泪的场面啊！"

"段大雨，你不就是想要军权！"段三思冷冷地说，"只要你放了他们，我便给你。"

段大雨皮笑肉不笑道："我现在可没那么好打发了，想让我放了你们可以，段三思，只要你杀了他们其中一人，我就放了你们。"

这话一出，密室里像是死气沉沉的墓室般安静，段三思瞄准段大雨："你别出尔反尔，有什么都冲着我来，这一切跟他们没关系，放了他们。"

"我就是想看你们自相残杀。"突然，段大雨掏出一把枪来，"砰"的一声，瞄准貂新月的小腿，便开了一枪。

"新月！"柳放看她尖叫一声，小腿被击中，顿时犹如万箭穿心。

"别以为我在开玩笑，"段大雨突然暴跳如雷，"快选！"

柳放见段三思的眼睛，像是一条枯竭的河，自己从未见过他的双眼这般颤抖，于是闭了闭眼，稳了稳心神，对段大雨轻启薄唇道："杀了我吧。"

"你疯了？！"旁边的貂新月因腿伤疼得快要窒息，听见这话，她费力地抬起头来，对段大雨说，"要杀也是杀我！"

"新月，你听我说。"柳放看着她，嘴角一弯，露出个凄惨的笑来，"余生不能陪你一起过了，你一定要好好活着。"

"不要！柳放……"貂新月忍不住哭出声来，"我不要……"

就在这时，段大雨如看戏般，不耐烦地朝门外喊了一声："来人，放了林戏水和貂新月。"

话毕，便进来两个士兵，架着林戏水和貂新月便往外走。

"放开我！"貂新月用力地挣扎着，一边转头朝柳放声嘶力竭地喊，"柳放，你要是死了，我也不会独活！"旁边的士兵突然举起长枪，朝她后脖颈用力一击，貂新月就这么晕了过去，与林戏水一同被带走。

这时，段大雨朝段三思扔去一把剑，嗤笑道："段三思，我要看你亲手斩杀了柳放。"

段三思神情淡漠地捡起地上的剑，缓慢起身时，趁段大雨不注意，瞄准

他的胸膛连开了三枪,岂料段大雨反应极快,毫不费力便躲过了几颗子弹,最后只被打中了手臂。

门外的士兵听见枪声,顿时如潮水般涌了进来,包围了段三思和柳放。

段三思从怀里掏出一个手榴弹,趁乱解开了柳放身上的绳子,扶着他便往外冲。

在漫天的烟雾与此起彼伏的枪声中,二人好不容易跑到出口,发现外面又涌来一群犹如黑压压的云朵般的士兵,想要逃出去难如登天。

段三思临危不惧,打量四周,发现一个小窗户,他抬起一把椅子猛地砸开玻璃,见窗外是一条极浅的小河,若二人跳进河中,也会被子弹打中,毫无生还的可能,除非一人掩护。

眼看追来的士兵越来越多,二人快要抵挡不住。段三思摸出最后一个手榴弹,对柳放焦急地说:"你快走,我掩护你。"

柳放脸色铁青,一把抢过他手中的手榴弹,又大力一堆,段三思重心不稳跌出窗外,在即将落入河中之时,他看见柳放对自己凄凉一笑:"替我好好照顾新月。"

话毕,他拉开了手中的手榴弹。

"柳放!"段三思一声狂暴的怒吼,随即重重跌入河中。

"砰"的一声巨响,整个仓库被炸为废墟,河面上火光冲天,熊熊的大火似饕餮猛兽,张着巨大的喷火的大嘴不停地吞噬,瞬间把一切夷为平地。

整个世界,仿佛变成了万劫不复的十八层地狱。

三个月后。

正故初夏的时节,枝繁叶茂的槐树,投下一片稀疏的树影光斑,微风拂落蔷薇,池塘里的荷花开得正盛,更有浓绿树枝上的新蝉忽而鸣叫,忽而乍歇。

学堂操场有一整块的大草坪,蓬勃的绿草间,全种上了英国玫瑰,修剪得整整齐齐,混了些早上的晓露,一大片的猩红,很是夺目。

第二十七章　何时缱绻何时仇，一场大梦

白玉镇夏天的中午时分，安静而绵长，学堂旁边树林里的小湖边，有忘忧尾蛱蝶飞来飞去。几个七八岁的小孩围在一起，手里皆拿着一封信，摊开来对着炽烈的阳光，即使额头都晒出了细密的汗，但却意志坚定一动不动。

半晌，终究是有个小女孩坚持不住了，倒地一屁股坐在草坪上，这像是引发了连锁反应般，最后只剩一个还在坚持，其他小孩纷纷喘着气坐在地上。

"小宝，你也坐下歇一会儿吧！"一个小女孩，看着独自举着信站着的小男孩，皱着眉说。

名叫小宝的男孩，丝毫没有动摇，看着手中的信纸说："我不要，说不定再过一会儿，它就会说话了。"

他话刚说完，便见到几个同伴一脸大惊失色，都盯着他身后一动不敢动。小宝有些纳闷，便转头，当他看见林戏水就在自己身后时，顿时脸色犹如像吃了一只苍蝇般，扯腿便要跑，岂料被林戏水一把揪住后衣领。

"你们这大中午的不睡觉，竟然集体偷溜出来，是不是屁股痒了，想被揍？"林戏水黑着一张脸，骂骂咧咧道。

小宝低着头，乖巧地承认错误道："老师，对不起，都是我叫他们出来的，你要罚就罚我吧。"

"你先别忙着让我罚你，"林戏水目光停留在几个小孩子脸上，面无表情地说，"你们先告诉我，这大热天的，你们跑到河边来做甚？"

这话一出，所有小孩面面相觑，最后一个小女孩吞吞吐吐地开口说："因为前几天我们去看了电影，里面的女主角离开了，但留给男主角一封信。阳光下的男主角在河边摊开信，那信竟然可以自动出现女主角的声音，开始念信了！于是……"

有其他小男孩接着说："于是我们以为在阳光下摊开信有这个功能，就告诉了小宝，他想念去世的母亲，便翻出以前他母亲写给他的信，试试看能不能有声音……"

"可我们在阳光下晒了半天，"小宝噘着嘴，甚为难过地说，"信无论如何

也不能发出声音。老师,是不是一定要从远方寄来的信,才有声音啊?"

闻言,林戏水犹如一只被雷打的鸭子,石化了,好半天不肯承认这群如此蠢的小孩儿,是自己的学生。

平时蠢得可爱就算了,这要蠢到什么地步,才能相信一封信能自动发出声音?

她抬手抚了抚额头,甚是心累地说:"同学们,老师告诉你们,电影里演的故事都是假的,以后就不要相信了,一封信怎么能违背常理发出声音来呢?电影里是有人配音,所以才会有声音,以后咱们多用脑子思考好不好呢?"

有道是小孩的世界单纯而天真,一听这话,众小孩犹如被雨打的芭蕉,人生观以及价值观轰然一声倒塌了,吹胡子瞪眼的你看我一眼,我看你一眼,最后或许颇难以接受自己蠢到这个地步,纷纷"哇"的一声大哭起来。

林戏水这一生什么都不怕,最怕小孩子哭,看他们这一哭,顿时方寸大乱,手足无措,突听身后一个熟悉的声音传来:"我倒是第一次见把学生吓哭的老师。"

林戏水极为诧异地回头,见段白穿了一身黑色的西服,一张俊雅的面容,对着她挑眉一笑。

此番,林戏水不得不信"冤家路窄"这四个字,天下之大,竟处处都能碰到段白,她委实服了,人生这个老头儿,真是鼓足了劲捉弄自己。

三个月前,林戏水被段大雨绑架,她找回了以前的记忆,也想起了当初段三思是怎么对待自己的,她实在没有那么大度,终究原谅不了段三思。

当日,从密室里她与貂新月一同被放出去后,林戏水便离开了上海,谁也没有告知,实际上她也没有要告知的人。在上海待了快一年,除了已故的降雪,她已没有牵挂的人。

虽说自己是真正的林戏水,但这几年失忆的生活,已让她完全变成了另外一个人,不管性格、心境、看法都发生巨变,反而以前的自己才是陌生的。

因此，她才会独自来到这个偏僻的小镇上，当一名老师，希望重新开始，也不希望有任何人来打扰自己。

岂料学堂要举办一场交流会，校长居然与段崇林是好友，便邀请了段白来任演讲嘉宾，为期一个月。

当时，林戏水在办公室里见到他时，如被电击，愣了好半天才反应过来，以为他在跟踪自己。原本她当夜便收拾了行李，打算悄悄离开，但在心中掂量了一番，好不容易有个学堂愿意聘用她，如今一切也已安定下来，要再找个合适的地方，谈何容易？

于是，她一咬牙，便选择了忍。

不就一个月而已，大不了见到他就绕道走。

林戏水颇为天真地认为这样便万事大吉，但她低估了段白的厚颜无耻。他来了半个月，对林戏水造成的困扰，却是史诗级。

譬如，在学堂便天天往她办公室跑，上课时他便趴在窗边旁听，下了课林戏水回到住处，他竟想方设法搬到她家旁边做邻居，开始夜夜拉大提琴、小提琴，甚至吹口琴，快要耍遍十八般武艺，无所不用其极，就为了吸引她注意。

后来，林戏水走到哪儿，他便跟到哪儿，眼下她委实受不了，冷着一张脸："你到底要做什么？跟我要跟到什么时候？"

段白又做出那一副情深义重的模样来："玉龙，我还是放不下你，你能不能回到我身边来？"

林戏水赶走了那几个学生，不耐烦地看着他："不可能。"

段白像是早预料到她会如此回答，情绪毫无起伏地说："难道你还忘不了段三思？"

听到这个名字，林戏水心中猛地一抽。

见她脸色苍白，没有言语，段白揶揄道："仔细算算，你都离开上海快三个月了吧？段三思却没来找你，可见你在他心中的位置，无足轻重。"

这话像是撕裂了空气般，尖锐而刺耳。林戏水整颗心像是被大手擒住，堵得难受。良久，她缓和了情绪，说："这跟你有关系吗？"

如今，她也不知自己在做什么。当初离开上海，一方面忆起段三思对自己做那些事，的确生气，另一方面她在赌，赌自己在段三思心中的位置，到底有几分。

时光如白驹过隙，转眼便三个月过去。段三思作为段系军阀的两广总司令，在上海权可遮天，要找一个人，不费吹灰之力便能找到。

可都过去这么久了，他也未来找自己。

可见自己在他心中的位置，恐怕连一分都没有。

她赌输了。

"你也别太难过了，以后我……"段白见她沉默不语，伸手去拍她肩膀以示安慰，岂料一滴滚烫的泪砸在他手背上，段白抬眼见林戏水双目通红，顿时僵住了。

良久，段白见她哭得如此肝肠寸断，很是心疼地想把她抱在怀里，谁知被林戏水一把推开。

她伸手一抹脸上的泪，转身大步离开。

夕阳下，段白见她渐渐消失的背影，甚是惆怅。

从古至今，每一本话本儿都有结局，就像故事里说的，王子和公主，这一对男女总能在一起，可惜自己命没那么好，如果这便是自己与段三思的结局，那她也认了。不在一起，总比生离死别要好，这样老了想起来，在这世界上，有个自己深爱的人正平安喜乐地生活着，这便已足够了。

只是林戏水依旧记得，那晚在车里第一次见到段三思，天色很暗，只有冷如雪的月，以及夜放花千树，他转过身来，看了自己一眼。

就一眼，林戏水会记好多年。

去也终须去，莫问君归处。

这天，是学堂举办交流会的日子。

林戏水以身体不舒服为由，请了病假没去参加。她待在家里闭门不出，因为这是段白在这儿的最后一天，她不想再看见他，只希望他离开后不要再回来。林戏水只盼望将来在这的日子，能过得平淡一些，沉寂一些。

岂料交流会结束后，段白便要坐船离开，校长却派人来让林戏水去送行，若她不去，便要开除她。

不用想，也知这定是段白使出的招数。

林戏水只得叹了一口气，出了门。

第二十八章　又黄昏把酒交心，
　　　　　一场大醉

天已渐渐黑了，天边的残阳缓缓沉入地平线，丝丝缕缕的光线笼罩着平静的海面，码头上停着一艘船。将要远行的人们排着队，络绎不绝地上船。

只有段白独自还站在岸边，焦急地等待着。不久，当他终于瞥见林戏水缓缓到来的身影时，顿时眉开眼笑道："我就知道你还是会来送我。"

"这不是你逼我来的吗？"林戏水面无表情地看着他。

段白怔了怔，凝目看她，皱眉道："你真的不愿意跟我一同回上海吗？"

林戏水面若冰霜道："一路顺风。"

段白一双桃花眼有些失落，很是歉疚地说："以前年少轻狂不懂事，对你做那些事，真的希望你能原谅我，对不起。"

"无须对不起，"林戏水一手负在身后，目光冷淡深沉，"什么过往都一笔勾销吧，以后你我再无交集。"

段白怔了怔，垂着眼睛，眉目间极为不舍，看着林戏水，恳求地问："那我能最后再抱抱你吗？"

微风惊暮中，好半响，林戏水才点了点头。

段白便轻轻把她抱在怀中，如此近的距离，两颗心却已相隔了一整个银河。

突然，林戏水察觉手上一紧，她还未反应过来，便被一股巨大的力气拉住，接着猛地一个回转。她重心不稳，跌到对方怀中，鼻尖便是袭来一股清冷的白檀香，一个深沉的声音在她耳边响起："你就是为了他，一声不响地离开我？"

林戏水震惊地抬眼，对上段三思一双冷月覆积雪的眼睛，她如五雷轰顶，瞬间僵住了。

他来了，他终于来了！

"你放开她！"段白也被突然出现的段三思吓了一跳，见他死死地拽住林戏水的手不放，便上前一步去拉她。

岂料段三思猛地推了他一把，便是举起一个拳头朝段白脸上猛地砸下去，声色俱厉道："滚！"

段白被打倒在地，顿时火冒三丈，一个翻身站起来，朝着段三思的脸也重重回击一拳。

瞬间，二人竟拳打脚踢，打了起来。

"别打了！"林戏水见二人鼻青眼肿，连忙上前劝架，但她的小身板根本拉不开两个身强力壮的男人。

段三思又一拳把段白打倒在地，朝着他的后背猛地一踹，又要踹第二脚时，段白迅速躲开，朝段三思小腿上一踢，他重心不稳摔倒在地，额头撞到一块硕大的石头，瞬间出血，躺在地上一动不动。

"三思！"见状，林戏水连忙上前扶起他，见他一张英气逼人的脸，此刻却像张白纸般毫无血色，顿时心如刀割，焦急地问，"你都流血了！有没有事！"

话毕，林戏水又转头怒视着段白："下手这么重，你想置他于死地吗？"

如此凶神恶煞的林戏水，段白这还是第一次见，自己也被段三思打得一身伤，她却视而不见，第一反应便是关心段三思，眼下段白彻底死心了。

不过如今他也看开了，不爱便是不爱，再怎么强求也没用，他凄凉地笑了一声，走到段三思身旁，拍了拍他的肩膀，淡淡地说："好好照顾她。"话毕，便拂袖转身离开，留下一个潇洒的背影。

"还疼吗？"林戏水看段三思额头上的伤口不停流血，又没带手帕，便猛地撕开裙子上一块布，正要擦他脸上的血时，手被段三思一把握住，整个人被拽进他怀中，正目瞪口呆时，他的吻便铺天盖地地砸了下来。

霸道而热烈的吻，舌尖缠绕，舔舐吮吸，让林戏水快要窒息。

段三思许久不愿放开她，3个月了，他整整3个月没有见到她，天知道他这些天是怎么过来的。

这时天色已经深了，风露渐变，月亮升起来，冷白色的，像在白色宣纸上，涂抹绿水青山时渲染开的黛青墨汁，风一拂，薄荷似的凉。

林戏水抬头看走在前面的段三思，心里一股暖流来回乱窜，有些让她心烦意乱。这3个月来，便总觉得有块石子堵在心口，一抽一抽的疼，她便如角落那棵没精打采的树，整个人从头到脚是枯萎的。

如今见到他后，她心中没有多大的悲喜，反而敞亮起来，她终是想通了。

段三思在前面走了许久，一句话也未说。刚走进她住所的小院，林戏水实在忍不住，两步上前，拉住段三思的西服下摆，吸了一口气，道："我有话对你说。"

段三思转过身来，一张英气逼人的脸面无表情，薄唇微启："你说。"

第二十九章　自古斩情如斩风，如戏一场

　　林戏水心中顿时五味杂陈，她闭了闭眼，抬起头来，看着他一字一句道："我不知你来这儿想做什么，如果是为了我，你大可不必。这二十几年来，我的桃花运委实有些不堪，情史曲曲折折，没一段是顺畅的，便有些不太想触碰情事，因这东西，邪门得很，一沾上，别想好过。三年前的我是何其地爱你，无时无刻不在揣摩你的心思，在你的一个动作一个眼神间来回思量，翻来覆去失眠到三更，疑惑你到底爱不爱我，这样的患得患失，很煎熬。爱一个人，就等于给了他伤害自己的权利。段三思，三年前，我就受够了你给我的伤害，我不会傻到三年后还跟你在一起。"

　　这一通话，让段三思面无表情的一张脸，比刚才还要白上几分，那一双冷月覆积雪的眼睛仿佛瞬间冻住，冰冻三尺，冒着冰冷的白气。他难以置信地问："你想起以前的事了？"

　　"没错，我想起了所有的事情。"林戏水淡淡地说，"我没有安全感，不知道什么时候，又会被你抛弃，我怕那个时候真的撑不住。"顿了顿，继续哽咽道，"求你饶我一命，放过我，你明天早上就走吧。"

　　闻言，段三思一张脸毫无血色，像被钢索紧紧勒住了脖子，铁青到可怕，眼神更是如深渊般捉摸不透。好半晌，他咬牙切齿道："好几个月前，柳放告诉我，你去找他问以前的事情，想必他告诉了你，三年前我这么对你，不过是为了不让段大雨伤害你，为了保你周全。你知道这几年我是怎么过的吗？

夜夜失眠，倾尽一切成为南方最大的军阀，除掉了段大雨，就是为了不让任何人再伤害你。谁知到头来你并不领情，与段白一起跑到这个鬼地方逍遥自在！"

林戏水愣了愣，低着头没有言语。

段三思步步逼近她，在他高大身影的笼罩下，林戏水顿时像是身处在一片漆黑的森林中，就连呼吸都困难起来。她连忙后退了一步，转身想溜之大吉，忽地手腕一紧，接着便是腰上一紧，段三思把她一把拉进怀里，紧紧扣住她的腰，狠狠地捏住她的下巴，冷笑一声："林戏水，你心里究竟有我的位置吗？"

林戏水心上啪嗒一声，她不忍直视他通红的双眼，想要推开他，岂料段三思紧紧握住她的腰，俯身狠狠地吻她的唇，如攻城略地般，要把她的一切都卷走。任林戏水拳打脚踢也没用，她挣脱不开，眼前一片天旋地转，还未反应过来时，段三思已把她拦腰抱在怀里，往房间里走去。

他单手推开了卧室的门，扬手便把林戏水扔在洁白而柔软的大床上，一颗颗解开身上白衬衫的纽扣，霸道而强势地把她压在身下。

"你放开我！"意识到他要做什么，林戏水止不住地挣扎，可她从来都不是他的对手。段三思仅用一只手便扣住了她的双手，抬高举在她头顶之上，使她彻底动弹不得，连说话的机会也没有了。段三思低头吻住她，舌尖探进去，持久的吻像是席卷而来的狂风暴雨。

段三思一只手探入她的裙角，在她光滑的皮肤下四处游走抚摸，另一只手扯开了她的上衣，从她白皙的脖颈间滑下来扣在她身上，用力地揉着。林戏水根本无力招架，只能认命地匍匐在他身下，任他蹂躏。

一开始，林戏水相信自己会跟他了断，可她低估了自己的心，那颗深深爱着他不可自拔的心，游走在痛与爱的边缘。她突然明白过来，喜欢根本不受控制，这三个月来，天知道自己有多想他？

这一瞬间，她突然顿悟，自己怕是完了。

在段三思面前，没有势均力敌的爱，她爱他爱得彻底，也败得彻底。

第二十九章　自古新情如新风，如戏一场

与君初相识，犹如故人归。林戏水两次情动，都被他伤得体无完肤，一辈子只面对一个人，想想就可怕，但如果是眼前这个人的话，她愿意再赌一次。

早上八点钟的光景，阳光从浅蓝色缀花窗帘中照射进来，刺在林戏水脸上。她掀了掀眼皮，又揉了揉眼，甚满足地伸了一个懒腰，突然意识到什么翻身而起，见旁边空空荡荡，早已没了段三思的身影。她蹙眉巡视了房间一周，见紫檀嵌孔雀石条案上放了一封信。

林戏水心中一窒，该不会他离开了？

林戏水此番不得不怜悯起自己来，该逢的人不相逢，该留的人留不住，好不容易决定了余生是悲是喜都要和他一起过，但人家却一声不响地离开了，而且还是在被睡后的第二天早上，世上还有人比自己更可悲的吗？

但之前林戏水的人生只有三件大事：一是与段三思睡觉，二依然是与段三思睡觉，三还是与段三思睡觉。

罢了，林戏水如今已看得很开，情这一字，不管爱得多么轰轰烈烈，来来回回不就你睡我我睡你吗，反正自己所爱的人都留不住，注定是一颗孤鸾星，一个人过，虽说孤独清冷了些，但也落得自在。

这么自我安慰了一番，便不那么难过了，但也好奇了段三思在信中说了什么，便翻身跳下床。拆开信一看，她便如被当头一棒，傻了。

他说：

据说遥远的月亮每年都会发生一千多次月震，月球轻颤，地球上的人却浑然不晓，就像当你站在我眼前，我的心也在颤动，但你却不知晓。

你说你最喜欢看雪，我便想去找一片雪花，用纯净的树脂封起来送给你。

你说你最喜欢白檀，我便派人在上海种满白檀树。

我计划过数百次，不管是深夜抑或是清晨，在任何时刻，譬如你刚起床，或是在梦里，我都想捏捏你的脸，告诉你我爱你。

我会在你最爱看的话本儿上，用毛笔重重地描出"我爱你"三个字。

我发现昨天很爱你，今天很爱你，明天也会很爱你。

我要让你每天都活在甜蜜中，我将用尽全力地宠你，小心呵护我们的爱情。

以后我们不仅要一起周游世界，我还要和你一起种花种草。

整个南方的势力都是我的，包括你，但你是我的王，我允许你在我的世界为所欲为，因为我爱你。

戏水，你的卖身契在我手上，别想逃了，余生便与我在一起吧，不行我再想想办法。

看完，林戏水已哭成了个傻子。

这突如其来的幸福瞬间像是冬日的暖阳般包围住了她，心里面像灌满了甜蜜的枫糖浆，她整个人都快被甜化了。

"你在发什么呆？"段三思不知什么时候来到她身后，伸出长长的胳膊，勾住她的脖子，把她揽在怀里，坏笑着在她脸上亲了一口。

林戏水此刻开心到快上天与太阳肩并肩，却硬要装模作样道："你的情诗写得可真一般。"

"是吗，那为何你一直在傻笑？"段三思气定神闲地望着林戏水，挑了挑眉，"看完甚至还兴奋地跳到床上，一连打了好几个滚儿，床都快被你晃塌了。"

没想到竟然被他看到了，林戏水微红的脸皮快挂不住，咳了一声，强词夺理道："我只是早上起来运动运动而已，不行吗？"

段三思怔了怔，非常难得的含蓄一笑，又冷冷瞟了林戏水一眼，斜嘴道："昨夜与我运动了一晚上，你不嫌累？"

"你……"林戏水呆了一呆，一张微红的脸霎时变得通红，声音颤颤巍巍道，"你你你……竟敢调戏我！"

段三思很满意她的反应，眼角眉梢都是笑意，薄唇一挑道："我调戏我老婆，有何不可？"

第二十九章 自古断情如断风，如戏一场

心里突然一热，就像是被冬日温暖的阳光柔软地包裹着一样，不知怎么，林戏水只觉得自己的一颗心，此刻竟跳得似擂鼓，像是瞬间之内，心里面翻起一场巨型海啸，整个人都有些眩晕，脸也有些发烫。

老婆这两字，威力委实猛。

在天空中飘着的茫茫白云之下，一片片翠绿的林木随风摇曳，投下满地的碎影。

段三思看林戏水一张脸红得煞是好看，肃然道："下午跟我一同回上海吧？"

"这么快？"林戏水怔了怔，"但……好多事情都还没处理呢，学校那边也还没去辞职。"

段三思淡淡地说："放心，这些我自会派人去处理，你现在唯一要做的事情，便是去收拾行李。"

"你这么急着想要赶回上海，是有什么事吗？"林戏水皱眉问。

段三思的脸色瞬间苍白起来，眼睛里凝结出一潭冰凉的湖泊般的悲伤。他垂了垂眼，悲痛万分道："后天便是柳放的葬礼。"

林戏水心中猛地一颤，如五雷轰顶，一时六神无主，虽说柳放已去世3个月，但她依然很难过。从小一同长大的好友，就这么消失在人世间，此后，再无柳放这个人。

她擦了擦有些湿润的眼角，蹙眉问："为何3个月后才举行葬礼？"

段三思一张雪白的脸面无表情，他的嘴角颤了颤，道："貂新月守着他的冰棺，不让任何人靠近一步，派了五万精锐部队守在别墅外，一只苍蝇都难以飞进去。柳放的父亲柳占熊得知柳放的死讯，悲伤之下中风瘫痪在床，他母亲终日以泪洗面。3个月后，貂新月才同意安葬了柳放。"

闻言，林戏水心中顿时五味杂陈。她难以想象貂新月这3个月来是怎么度过的，可叹最悲伤的事不是世界末日，而是与最爱的人阴阳相隔。

貂新月，该有多难过。

"她这3个月来，没有开口说过一句话，整个人瘦得不成样子，我怕她再

这样下去，便撑不下去了。但我答应了柳放，要替他好好照顾新月，这几个月来，我怕她想不开做傻事，便日夜守着她，才没来找你。"段三思看着林戏水，一字一句地说。

林戏水心中顿时难受至极，她这才发现段三思整个人也瘦削了不少。失去最好的兄弟，想必，他必定悲痛万分，便突然抱住段三思，安慰道："人生在世，最无奈之事便是生老病死，每个人都有自己的宿命。三思，别太难过，我会永远陪在你身边。"

段三思的眼眶变得通红，他伸手紧紧抱着她，苦涩地笑了笑："幸好我还有你，不然我该有多孤独。"

这话让林戏水心中猛地一抽，一直以来，段三思在她心中便是霸气四溢的小王爷，仿佛世间没有什么能打倒他，可眼下，她突然明白过来，原来他不过也是个普通人，便甚为心疼地拍了拍他的后背："即使有一天我不在了，你也不会孤独，因为我的灵魂，将生生世世陪伴在你左右。"

段三思的身体猛地一僵，四周仿佛开始持续不断地冒出冷气来。他看着林戏水的眼睛，皱眉道："你说什么傻话？林戏水，你知道我的软肋是什么吗？"

"什么？"林戏水有些纳闷。

"你。"段三思屏眉道，"若你离开了我，即使翻遍全世界，我也会把你找出来，你最好打消了离开我这个念头，这辈子，你只能是我的人。"

自己只是一番好意安慰他来着，岂料却被他误会，林戏水头疼地拭了拭额头，笑道："好好好，我必须得是你的人！"

段三思这才心满意足地笑了，扬了扬眉毛，拥她入怀中，捧起她的脸，落下一个深深的吻。

岂料这次林戏水甚为主动，竟开始扒段三思的衣服，看她这么猴急的模样，他有些想笑，便道："三个月不见，为何你变得这么火热？"

林戏水不好意思地咳了一咳，一边扒他的衣服，一边理直气壮道："精神上都这么喜欢你了，若是不睡你，感觉对你的肉体特别不尊重。"

第二十九章 自古斩情如斩风，如戏一场

黄昏时分，浓夏碎影，沉水倦熏。

夕阳铺洒在宁静的海面上，码头上停着的一艘船鸣了一声悠长的笛，惊得一只只海鸥扑腾着翅膀直上青天。

段三思拿着林戏水的行李，远远站在一旁。林戏水被一群学生围着不让走，这都快半个时辰了，段三思等得有些心急，便迈着长腿走到她身边，道："戏水，船快开了。"

林戏水被一群小孩儿抱着，根本脱不开身，只能对他道："你先上船吧三思，我跟他们告别后，便马上来。"

段三思犹豫了片刻，点头说："那我先把行李拿上船，你尽快上来。"话毕，便转身上了船。

"老师，你可不可以不要跟那个人走？"小宝一脸委屈地问。

这时，便有其他小孩续道："对啊，你为了他，难道就不要我们了吗？"

"那个英俊的叔叔，虽然很帅，可我们这么可爱，你舍得吗？"

"老师，你留下来好不好？"

林戏水哭笑不得："你们呀……老师的家在上海啊，那个叔叔是老师这辈子最爱的人，我跟他一起回去，以后便会结婚，到时候请你们来参加婚礼好不好？"

一听可以去上海，众小孩儿便连忙欢声雀跃："好啊！好啊！"

小宝放开了自己拉着林戏水的手，噘嘴道："不要食言哦！"

"绝对不会，不信我吗？来拉钩！"林戏水朝他伸出了小拇指。

二人便拉了拉钩，异口同声道："拉钩上吊一百年不许变！"

"好了，船要开了，老师走了，不许再哭鼻子了啊！"林戏水边往码头边走，边朝着小孩们摆了摆手。

就在这时，突然"轰隆"的一声，海面上停的那艘船爆炸了！

强大的气压如海啸般袭来，把林戏水击倒在地。凄厉的尖叫声从人群中炸开，猛烈的爆炸声此起彼伏，不绝于耳，海面上的火光，仿佛要刺破天际。

林戏水惊恐地爬起来，她难以置信地看着海面上爆炸开来的船，恐惧瞬间像是万箭向她刺来，心脏犹如被张牙舞爪的海草缠住了般，就连呼吸都疼，随时都要窒息。

　　她感觉自己在撕心裂肺地尖叫："三思！"

　　一声又一声，漫天的火海中，她再也寻不到段三思的身影，最后跌跌撞撞三两步走到岸边，纵身一跃，跳进了大海之中。

　　夕阳和大火把天地映成了血红色，一只海鸥惨叫一声，仿佛从炼狱里传来的巨大的悲鸣。

第三十章　一生所爱隐约在，
　　　　　白云之外

十里荷花，三秋桂子，纵是桃花落，东风恶，欢情薄。

三年后。

沪西静安寺那所豪华酒店大都会，因柳占熊中风瘫痪之后，便无人打理。有人说这里很邪门，生意便惨遭滑铁卢，再也比不上从前。后来被一家电影公司收购，再过几个月便会被彻底拆除，改建成一家电影院。

眼下虽客人稀少，但依然有几个老客人，习惯了在大都会的电影放映场里泡上一天，喝着小酒，聊着上流社会的轶事。

在他们点评了一圈最近上海滩那几个热门的人物之后，提到袁世凯复辟帝制的梦破碎，有人话锋一转，提到那小王爷。

便有纨绔子弟好奇地问："都三年了，话说那曾经叱咤风云的大军阀段三思，究竟是生是死？"

"谁知道呢，三年前，不是说他坐的船发生大爆炸，他葬身海底了？"

知道些小道消息的贵公子道："这可不一定，当时他手下的士官，都快把整个海底掀了，却硬是一具尸体都没找到。按理说，船上那么多人，一具尸体都没有，不是邪门吗！"

"会不会炸成了灰，被大海冲走了？好端端的船怎么会突然爆炸呢？"

"这你也不知道？是秦力下的毒手啊！他不甘心段三思成为南方最大的军阀，便派人在船上做了手脚，炸了船。后来貂新月为了报仇，除掉了秦力。

你们别说,这娘们儿可真不简单,段三思死后,她成为段系军阀的总司令,只不过用了三年时间,便让段系军阀成了四大军阀之一。她的名号,如今黑白两道都闻风丧胆。"

有人不屑地冷笑说:"再厉害又有什么用,我听说她得了绝症,也活不了几天了。她还因为柳放,发誓终身不嫁,真是可怜至极啊!"

"是吗?你怎么知道那么清楚,那他们几个只剩下林戏水了?"

"我家有个仆人以前是貂新月手下的丫鬟,千真万确。至于那林戏水,三年前她不信段三思死了,跳入大海,后来被人救起来,便一直守在码头,足足守了一个多月,谁都拉不走啊!林戏水不吃不喝的,都快死了,最后貂新月来找她,告诉她说是段三思没死,让貂新月带话给她,段三思只是去了远方,等到梅花落满南山,便会回去找她。"

"然后呢?"

"然后……林戏水回到上海,至今还住在小白宫。貂新月把段三思的财物都给了她,几辈子都衣食无忧了。只不过啊,她染上了鸦片,整个人好像变得神神道道的,经常对着院子里的梅花树,一站就是一天……"

"啧啧,没想到上海滩这四个曾经的风云贵族,竟然落得这种下场。死的死,病的病……真是令人感慨啊……"

"什么贵族啊,如今战事越发紧促,大战一触即发,世上再无贵族。他们几个啊,也是这混乱的年代,最后的贵族罢了。"

又是一年冬季。

天色越来越暗,茫茫天际之间,飘着大雪。

零零落落,雪似梅花,梅花似雪。

小白宫旁边建了个学堂,从里面传出学生吟诗的声音:"云冻未翻雪,梅瘦未寒花。惊云残雪夜,山南不见君。"

林戏水吃过晚饭,来到院子里,一树白梅开得正盛,远远便能闻到一股清冷的幽香,直入心肺。

林戏水看着眼前一树的白梅，有些难过，她觉得，此时应该是和段三思一起站在这里，而不是她一人。

　　满天的大雪，无穷无尽地从天穹深处洒下来，仿佛要湮没整个世界。

　　林戏水折了一枝白梅，抬头看了看茫茫的天空，眼底如千堆雪覆盖，凉凉地叹道："梅花几时能落满南山？我的三思在远方，几时能归来？"

图书在版编目(CIP)数据

最后的贵族 / 许之行著. —上海：上海社会科学院出版社，2017
 ISBN 978 - 7 - 5520 - 2115 - 8

Ⅰ.①最… Ⅱ.①许… Ⅲ.①长篇小说—中国—当代 Ⅳ.①I247.5

中国版本图书馆 CIP 数据核字(2017)第 210000 号

最后的贵族

著　者：	许之行
责任编辑：	霍　覃
封面设计：	光米动力工作室
出版发行：	上海社会科学院出版社
	上海顺昌路 622 号　邮编 200025
	电话总机 021 - 63315900　销售热线 021 - 53063735
	http://www.sassp.org.cn　E-mail: sassp@sass.org.cn
排　版：	南京展望文化发展有限公司
印　刷：	上海万卷印刷股份有限公司
开　本：	710×1010 毫米　1/16 开
印　张：	16.75
字　数：	235 千字
版　次：	2018 年 3 月第 1 版　2018 年 10 月第 2 次印刷

ISBN 978 - 7 - 5520 - 2115 - 8/I・258　　　定价：38.00 元

版权所有　翻印必究